HEYNE BÜCHER
SACHBUCH

Lea Fleischmann

Dies ist nicht mein Land

In derselben Reihe erschienen außerdem als Heyne-Taschenbuch

Wallraff/Hagen: *Was wollt ihr denn, ihr lebt ja noch* · Band 10/1
Karin Arndt: *Der erste Mann in meinem Leben* · Band 10/2
Wilfried Nelles: *Das rote Tuch* · Band 10/3
Jennings Michael Burch: *Tiere sperren sie nur nachts ein* · Band 10/4
Peter Grubbe: *»Warum darf ich nicht sterben?«* · Band 10/5
Anton-Andreas Guha: *Schild oder Waffe?* · Band 10/6
Peter Lanzendorf: *Medien von morgen* · Band 10/8
Jacques Leibowitch: *AIDS* · Band 10/9
Anton Kovacic: *Suppe genug, aber Seele kaputt* · Band 10/10
Lea Fleischmann: *Dies ist nicht mein Land* · Band 10/11
Gudrun Lukasz-Aden: *Tiefer kannst du nicht fallen* · Band 10/12
Stephanie Sand: *Künstliche Intelligenz* · Band 10/13
Gitta Sereny: *Dann schon lieber auf den Strich* · Band 10/14
Karin Arndt: *Wir haben unheimlich viel gestritten* · Band 10/15
Ernest Bornemann: *Die neue Eifersucht* · Band 10/16
Peter Grubbe: *Alter macht frei* · Band 10/17
Gudrun Lukasz-Aden: *Ich bin so frei* · Band 10/18
Marjorie Jackson: *Ein Junge namens David* · Band 10/19
Wolfgang Wiesner: *Leben ohne Drogen* · Band 10/20
Matthias Horx: *Das Ende der Alternativen* · Band 10/22
Roland Girtler: *Der Strich* · Band 10/23
Heinrich/Schmitt: *Der Atom-Atlas* · Band 10/24
Frederic Vester: *Bilanz einer Ver(w)irrung* · Band 10/25
Das Männerwunder · Band 10/26
Rudolf Grass: *Die Alternative* · Band 10/27
Gudrun Lukasz-Aden: *Trennungen* · Band 10/28
Thomas Hauschild: *Die alten und die neuen Hexen* · Band 10/29
Keppler/Mehler: *Der sanfte Schrei* · Band 10/30
Öko-Atlas Bundesrepublik Deutschland · Band 10/31
Ingeborg Friesendorf: *Frauen im Knast* · Band 10/33
Lea Fleischmann: *Ich bin Israelin* · Band 10/34
Erich Kuby: *Der Spiegel im Spiegel* · Band 10/35
Emilio Sanna: *Affenliebe – Affenschande* · Band 10/37
Monika Goletzka: *Die schiere Lust oder Ist die Sexualität am Ende?* · Band 10/39
Martin Ahrends: *Das große Geld* · Band 10/40
Stephanie Sand: *IBM* · Band 10/41
Karin Jäckel: *»Es kann jede Frau treffen«* · Band 10/42
Gorbatschows historische Rede · Band 10/44
Richard Manning: *»Sie können uns nicht alle umbringen«* · Band 10/45
Ursula Fassbender: *Reinkarnation* · Band 10/46
Michael Heinrich: *Sind die Alpen noch zu retten?* · Band 10/47
Karin Jäckel: *Du bist doch mein Vater ...* · Band 10/48
Gudrun Lukasz-Aden: *Scheidung, was hat's gebracht?* · Band 10/50
Joachim Soyka: *Tatwaffe Computer* · Band 10/51
Bruno Venturi/Dorothee Thums: *Männerpremieren* · Band 10/52
Tobias Mündemann: *Die 68er* · Band 10/53
Die Vernichtung der Biologischen Medizin · Band 10/54
Karin Jäckel: *Betrug in der Partnerschaft* · Band 10/55
Leona Siebenschön: *Mutter & Tochter* · Band 10/56
McRae: *Parapsychologische Kriegsführung* · Band 10/57
Eva Roland-Schellack: *Die Frau über Vierzig* · Band 10/58
Delacoste/Alexander: *SexArbeit* · Band 10/59

Lea Fleischmann

Dies ist nicht mein Land

Eine Jüdin verläßt die Bundesrepublik

Mit einem Nachwort
von Henryk M. Broder

Wilhelm Heyne Verlag
München

HEYNE SACHBUCH
Nr. 19/121

5. Auflage dieser Ausgabe

Genehmigte, ungekürzte Taschenbuchausgabe

Printed in Germany 1996
Umschlagfoto: Alfred Waldner
Umschlaggestaltung: Atelier Ingrid Schütz, München
Satz: VerlagsSatz Kort, München
Druck und Bindung: Ebner Ulm

ISBN 3-453-43076-X

Dieses Buch widme ich
meinen Schwestern Rosa, Sara und Sonja,
ohne deren Hilfe
es nicht geschrieben worden wäre.

Ich, der Ewige dein Gott, bin ein
eifervoller Gott, der ahndet die Schuld
der Väter an den Kindern, am dritten
und am vierten Geschlecht bei denen,
die mich hassen, und übt Gnade bis
ins tausendste Geschlecht bei denen,
die mich lieben und meine Gebote
halten.

2. Mose 20, 5 – 6

Die Tür wird
luftdicht abgeschlossen.
Schma Israel

Wo beginnen Erinnerungen? Mit fünf Jahren, mit vier, mit drei oder gar in der Zeit, als man noch nicht geboren war? Für mich beginnen sie zehn Jahre *vor* meiner Geburt. In einem polnischen Städtchen, an einem Fluß. Der Fluß ist wichtig. Am Neujahrsfest gehen alle Juden dorthin und leeren ihre Taschen aus. Sie werfen die Krümel in den Fluß, als Zeichen, daß sie ihre Sünden wegwerfen. Ich weiß nicht mehr, ob es alle waren, ob nur die Männer oder auch die Frauen zum Fluß gehen. Eine Generation und jahrhundertealte Bräuche sind verschwunden.

Der Fluß – die Ufer sind grün, das Gras steht im Sommer so hoch, daß wir Kinder uns darin verstecken können. Wenn ich durch das Gras laufe, fühle ich mich als Entdekker. Man sieht nichts als die hohen Halme und weiß nicht, was man am Ende des Grasmeeres finden wird. Ich bin eins mit der Natur. Es gibt nur das Stück Himmel, die Gräser und die weiche, braune Erde. Und ich fühle mich geborgen.

Heute ist Freitag, und als ich aufwache, steht die Mutter schon am Herd und kocht. Die Challes sind im Ofen, und der warme Duft des backenden Teigs durchzieht das Zimmer. Jeden Freitag wird das gleiche gekocht: gefillte Fisch, Challes, Hühnerbrühe, Nudeln, Kompott und Kuchen. Ich kann den Freitag am Geruch erkennen.

Vormittags putzt die Mutter. Nachdem sie den Boden gescheuert hat, rückt sie den Tisch in die Mitte des Zimmers, bedeckt ihn mit einer weißen Damastdecke, stellt die silbernen Leuchter drauf, legt die Challes daneben und deckt sie mit einem gestickten Tuch zu. Die Stube hat ihr Schabbatkleid angezogen.

Freitag mittags esse ich nur eine Suppe mit Brot. Danach werde ich gebadet. Ich steige in eine große Waschschüssel, und die Mutter seift mich ein. Nach dem Baden gibt sie mir frische Wäsche. Ich ziehe mein schönes Kleid an, und mein Gemüt verändert sich. Es wird feiertäglich, erwartungsvoll, königlich. Ich bin kein schmutziges, kleines Mädchen mehr, sondern eine wichtige Person, die in ihrer sauberen Wäsche und im Schabbatkleid die Königin Schabbat begrüßen wird.

So wie sich unsere Stube verändert, verändern sich alle jüdischen Stuben im Städtchen, so wie ich mich verwandle, verwandeln sich alle Kinder und Erwachsenen. Mit der beginnenden Dämmerung zündet die Mutter die Kerzen an. Alle Mütter in allen Stuben zünden zur gleichen Zeit die Kerzen an. Würde man die Dächer öffnen, dann erschiene unser Städtchen in einem Meer von flackernden Kerzen.

»Gut Schabbes«, sagt die Mutter.

»Gut Schabbes«, antworten der Vater und ich.

Draußen sehe ich die Männer und Jungen langsam und würdevoll zur Synagoge gehen. Jeden Freitag verwandeln sich die Juden. Während der Woche wird dauernd diskutiert und nach Verdienst gesucht. Es wird laut gesprochen, laut geschimpft und laut gelacht. Das Leben ist laut. Es wird geklagt und gejammert. Jüdisches Leben im Städtchen ist Leben in Sorge und Unruhe. Man weiß nicht, was der morgige Tag bringen wird.

Am Freitag abend ist alles anders. Es gibt keine Sorgen, keine Unruhe, kein Jammern und Stöhnen über das harte Los. Jeder Jude wird zum König und seine kleine Stube zum Palast. »Auf, mein Freund, der Braut entgegen, Königin Schabbat wollen wir empfangen.« Mit diesem Lied wird der Schabbat begrüßt, und wir sind uns bewußt, daß man eine Königin nicht wie ein Bettler, sondern wie ein Herrscher empfangen muß.

Der Vater kommt aus dem Bethaus zurück, umgeben vom Hauch der Heiligkeit, der ihn in seiner Zwiesprache mit Gott streift. Er gießt den Wein in den großen, silbernen Becher, segnet ihn und trinkt. Dann gibt er der Mutter und mir einen Schluck davon und segnet die Mahlzeit. Ich helfe der Mutter, das Essen aufzutragen. Die Kerzen strahlen wohlige Wärme aus, und das Essen schmeckt gut. Am Freitag abend steht keiner hungrig vom Tisch auf oder füllt sich den Magen mit Kartoffeln. Ich habe nach dem Schabbatessen immer das Gefühl, als könnte nicht der kleinste Bissen oder das winzigste Tröpfchen mehr in meinen Bauch. Dieses satte, träge und müde Gefühl gibt mir die Feiertagsruhe. Freitag ist ein schöner Tag.

In meiner Kindheit ist das Leben in Wochentage, Freitage und Schabbattage eingeteilt. Dieser feste Rahmen gibt Sicherheit. Mag die momentane Sicherheit noch so unsicher sein, mag man heute noch nicht wissen, was man morgen verdient – am Freitagabend wird man Kerzen anzünden und eine Schabbatmahlzeit halten. Das ist sicher. Irgendwie wird es mit Gottes Hilfe gehen. Irgendwie geht es immer. Gott verläßt uns nicht.

Im Städtchen gibt es auch Goim. Die Bauern, die jeden Mittwoch zum Markt kommen, den Gutsbesitzer, den ich noch nie gesehen habe, und Pjetrek, den Gassenjungen. Pjetrek ist größer als ich und trägt im Sommer keine Schuhe. Meine Mutter hat es nicht gerne, wenn ich mit Pjetrek spiele.

»Was rennst du wieder mit dem Gassenjungen herum, kannst du nicht mit den anderen Mädchen spielen?« schimpft sie immer, wenn sie mich mit ihm sieht. Aber Pjetrek gefällt mir. Er kann alles.

Ein wenig außerhalb unseres Städtchens liegt ein Weiher. Jedes Jahr ertrinkt ein Mensch in dem Teich. Die Mütter verbieten ihren Kindern, ans Wasser zu gehen. Sie warnen uns: »Das Wasser hat Zauberkräfte, und sein großes Maul zieht Leben in die Tiefe.«

Eines Tages sagt Pjetrek zu mir: »Komm zum Weiher, dann zeige ich dir etwas.«

Wir laufen zum Wasser, und Pjetrek zieht sein Hemd aus.

»Pjetrek, was machst du?«

»Ich gehe ins Wasser.«

»Pjetrek, das darfst du nicht. Das Wasser frißt dich.«

»Nein«, sagt Pjetrek, »ich bin stärker.«

»Pjetrek, bleib draußen«, bitte ich.

Aber Pjetrek springt ins Wasser, kämpft mit ihm, boxt es, schlägt es, lacht und bleibt oben. Das große Maul kann ihn nicht fressen. Pjetrek ist stärker. Meine Bewunderung ist grenzenlos. Pjetrek ist ein Held, ein richtiger Held.

Pjetrek kann auch mit den Vögeln sprechen. Wir sitzen im Schilf, und er sagt zu mir: »Hör genau zu.«

Dann spitzt er die Lippen und pfeift wie ein Vogel. Es ist ganz ruhig, und plötzlich antwortet ein Vogel. Dann pfeift Pjetrek wieder, und der Vogel antwortet.

»Verstehst du, was der Vogel sagt?« frage ich ihn.

»Ja, du hörst doch, daß ich mit ihm spreche.«

»Was sagt er denn?«

»Er kommt aus Amerika.«

»Aus Amerika?«

»Ja«, sagt Pjetrek, »aus Amerika.«

Amerika ist das Weiteste, was ein Mensch sich vorstellen kann. »Ich will auch einmal nach Amerika«, sagt Pjetrek, »kommst du mit?«

»Ja.«

Eines Tages kommen andere Goim. Es sind keine Gutsbesitzer, es sind keine Bauern, es sind keine Gassenjungen, es sind Deutsche. Deutsche, das sind ganz andere Goim als die Polen. Alle Deutschen sehen gleich aus. Schwarze Stiefel, Uniform und eine Mütze. Die Stiefel sind mir am besten in Erinnerung geblieben. Vielleicht, weil ich noch klein bin. Schöne Stiefel sind das, glänzende Stiefel, harte Stiefel. Nicht wie die Stiefel der Juden, die zerknautscht, morastig und voller Falten sind wie die Gesichter ihrer Träger. Diese Stiefel schleppen sich nicht von einem Platz zum anderen, mal hastend, mal ziehend. Diese Stiefel gehen schnell, aber sie laufen nicht. Immer im gleichen Tempo. Die deutschen Stiefel wissen, wohin sie zu gehen haben, im Gegensatz zu den jüdischen Stiefeln, die von Minute zu Minute neu entscheiden, was sie tun, planlos, ohne lange Überlegung.

Die Mutter weckt mich auf. Draußen herrscht der Dämmerungszustand zwischen Nacht und Tag.

»Steh auf, wir müssen wegfahren«, sagt die Mutter und hebt mich vom Bett hoch.

»Wegfahren?« Schlagartig bin ich wach. Ich bin in meinem ganzen Leben noch nicht weggefahren. Mein Herz beginnt zu klopfen, und ich hüpfe aufgeregt.

»Mit was fahren wir weg?«

»Mit dem Zug.«

Mit dem Zug. Mit dem Zug. Etwas Schöneres, als mit dem Zug wegzufahren, kann ich mir nicht vorstellen. Ich bin noch nie mit einem Zug gefahren, aber ich weiß, daß er schnell fährt. Viel schneller als der Pferdewagen von Veiwel, dem Kutscher. Und das ist schon schnell. Man sitzt oben auf der Kutsche, der Wind saust um die Ohren, und die Felder fliegen vorbei. Und wenn man die Augen zumacht, ist man alleine mit dem Wind. Er streichelt das Gesicht und weht das Haar nach hinten, der warme, sommerliche Wind. Und wenn es auf dem Pferdewagen schon so schön ist, wie schön muß es erst im Zug sein.

Die Mutter zieht mir das Schabbatkleid an. Es ist ein besonderer Tag, ich darf mein schönes Kleid für den Zug anziehen. Über das Schabbatkleid zieht mir meine Mutter das alte Kleid an. Das gefällt mir überhaupt nicht. Der Zug kann dann nicht sehen, was für ein schönes Kleid ich habe.

»Ich will das alte Kleid nicht.«

»Laß, meine Puppe, zieh das Kleid nicht aus«, sagt meine Mutter mit einer zittrigen Stimme.

Ich verstehe die Mutter nicht. Erstens, seit wann zieht man zwei Kleider auf einmal an, und zweitens, wenn sie mir schon das schöne Kleid für die Reise anzieht, wozu dann noch das alte? Meine Freude ist getrübt, aber ich tröste mich mit dem Gedanken, daß ich dem Zug schon irgendwie mein Schabbatkleid zeigen werde.

Ich spüre, daß dies eine traurige Reise wird, aber verstehe nicht warum. Warum drückt mich die Mutter dauernd an sich und küßt mich, und warum ist der Vater so still und ernst? Warum weint die Mutter und schreit mich nicht an und schimpft nicht über alles, wie sie es jeden Tag tut? Warum sprechen sie so zärtlich mit mir?

»Setz dich, meine teure Seele, mein Schwälbchen«, sagt die Mutter und gibt mir eine Scheibe Brot.

Ich wage nicht zu fragen, warum die Mutter unaufhörlich weint und warum sie mich dauernd küßt, ich wage auch nicht, den Vater zu fragen, warum er mich so ernst und traurig ansieht. Ich fühle, daß meine Eltern mit sich kämpfen, um nicht vollkommen die Beherrschung zu verlieren. In meine Vorfreude auf die Reise mischt sich Beklemmung und Trauer. Vater und Mutter fahren mit mir, und doch spüre ich ganz tief in mir drinnen, daß etwas geschehen wird, aber ich weiß nicht was. Die Umarmungen sind so fest, als wollten sie sagen, wir werden uns nie trennen.

Dieser Reise fehlt jede Aufregung. Alles wird zögernd, schwermütig, seufzend erledigt. Die Bündel werden verschnürt, und Tränen benetzen die Schnüre. Keiner fragt, ob man etwas vergessen hat, ob man an alles gedacht hat, ob man nicht dieses mitnehmen und jenes dalassen kann. Überhaupt fällt mir an diesem Morgen auf, daß man nicht spricht. Jeder hängt seinen Gedanken nach und möchte nicht in seiner Zwiesprache mit dem Haus und der Vergangenheit gestört werden.

Ich fühle Trauer und gleichzeitig Freude. Aus dem Fenster sehe ich die Sonne und den grünen Baum. Ein wunderschöner, sommerlicher Tag, ein Tag wie geschaffen für eine Reise. Meinen Eltern kann ich meine Freude nicht zeigen, aber dem Baum.

»Auf Wiedersehen, Baum, ich mache eine Reise, und du mußt hierbleiben. Siehst du, Baum, ich kann gehen, kann fahren, kann Unbekanntes erleben, aber du bist angewurzelt. Sei nicht traurig, Baum, ich werde an dich denken. Und wenn ich zurück bin, werde ich dir alles erzählen. Ich sehe, du freust dich mit mir. Deine Blätter nicken mir zu und wünschen mir eine gute Reise. Ach, Baum, ich möchte dich umarmen und küssen.«

Die Mutter nimmt mich an die Hand, und wir gehen hinunter zum Marktplatz. Alle Familien gehen zum Marktplatz. Jeder trägt ein Bündel, und die Blicke sind ernst und die Menschen schweigsam. Plötzlich kommt Bewegung in die Menge. Die schwarzen Stiefel sind da. Es sind tretende und schlagende Stiefel. Erbarmungslos treiben sie die Menge an, und wir setzen uns in Bewegung. Die Mutter an der einen, den Vater an der anderen Hand, bin ich ein Teil dieser Bewegung. Vor mir Menschen, hinter mir Menschen, seitlich Menschen. Ich kann nichts sehen außer Füßen mit verstaubten Schuhen. Ich sehe nicht die letzten Häuser unseres Städtchens, ich sehe nicht die Felder und nicht den Fluß. Nur eine dampfende, stöhnende Menschenmenge. Wir gehen schnell. Man hört das Stampfen der Füße, das schwere Atmen aus zugeschnürten Kehlen, gelegentlich scharfe Schreie in einer Sprache, die ich nicht verstehe, und dumpfe Schläge, wenn schwarze Knüppel die Körper treffen. Manchmal sehe ich die schwarzen Stiefel in meiner Nähe, und es überkommt mich Angst. Mein Herz klopft schneller, und ich wünsche mir, daß die Stiefel wieder weggehen. Wenn ich die Stiefel nicht mehr sehe, bin ich erleichtert.

Wir gehen so schnell, daß man an nichts mehr denken kann. Nur schnell gehen, damit die Knüppel nicht den Kopf treffen.

Die Menschenmasse kommt zum Stehen. Ich bin durstig. Die Sonne brennt, mir ist heiß, und ich will trinken. Die Mutter nimmt aus ihrem Bündel eine Flasche und gibt sie mir. Das lauwarme Wasser bringt Gefühle zurück. Und mein Gefühl ist Angst, eine tiefe, unfaßbare Angst. Als wir so schnell marschierten, habe ich nichts gefühlt als den Wunsch, nicht zurückzubleiben. Aber jetzt fühle ich anders. Ich schmiege mich an die Mutter, damit mir ihr Körper Schutz gewährt. Schutz vor den schwarzen Stiefeln. Die Mutter drückt mich fest an sich, und wenn ich die Augen zumache, gibt es keine Juden, keine Deutschen, keine Schläge, keine Angst. Es gibt die warmen Arme meiner Mutter, ihre weiche Brust, die Hände, die meine Wangen streicheln, den Mund, der die Haare küßt. Ich öffne meine Augen und sehe nach oben. Ich sehe den Himmel, den blauen Himmel, und einige Wolken. Weiße, luftige Wolken, die ihre Gestalt verändern. Und ich beginne mit dem Spiel, das ich so oft gespielt habe, als ich noch daheim hinter dem Haus im Gras lag. Ich schaue mir die Wolken an, und plötzlich erkenne ich eine Katze, und nun ist die Wolke ein Mann mit einem langen Bart, und dann wird sie ein Schäfchen. Es ist ein aufregendes Spiel, denn man weiß nie, was aus der Wolke wird.

Ein Ruck geht durch die Menge. Der Zug ist da. Die Menschenmasse wird in Richtung der Waggontüren getrieben. Schneller, schneller, noch schneller. Ich bin eingekeilt zwischen drückenden, schiebenden, pressenden Leibern. An der einen Hand hält mich der Vater, an der anderen die Mutter. Ein pressender Druck schiebt sich zwischen die Hand meiner Mutter und meine. Der Druck wird stärker, und meine Mutter hält mich krampfhaft fest. Unsere Hände kämpfen gegen die Kraft der Menge. Aber die Menge ist stärker, sie schiebt sich zwischen uns. Am Eingang des Waggons wird das Gedränge noch größer. Nun drückt mich die Menge zusammen. Nur nicht die Hand meines Vaters verlieren. Sie zieht mich zwei Stufen hoch in das Innere des Waggons. Für einen Moment spüre ich Erleichterung, aber gleich strömt die Menge hinterher, und es wird wieder eng, so eng, daß man sich nicht mehr bewegen kann. Krachend wird die Waggontür zugeschoben und verriegelt.

Im Zug ist es dunkel. Der Waggon hat keine Fenster, er hat keine Bänke, keine Abteile. Es ist ein großer, rechteckiger Raum, vollgestopft mit Menschen. Die Menschen dampfen vor Hitze und Anstrengung. Die Luft ist stickig. Ich kann kaum atmen. Wenn nur ein Windchen, ein kleines Windchen wehen würde. Aber in dieser Dunkelheit gibt es nicht einmal einen Hauch.

»Vater, wo ist die Mama?«

»Sie ist nicht hier, mein Kätzchen, sie ist im anderen Waggon. Wenn wir aussteigen, werden wir sie wiederfinden.«

Der Gedanke, daß die Mutter allein im anderen Waggon ist, zieht meine Seele zusammen. Ich beginne zu weinen. Mein Weinen mischt sich mit dem Schluchzen und Stöhnen der Menge. »Weine nicht, Täubchen«, sagt eine alte Frau neben mir, »du findest deine Mutter bald wieder«, und während sie das sagt, rinnen ihr Tränen über die Wangen.

Im Zug kann der Mensch denken. Hier verscheucht nicht die Bewegung oder die Angst vor den Knüppeln die Gedanken. Im Zug gibt es eine Vergangenheit, aber keine Zukunft. Die Zukunft ist ein schwarzes Loch, in das wir hineinfahren. Und hier im Zug weint man. Menschen, die laufen, schieben, treten, pressen, haben keine Zeit zum Weinen. Jetzt kann man weinen und sich Sorgen machen. Um das Kind, das man im Gedränge verloren hat, um die Frau, die man in der Menge nicht sieht, um den Vater, der verprügelt und sterbend neben einem steht und dem man nicht helfen kann. In dieser Finsternis kommen die Gedanken an die Vergangenheit. An das Haus, das man verlassen mußte, an das Städtchen, wo man zu Hause war, an das Bethaus, in das man jeden Tag ging, und an den Fluß. An den klaren, rauschenden, kühlen Fluß.

Im Zug kann man nicht sprechen. Die Hitze ist unbeschreiblich, der Gestank unerträglich und die Luft gefährlich knapp. Außerdem wird jedermann von Durst geplagt. Der Durst klebt die Zunge am Gaumen fest.

»Vater, ich will trinken.«

»Bald, mein Kätzchen, bald sind wir da, und dann bekommst du klares, kaltes Wasser.«

»Wann ist bald?«

»Es dauert nicht mehr lange«, sagt der Vater und küßt mich auf den Kopf. Die Kinder verdursten, und die Eltern können ihnen nicht mehr geben als Worte und Hoffnung. Was fühlen die Väter und Mütter, als sie zusehen müssen, wie ihre Kinder um Luft ringen und um einen Tropfen Wasser jammern?

Und doch gibt es Freunde im Leid. Der eine Freund ist die Hoffnung. Die Hoffnung, daß der Moment bald ausgestanden ist und daß dieses »bald« nahe ist. In das Leid mischt sich das Sehnen nach Erlösung, das Sehnen nach ein bißchen kühler Luft und etwas Wasser, nach einem Platz zum Hinsetzen und nach Schlaf. Jede Sekunde, die vergeht, bringt dich der Erlösung aus dem gegenwärtigen unerträglichen Zustand näher.

Der andere Freund ist die Phantasie. Sie entführt dich für Bruchteile von Sekunden. Für Augenblicke befindest du dich in einem anderen Raum. Baum, schöner, grüner Baum. Du bist in einer anderen Welt, und ich bin für Momente bei dir, in einer Welt, die Jahre, Jahrzehnte, Jahrhunderte zurückliegt.

Und ein dritter Freund kommt den eingeschlossenen Menschen zu Hilfe: das gleichmäßige Rattern des Zuges. Im immer gleichen Takt wiederholt sich das Geräusch und beruhigt die aufgeregten, klopfenden Herzen. Zug, wohin fährst du? Gleichmäßig rollt der Zug, gleichmäßig ist das Geräusch, und gleichmäßig überkommt mich der Schlaf.

Bremsen quietschen, und die Menschenmasse fällt in Fahrtrichtung. Ich erwache durch den Druck der über mich fallenden Körper. Ich ersticke inmitten dieser Fülle von Leibern, Kleidern und Gestank. Unterhalb des Halses spüre ich einen Schmerz, der kein Schmerz ist, doch so weh tut. Ich atme und atme keine Luft ein. Die ungleichmäßige, dunkle Schwere der fallenden Körper weicht einer Dunkelheit in mir, einer Dunkelheit von der Zartheit einer tiefschwarzen Wolke.

Bruchteile von Sekunden später komme ich zu mir. Die Waggontür ist aufgerissen, der Druck nicht mehr da, mein Vater trägt mich ins Freie. Luft, Luft, kühle, milde, schwarze Nachtluft. Ich atme sie tief ein. Luft, wie frei du mich machst, du bist Leben. Was sagte meine Mutter zu mir, wenn sie in einer besonders zärtlichen Stimmung war? Ich brauche dich wie die Luft zum Leben. Ich habe das nicht verstanden, denn Luft ist selbstverständlich, sie ist überall. Ich verstand, wenn man Essen entbehrt, ist man hungrig, wenn man Trinken entbehrt, ist man durstig, wenn man einen Mantel im Winter entbehrt, friert man. Aber daß man alles entbehrt, wenn man Luft entbehrt, verstehe ich erst in dem Augenblick, als ich auf den Armen meines Vaters Luft, wunderbare, frische Luft einatme.

Auf dem Platz vor dem Zug wimmelt es von Menschen. Es ist noch dunkle Nacht, aber der Platz ist von Scheinwerfern hell erleuchtet. An der einen Seite sehe ich abgehärmte Männer in gestreiften Anzügen. Viele schwarze Stiefel mit Gewehren umzäunen den Platz. Und Hunde. Große, die Zähne fletschende Hunde. Ich drücke mich fester an meinen Vater. Alles ist so fremd, so unheimlich, so gespenstisch.

Die Menschen werfen ihre Bündel auf einen Haufen, dort, wo die gestreiften Gestalten stehen. Dann müssen sich die Männer von den Frauen und Kindern trennen. Männer auf die eine Seite, Frauen und Kinder auf die andere.

»Nein, Vater, bleib bei mir. Geh nicht weg, geh nicht weg. Die Mama ist doch auch nicht da, geh nicht weg, Papa, bitte geh nicht weg!«

Unbarmherzig trifft ein Knüppel Vaters Kopf.

»Auseinander, schnell, sofort auseinander!«

Die alte Frau, die neben uns im Zug stand, nimmt meine Hand. »Geht«, sagt sie, »geht, ich werde auf das Kind aufpassen.«

Der Vater läßt mich los, und ich sehe, wie er sich in die Reihe der Männer stellt. Sein Blick ist auf mich gerichtet. In meiner Brust ist ein Würgen, und ich weine unaufhörlich. Warum bin ich allein, warum bin ich ganz allein geblieben?

»Weine nicht, Täubchen«, sagt die Greisin und streichelt mir das Haar, »du wirst sehen, bald finden wir deine Mutter, und bald kommt auch dein Vater dich besuchen. Weine nicht, mein Kind.«

Die Frauen stellen sich zu fünft in eine Reihe, die Kinder nicht mitgezählt. Einige Frauen gehen auf eine andere Seite. Ich halte die Hand der Greisin. Wir müssen schnell gehen. Wir gehen auf eine Baracke zu, in einen großen, leeren Raum. Haken hängen an den Wänden.

»Ausziehen, schnell ausziehen. Kleider ordentlich zusammenlegen, Schuhe zusammenbinden!« befiehlt jemand.

»Komm, Herzchen, ich helfe dir beim Ausziehen. Wir müssen jetzt duschen gehen.«

Ich weiß gar nicht, was Duschen sind.

»Wasser kommt von oben, und wir werden ganz sauber. Wir sind doch so schmutzig vom Dreck im Zug.«

Die Greisin hilft mir, mein Kleid auszuziehen, und plötzlich sehe ich, daß ich mein schönes Schabbatkleid anhabe. Mein Schabbatkleid für den Zug. In welcher Welt habe ich es angezogen, und in welcher Welt ziehe ich es aus? Und doch liegt zwischen beiden Welten kein ganzer Tag.

»Ein schönes Kleidchen ist das«, sagt die Greisin und zieht es mir über den Kopf. Ich ziehe meine Wäsche aus, binde meine Schuhe zusammen und werde zwischen anderen Leibern in eine Kammer getrieben. Brausebad steht darüber. Auf dem Boden sehe ich viereckige Abflüsse, bedeckt mit Eisengittern. Dort wird das Wasser abfließen. In der Decke sind Duschköpfe eingelassen. Wieder wird es eng, furchtbar eng. Aneinandergepreßt stehen die nackten, warmen Leiber. Elektrisches Licht brennt. Die Tür wird luftdicht abgeschlossen.

Schma Israel!

Ich hatte einen deutschen Paß, aber eine Deutsche war ich nicht

Wo fange ich an? Am besten bei meinen ersten Erinnerungen im nachfolgenden Leben. Sie sind in einem DP-Lager. DPs waren *Displaced Persons,* heimatlose Menschen. DP-Lager nannte man die Lager, in denen die Juden nach dem Krieg in Deutschland untergebracht waren, bevor sie auswanderten oder in größere Städte zogen. Die Umgangssprache war Jiddisch.

Unser Lager lag in Oberbayern, an der Isar. Im Krieg war es ein deutsches Munitionslager gewesen, und deswegen war um das Lager ein Zaun gespannt. Ich habe das Gefühl, als hätten alle Zäune im Krieg genauso ausgesehen. Betonpfähle, das obere Ende zum Lager hin gebeugt, mit Stacheldraht bespannt. Die Juden in unserem Lager waren so sehr an den Anblick dieser Zäune gewöhnt, daß ihnen dieser hier nicht auffiel, zumindest nicht so unangenehm, daß sie ihn hätten niederreißen wollen. Der Zaun störte niemand. Ich kann mich nicht erinnern, während meiner Kindheit etwas über den Zaun gehört zu haben. Er war da, und man nahm ihn hin. Vielleicht bot er sogar Schutz gegen die Umwelt, gegen die Deutschen, denen man hilflos ausgeliefert gewesen war und die man aus tiefster Seele haßte.

Die Bewohner des Lagers waren Überlebende aus den Konzentrationslagern. Ursprünglich waren sie in Osteuropa beheimatet, in Polen, Litauen, Rumänien, Ungarn. Es war ein Durchgangslager auf dem Weg nach Israel, Amerika, Kanada oder sonst einem Land der Erde. Nicht aus Deutschland auszuwandern konnte sich in den frühen fünfziger Jahren kein Jude vorstellen.

Unser Lager hieß Föhrenwald. Föhrenwald, der Name paßt in die Landschaft. Viel Wald gab es dort, und es lag eingebettet in einen großen Föhrenwald. Abgeschirmt, versteckt in dieser satten, oberbayerischen Landschaft. Eine Enklave, ein ostjiddisches Städtel in Bayern. Das nächste Dorf war zwei Kilometer entfernt, und doch lag es für mich in einer anderen Welt, in einer Welt, die fremd war und die ich als Kind nicht betreten habe.

Das Lager war mir heimisch und die Juden vertraut. Mir

schien, als trügen sie die Schultern leicht nach vorne gebeugt, so daß sie eine gekrümmte Haltung hatten. Wie Menschen mit einer schweren, unsichtbaren Last. Die Gesichter waren bleich, und die meisten versteckten es unter einem Hut.

In der Mitte des Lagers, auf einem freien, runden Platz, stand ein hoher Mast, auf dessen Spitze ein Davidstern montiert war. Ein metallener, riesiger Davidstern. Er war das Wahrzeichen des Lagers, das Wahrzeichen der Juden, die alles verloren hatten, das Symbol aber nicht missen wollten. Golden strahlte der Davidstern in der Sonne und tat jedem schon von weitem kund, daß sich unser Dorf von allen umliegenden Dörfern unterschied.

In meiner frühen Kindheit bestand die Welt aus zwei Sorten von Menschen. Aus Juden und Nazis. Die Juden kannte ich, die Nazis kannte ich auch. Aus Hunderten von Erzählungen, aus jedem jüdischen Schicksal. Deutsch und Nazi waren damals für mich austauschbare Begriffe.

In meiner Kindheit wimmelte es von Morden, Demütigungen und Leiden. Jeder hatte seine Geschichte, und wir Kinder hörten manchmal den Erzählungen der Erwachsenen zu. Ich erinnere mich an eine Diskussion – Jahre später –, bei der sich Pädagogen damit auseinandersetzten, ob man Kindern Grimms Märchen erzählen solle oder nicht, die Grausamkeiten könnten die Kinder schockieren. Meine Kindheitsgeschichten waren an Grausamkeit nicht zu überbieten. Ich hörte von Juden, die ihre Gräber selber ausheben mußten, bevor sie erschossen wurden, ich hörte von Müttern, denen man die Kinder entrissen und vor ihren Augen erschlagen hatte, ich hörte von Vergasung, bevor ich wußte, was Gas ist, ich hörte von Hunden, die man auf Menschen gehetzt hatte, ich hörte von Kindern, die man lebendig in Feuergruben geworfen hatte. Diese Geschichten waren alltäglich, aber sie waren nicht greifbar. Irgendwie unvorstellbar, daß die Menschen, die sie erzählten, das gesehen oder erlebt hatten. Alltäglich waren auch die Flüche auf die Deutschen, diese Sadisten, diese Mörder, diese Verbrecher.

Das Leben in Föhrenwald war eingebettet in den festen Rahmen des jüdischen Jahres. Freitage, Samstage, dazwischen Wochentage. Jeden Samstag nahm mich mein Vater mit in die Synagoge, und dort traf ich meine Freunde. Wir liefen während des Gebetes zwischen den Eltern herum, lachten, spielten, und keinem wäre es eingefallen, uns daran zu hindern. Die Synagoge ist kein Ort der Ruhe und stillen Andacht, sondern ein Treffpunkt, an dem gebetet, erzählt und gelebt wird. Und die lärmenden Kinder gehören dazu. Eine Synagoge ohne Kinderlachen ist ein Haus ohne Leben.

Samstag mittag gab es immer das gleiche zu essen. Gefillte Fisch, Nudelsuppe, Fleisch, Kompott. Dieses Gericht hatte meine Mutter über den Krieg hinweggerettet. Alles war zerstört, aber das Essen hatte sich nicht verändert. Auch die Art des Essens war die gleiche geblieben. Man aß so viel, bis man das Gefühl hatte, es gehe kein Bissen und kein Tropfen mehr in den Bauch. Maßhalten beim Essen hatte ich nie gelernt.

»Alles kann man dem Menschen wegnehmen, nur das, was im Bauch ist, nicht«, pflegte meine Mutter zu sagen. Sie war fest davon überzeugt, daß ich kurz vor dem Verhungern stehe, unterernährt sei und man mich mit allen Mitteln stopfen müsse.

Ich erinnere mich, daß mein Vater eines Tages mit einer Konservendose Fisch in Tomaten heimkam und mir das sehr gut schmeckte. Nun wurde mir jeden Tag Fisch in Tomaten serviert, bis ich keinen Fisch in Tomaten mehr sehen konnte. Und so machten sie es mit jeder Speise, die ich gerne aß. Über das Essen konnte ich alles erreichen. Ich tyrannisierte meine Eltern maßlos, die alles taten, damit ich etwas aß. Beim Essen wurden Geschichten erzählt, Spielsachen versprochen, Drohungen ausgestoßen, Bitten und Tränen vergossen, nur damit ich ein paar Bissen zu mir nahm. Und dauernd rannte mir meine Mutter mit Essen hinterher.

»Ein Stückchen Banane, nur noch ein kleines Stückchen Banane.« Obwohl ich ihre Art, mich zu füttern, nicht ausstehen konnte, habe ich es viele Jahre später als Mutter selbst so gemacht. Mein Sohn hat die Gewohnheit aller jüdischen Kinder, schlecht zu essen. Deswegen saß ich mit dem Teller Suppe auf dem Spielplatz, ich ließ ihn unter dem Tisch essen, ich rutschte für eine Scheibe Brot in der Wohnung herum, und für ein Glas Milch mußte ich ihm stundenlang Märchen erzählen. Mir nutzte weder mein pädagogisches Diplom noch die Einsicht, daß ein Kind irgendwann essen muß. Er war und ist ein schlechter Esser, und ich lasse mich von ihm tyrannisieren, wie ich es mit meiner Mutter tat.

Daß man ein Kind mit Essensentzug bestraft, habe ich in jüdischen Familien nie erlebt. »Du bekommst keinen Nachtisch«, wäre für mich keine Strafe gewesen, im Gegenteil, meine Mutter hätte mir damit den größten Gefallen getan. Ich zog schon ein langes Gesicht, wenn sie nur anfing: »Ein Löffelchen Kompott, nur noch ein Löffelchen Kompott.« Wir hatten auch keine Tischmanieren. Meine Eltern kamen nie auf die Idee zu sagen: »Sitz gerade am Tisch«, oder »Mit vollem Mund spricht man nicht«. Es war ihnen vollkommen egal, wie ich aß, Hauptsache, ich aß etwas.

Bei uns zu Hause wurden keine Essensreste verwertet. Altes Brot wurde verbrannt oder an Tiere verfüttert, und meine Mutter kochte so, daß keine Reste übrigblieben. Später, als ich in eine deutsche Schule ging, hatten wir Kochunterricht, und dort lernten wir Kochen mit frischen Zutaten und Kochen mit Resten. Jeder noch so unbedeutende Rest wurde zu einer neuen Speise verwertet. Mitten im deutschen Wirtschaftswunder lernten wir kochen, als lebe man in Notzeiten. Aus altem Weißbrot stellten wir Weckmehl her, aus Fleischresten Frikassee, aus übriggebliebenen Nudeln Aufläufe.

Ich denke mit Grauen daran, daß im Krieg die Reste der ermordeten Juden ebenfalls weiterverarbeitet wurden. Aus Fett wurde Seife, aus Haaren Matratzen, aus Haut Lampenschirme gemacht. Diejenigen, die sich das ausgedacht haben, mußten zu Hause wahrscheinlich ständig aufbereitete Reste essen. Nur nichts vergeuden.

Die Grundpfeiler meiner häuslichen Erziehung waren zwei Komplexe: der Verhungerungskomplex und der Genialitätskomplex. Es gibt Menschen, die leiden an einem Minderwertigkeitskomplex, und andere, die haben einen Genialitätskomplex. Und zur letzteren Sorte gehört meine Mutter.

Da ihre Genialität von keinem erkannt wurde, mußten ihre Kinder herhalten.

»Meine Tochter bringt von der Schule lauter Einsen mit nach Hause«, erzählte sie jedem, ob er es hören wollte oder nicht. »Was für Einsen?« regte ich mich auf, »ich habe doch auch Zweien und Dreien.«

»Was kränkt es dich, wenn ich erzähle, du hättest lauter Einsen?« erwiderte sie und prahlte weiter mit meinen nicht vorhandenen Noten.

Sie war keineswegs hochstaplerisch, sondern befand sich in bester Gesellschaft mit den anderen jüdischen Müttern. »Ich schwöre dir, mein Sohn hat einen Kopf wie Albert Einstein. Ich weiß gar nicht, was ich machen soll«, ist ein Standardseufzer jüdischer Mütter. Wenn sie es nicht aussprechen, dann denken sie es zumindest. Und jede ist bereit es zu bestätigen, weil man ja selber so einen kleinen Einstein zu Hause hat.

Ich bin da schon ganz anders. Ich bin aufgeklärt, rational und objektiv. Als mein Sohn geboren wurde und ich ihn meiner Mutter zeigte, sagte sie: »Ein hochintelligentes Kind. An den Augen sieht man sofort, was für ein kluger Kopf das sein wird.«

»Rede nicht so einen Unsinn, Mama. Wie kann man von einem neugeborenen Säugling sagen, daß er intelligent ist?« entgegnete ich. Mir waren ihre Worte in Gegenwart der deutschen Kinderschwester sehr unangenehm. Was dachte die sich bei den Worten meiner Mutter?

»Du kannst mir glauben, ich weiß, was ich sage«, beharrte sie. Ich muß bekennen, daß ihr Enkelsohn tatsächlich ein hochintelligentes Kind ist, behaftet mit dem jüdischen Genialitätskomplex. Alles weiß er besser, wie es sich für einen richtigen Juden gehört.

Es gefällt uns Juden sehr gut, wenn man uns überschätzt,

denn wir überschätzen uns dauernd selbst. Eine deutsche Illustrierte brachte einen Bericht über die amerikanischen Juden. Der Tenor des Berichts war: Die Juden haben die mächtigste Lobby im amerikanischen Senat, sie sind die reichste Gruppe, der amerikanische Präsident tut praktisch alles, was die Juden wollen. Toll. Die Juden beherrschen Amerika.

Meiner Mutter hat dieser Bericht sehr gut gefallen. Wasser auf die Mühlen unseres Genialitätskomplexes. »Was sagst du dazu?« fragte sie eine jüdische Bekannte, »wir sind so klug, daß sogar der amerikanische Präsident darauf hört, was wir ihm raten.« Als ob der amerikanische Präsident jemals auf meine Mutter gehört hätte.

»Man weiß doch«, sagte unsere Bekannte, »auf die jüdischen Köpfe können sie nicht verzichten.« Und beide Frauen sonnten sich wieder einmal in der Intelligenz des jüdischen Volkes.

Ein Antisemit wird beim Lesen des gleichen Artikels sagen: »Da sieht man es ja wieder. Die Juden haben überall ihre Finger drin, und das Weltjudentum beherrscht sogar die Vereinigten Staaten.«

Auch ihm gefällt der Bericht, denn er findet seine angstvollen Vorurteile bestätigt.

Meine Mutter konnte die Gefahr, die von solchen Berichten ausgeht, trotz ihrer eingebildeten Genialität niemals richtig einschätzen. In den dreißiger Jahren wurden in Deutschland massenweise Artikel und Reportagen über die Macht des Judentums gedruckt, und wie groß die Macht wirklich war, sah man an dem Ergebnis der Vernichtungsaktionen. Sechs Millionen Male hat diese Macht nichts genutzt.

Als ich 10 Jahre alt war, wurde das DP-Lager Föhrenwald aufgelöst, und die wenigen verbliebenen Familien wurden in größere Städte umgesiedelt. Wir kamen nach Frankfurt. In zwei Wohnblocks wohnten fortan die Juden aus Föhrenwald, man blieb unter sich. Ein kleines Getto in Frankfurt.

Juden haben vor Juden keine Angst, man weiß, der andere wird einem nichts tun, man kann sagen, was man will. Man kann streiten, man macht Geschäfte untereinander, man bleibt sich Geld schuldig, man söhnt sich aus, ohne daß es in irgendeiner Form weitergemeldet wird. Denunziation, lernte ich, ist ein widerliches Verbrechen, Denunziation beschneidet die Freiheit des einzelnen.

Ich ging in eine öffentliche Schule, und meine Kontakte mit Deutschen beschränkten sich ausschließlich auf die Schule. Ich kannte die Klassenkameraden, war aber nie bei ihnen eingeladen, ebenso wie sie nie zu mir nach Hause kamen. Niemals habe ich das Gefühl entwickelt, ein Teil der Klassengemeinschaft zu sein. Ich merkte noch nicht einmal, daß es so etwas gab. Ich machte alles mit und blieb immer draußen, nichts hat mich in der Schule innerlich berührt. Ich ging dorthin, weil man zur Schule gehen mußte. Meine Eltern haben keinen Elternabend besucht oder jemals mit der Lehrerin gesprochen. Sie wußten überhaupt nicht, was wir in der Schule lernten.

Als ich in der sechsten Klasse war, gerade 13 Jahre alt, machte sich mein Vater selbständig und hausierte mit verschiedenen kleinen Artikeln. Er hatte einen Gewerbeschein und mußte jeden Tag Buch führen, aufschreiben, was er ausgegeben und eingenommen hatte. Außerdem waren gelegentlich Formulare für das Finanzamt auszufüllen. Da er weder Deutsch schreiben noch lesen konnte und meine Mutter überhaupt nichts verstand, fiel mir die Aufgabe der Buchführung und das Ausfüllen der Formulare zu. Ich haßte diese Arbeit wie die Pest. Die Buchführung ging noch, aber die Formulare waren zu schwierig. Ich las und begriff nicht, was das Finanzamt wollte. Wie soll man das aber einem Vater erklären, der meint: »Sechs Jahre geht man in die Schule, Deutsch spricht man, aber ein Stück Papier kann man nicht ausfüllen. Was lernst du überhaupt?« Was sollte ich darauf antworten? Sollte ich sagen: »In Heimatkunde lernen wir, wo der beste Weizen wächst.«

»Wieso«, hätte er gefragt, »seid ihr Bauern?«

»In Biologie lernen wir, wie die Bienen tanzen.«

»Wen interessiert, wie Bienen tanzen?«

»In Deutsch lernen wir Gedichte auswendig.«

»Ich sehe schon«, hätte er gesagt, »alles lernt ihr, aber wie man ein Stück Papier für das Finanzamt ausfüllt, das lernt ihr nicht.«

Alles, was man mir in der Schule beibrachte, hatte mit dem zu Hause nicht das Geringste zu tun. Ich habe nie ein Gedicht deklamiert oder ein Lied vorgesungen, über kein einziges Fach mit den Eltern gesprochen oder eine Frage gestellt, denn erstens war ihnen alles zu fremd, und zweitens hätten sie gar nicht verstanden, wozu man so viele Dinge lernen muß. Wenn ich meinen Eltern eine Frage zum Dreisatz gestellt hätte, beispielsweise: In ein Schwimmbecken fließt durch einen 5 cm dicken Schlauch 3 Stunden lang Wasser, wie lange braucht man, um ein doppelt so großes Becken mit einem 10 cm dicken Schlauch zu füllen? – sie hätten die Lehrerin glatt für verrückt erklärt, solche Fragen einem Kind zu stellen. Wen interessiert es, wie lange man braucht, um ein Becken mit Wasser zu füllen? Hast du ein Schwimmbecken? Weißt du, ob du gerade einen Schlauch mit 5 oder 10 cm Durchmesser haben wirst, und wie lange es braucht, so lange braucht es eben. Und ich habe mir mit diesen Fragen den Kopf zermartert.

Dinge, die in der Schule außerordentlich wichtig waren, hatten bei uns zu Hause keine Bedeutung. Als ich auf die Frauenfachschule ging, lernten wir bügeln. Ich mußte daheim als älteste von vier Schwestern häufig bügeln und war sicher, bügeln kann ich, in diesem Fach werde ich bestimmt sehr gut sein. In der ersten Bügelstunde lernten wir, wie man ein Geschirrhandtuch bügelt. Für ein Geschirrhandtuch brauchte ich normalerweise zwei Minuten. Drübergebügelt, zusammengelegt, fertig. So einfach war das in der Schule nicht. Dort wurde aus dem Handtuchbügeln eine Wissenschaft gemacht. Zunächst wird es vorgebügelt, dann der Aufhänger mit einem Winkel von 60 Grad nach innen gebügelt, zuerst in der Längskante und dann zweimal in der

Webkante falten, die Bruchkante muß eine scharfe Linie sein, die Deckseite muß zwei Millimeter überstehen, damit das zusammengelegte Handtuch wie ein Quadrat aussieht. Das Ganze dauerte eine Doppelstunde, danach war das weiße Handtuch hellbraun, und ich bekam eine Vier.

Heute, nachdem ich selber jahrelang Lehrerin war, weiß ich, wie das Konzept der Stunde ausgesehen hat.

Problemstellung: Einführung in die Problematik des Bügelvorganges.

Groblernziel: Die Schülerinnen werden in die Problematik des ordnungsgemäßen Bügelvorganges am Beispiel eines Geschirrhandtuches eingeführt.

Folgende Feinlernziele sollen erarbeitet werden:

a) Relevanz des Vorbügelns
b) Knickung des Aufhängers
c) Bruchkantenproblematik
d) Falttechnik

Im Anschluß daran wird die Lernzielkontrolle durchgeführt und mit Noten von 1 bis 6 bewertet.

Für mich stellte sich das Problem, wie macht man einer Mutter, die nicht geringsten Wert darauf legt, wie ein Handtuch gebügelt und gefaltet wird, klar, welche Problematik im Bügeln eines Geschirrhandtuches steckt? Nicht genug, daß meine Eltern den Ernst des Lehrstoffes nicht begriffen, sie hatten zu allem Überfluß auch eine absurde Vorstellung von den Lehrern. Ich ging in die fünfte Klasse, und meine Lehrerin hieß Frau Mauer. Sie war schmächtig, hatte kurze graumelierte Haare, die man nicht einlegen und nicht besonders pflegen mußte, benutzte weder Schminke noch Nagellack. Sie trug schlichte braune oder dunkelblaue Röcke, dazu meistens Twinsets. Ihr Gesicht war ein bißchen gelblich, und manchmal kniff sie ihre Augen zusammen. Ich war bei ihr eine mittelmäßige Schülerin und kann nicht einmal sagen, ob ich sie mochte oder nicht.

Nun hatte Frau Mauer Geburtstag, und wir Kinder sammelten Geld, um ihr etwas zu kaufen.

»Papa, morgen muß ich Geld in die Schule mitbringen.«

»Wozu?«

»Frau Mauer hat Geburtstag, und jeder muß Geld geben.«

Das mit dem Geld und dem Geburtstag leuchtete meinen Eltern ein. Wahrscheinlich hat man in Polen den Beamten zum Geburtstag auch Geschenke gemacht. Und mein Vater kam auf eine großartige Idee. Er handelte damals gerade mit Damenunterwäsche und zog aus seinem Sortiment von lila, gelben, grünen, weißen, rosa und schwarzen Perlonunterröcken ein besonders schönes Exemplar hervor. Eine rosa Kreation mit schwarzer Spitze.

»Das schenk ich nicht!« fing ich an zu schreien.

Bei uns zu Hause schrie man nur, man redete nicht.

»Was gefällt dir daran nicht?« fragte mein Vater.

»Einer Lehrerin schenkt man keinen Unterrock.«

»Warum soll man einer Lehrerin keinen Unterrock schenken?«

»Bei euch in Polen hat man vielleicht Unterröcke geschenkt, hier schenkt man Blumen.«

»Blumen sind nach drei Tagen verwelkt, und ein Unterrock bleibt.«

Also ließ ich mich überreden und kam am Geburtstag mit einem Päckchen in die Schule. Nicht genug, daß sie mir einen Unterrock mitgaben, sie hatten ihn auch noch blöd eingepackt. Nur mit Geheul hatte ich erreicht, daß meine Mutter ihn in Geschenkpapier einwickelte.

»Zeitungspapier ist auch Papier«, meinte sie.

Für schöne Päckchen mit Schleifchen und Bändchen hatte sie überhaupt keinen Sinn.

»Wer braucht schöne Päckchen? Hauptsache, es ist etwas Gutes drin«, war die Einstellung meiner Mutter.

Ich kam mit meinem verunglückten Päckchen zur Schule und überreichte es Frau Mauer.

»Mein Vater hat gesagt, ich soll Ihnen das zum Geburtstag schenken.«

Frau Mauer lächelte: »Danke, Lea.«

Sie nahm das Päckchen und packte es vor der Klasse aus.

Dann hob sie den rosa Perlonunterrock mit der schwarzen Spitze hoch und hielt ihn vor sich. Ihr gelbliches Gesicht wurde ein bißchen rot, und ich wurde tiefrot und beschloß, mich nie mehr von meinen Eltern zu irgend etwas überreden zu lassen. Die anderen fingen an zu lachen, und ich ärgerte mich über meine Eltern mit ihren polnischen Sitten.

»Das ist ein wunderschönes Geschenk«, sagte Frau Mauer.

Die Klasse hörte auf zu lachen und bewunderte den Unterrock, und ich war selig.

Einmal gab die Lehrerin blaue Karteikarten an uns aus, die wir ausfüllen mußten. Name, Vorname, Geburtsdatum, Geburtsort, Name des Vaters, Beruf des Vaters, Name der Mutter, Beruf der Mutter. Zwei Schwierigkeiten hatte ich beim Ausfüllen: Name der Mutter und Beruf des Vaters. An und für sich hat jede Mutter einen Namen, nur meine weiß nicht, wie sie heißt. In Polen hieß sie Franja, mein Vater nennt sie Rote, weil sie rote Haare hat, bei der Polizei ist sie mit Frieda angemeldet, beim Entschädigungsamt mit Freidi, beim Sozialamt heißt sie Freida, und jedesmal gibt es Theater, wenn es darum geht, ein Stück Papier für ein Amt auszufüllen. Ich brauche einen Kinderausweis, holte von der Polizei ein Antragsformular und frage meine Mutter: »Mama, wie heißt du bei der Polizei?«

»Ich weiß nicht.«

»Was heißt, du weißt nicht, wer denn soll wissen?«, schreie ich.

»Schreib Freidi.«

Ich fülle Freidi bei *Vornamen der Mutter* aus und gehe auf das Polizeirevier.

»Eine Freidi Fleischmann gibt es bei uns nicht«, sagt der Beamte.

»Wieso, meine Mutter heißt doch so.«

»Deine Mutter heißt Frieda Fleischmann.«

»Dann streichen Sie doch Freidi aus und schreiben Sie Frieda hin, es ist dieselbe Mutter.«

»Nein, dazu bin ich nicht befugt«, sagt der Beamte, »entweder deine Mutter kommt selbst her, oder du nimmst das Antragsformular mit und sie ändert das.«

»Hundertmal muß man wegen dir laufen«, meckerte ich zu Hause, »bei der Polizei steht Frieda und Frieda ist nicht Freidi.«

Meine Mutter hatte einfach keinen Namen. Franja, das war ihr zu polnisch, und so schwankte sie zwischen Frieda, Freida und Freidi hin und her. Hätte man es nicht mit deutschen Beamten zu tun gehabt, wäre es nicht schlimm gewesen, so aber war es eine Katastrophe. Eine Frieda ist keine Freidi, und wenn man aus einer Freidi eine Frieda macht, kommt das einer Urkundenfälschung gleich.

Gott sei Dank wußte mein Vater, wie er heißt, dafür wußte er nicht, was für einen Beruf er hatte.

»Zu Hause in Polen«, erzählte er, »hatten wir eine Schreinerei, und ich bin Tischler.«

Ein einziges Mal habe ich die Kunst meines Vaters zu sehen bekommen. Wir hatten einen alten, abgeschabten weißlackierten Tisch, der noch stabil war, aber nicht schön aussah.

»Der Tisch ist noch gut, und ich werde den Tisch beizen«, beschloß mein Vater. Er kaufte eine stinkende Flüssigkeit und Schmirgelpapier. Meine Mutter bekam ein Stück Schmirgelpapier, ich bekam einen Fetzen Schmirgelpapier, und mit vereinten Kräften begannen wir drei den Tisch zu schmirgeln.

»Der Lack muß runter«, sagte mein Vater.

Aber der Lack wollte nicht runter. Ich schmirgelte ein Tischbein, meine Mutter das andere, und mein Vater arbeitete an der Tischplatte.

»Der Schlag soll den Lack treffen«, regte sich mein Vater auf. »Was für einen Lack haben sie draufgetan? Er klebt an dem Tisch wie ein Mann bei der Freundin.«

»Wenn du schon etwas machst, kann es denn gut sein?« ließ sich meine Mutter vernehmen. »Einen Tisch lackiert man, und er geht beizen.«

»Du bist auch schon der Fachmann«, konterte mein

Vater, »bei uns zu Hause hat man die Tische gebeizt. Wir waren bekannt für die gebeizten Tische.«

»Ich kann mir vorstellen, wie die Tische bei solchen Arbeitern, wie du einer bist, ausgesehen haben«, antwortete die Mutter. Wir rieben den Tisch, bis uns die Hände weh taten. An manchen Stellen war der Lack ab, an manchen nicht, und meine Mutter nahm ein kleines Messerchen und begann den Lack abzukratzen. »Was machst du?« entsetzte sich mein Vater, »du zerhackst den Tisch. Gib das Messer her.«

Meine Mutter fing an zu schreien: »Du siehst doch, daß der Lack nicht runtergeht!«

»Dann soll er nicht runtergehen, so ist es auch gut.«

Meine Mutter wusch den Tisch ab, und wir stellten uns daneben, um zuzusehen, wie mein Vater beizt. Er nahm die Flasche mit der braunen Flüssigkeit, goß ein wenig auf die Tischplatte und begann mit einem Tuch die Beize einzureiben.

»Weh ist mir, wie das stinkt«, tobte die Mutter, »die ganze Wohnung stinkt. Wozu hat man das gebraucht. Konnte man nicht den Tisch lackieren, wie jeder normale Mensch lackiert?« Mein Vater ließ sich nicht beirren und beizte den Tisch zu Ende. An den Stellen, wo der Lack nicht abging, war er hellbraun, an den anderen dunkelbraun. Mein Vater betrachtete das Werk und sagte: »Siehst du, Rote, der Tisch paßt gut zur Gardine.« Unsere Gardinen hatten auch ein braunes Muster.

»Du sollst so schön sein, wie der Tisch ist«, war der bissige Kommentar meiner Mutter.

Ein anderes Mal war mein Vater Pulloververkäufer. Wenn die Kirmes kam, stellte er einen Tisch auf dem Jahrmarkt auf, legte alle Pullover drauf und pries sich an: »Der billige Jakob! Kauft beim billigen Jakob!«

Ich mußte auf die Pullover aufpassen, wenn er mit den Käufern verhandelte.

»Was schreist du ›billiger Jakob‹«, sagte ich, »keiner schreit, nur du mußt schreien.«

»Du gehst mich auch schon lehren, wie man verkauft? In welcher Schule hast du das wieder gelernt? Kauft beim billigen Jakob!«

Die Leute kamen tatsächlich, aber mir war das alles peinlich, und ich setzte mich ein wenig abseits, damit man nicht gleich sah, daß ich zu dem Stand gehörte.

Überhaupt waren mir die Berufe meines Vaters unangenehm. Eine Zeitlang war er Straßenkehrer.

»Jetzt arbeite ich bei der Stadt«, erzählte er zu Hause.

Er kehrte die Straßen in der Nähe unserer Wohnung, und samstags ging die Familie spazieren und begutachtete die gekehrten Gassen. »Sieh, wie sauber es bei mir ist«, sagte er zu meiner Mutter, und meine Mutter bestätigte, daß die Straßen gut gekehrt waren. Mir war das wieder einmal sehr peinlich. Auch etwas, worauf man stolz sein konnte: gut gekehrte Gassen.

Die Berufe meines Vaters wechselten zwischen angestellt und selbständig. Keine Arbeit hat er beständig gemacht, und kein Geschäft glückte ihm. Mal verdiente er ein bißchen mehr und mal ein bißchen weniger, aber im großen und ganzen war nie genug Geld da, und meine Eltern stritten Tag und Nacht wegen des Geldes. Die Juden sind reich, hörte man häufig. Das kann schon sein, aber wir waren es leider nicht.

Meine Eltern unterschieden sich in ihrem Verhältnis zum Geld wie der Tag von der Nacht. Für meinen Vater hatte es keinen Wert. Er war mit Geld aufgewachsen, in seiner Jugend mußte er nicht arbeiten, Geld war da und gehörte zum Leben. Mein Großvater hatte eine Möbelfabrik, die er von seinem Vater übernommen hatte. Er beschäftigte Arbeiter, und ihm fehlte gegenüber seinen eigenen Kindern die Strenge des Patriarchen. Und wie man etwas, das man im Überfluß besitzt, nicht schätzt, so schätzte mein Vater das Geld nicht. Wenn er es hatte, gab er es aus. Er hielt es nicht fest, liebte es nicht, ehrte es nicht, bewahrte es nicht, er gab es weg. Wäre nicht der Krieg gewesen, er hätte sein ganzes Leben leichthändig mit Geld umgehen können. Es diente schon so lange der Familie, warum sollte es ihr nicht weiter dienen? Aber der Krieg zerstörte alles, er zerstörte die Familie, den Betrieb und die Güter. Mein Vater überlebte als einziger.

Mein Vater war auf geldlose Zeiten nicht eingerichtet. Er hatte nicht gelernt, schwer zu arbeiten, er konnte nicht sparen und noch weniger verzichten. Er haßte das Geld geradezu. Er kaufte für uns unsinnige Spielsachen in Zeiten, wo wir neue Kleider brauchten, er brachte von der Synagoge arme Leute zum Essen mit nach Hause an Tagen, an denen meine Mutter überlegte, von welchem Geld sie die nächste Miete bezahlen sollte, und es war ihm unerträglich, einer geregelten Arbeit nachzugehen. Da er keinen Beruf gelernt hatte und seine Bildung aus dem Wissen der jüdischen Religion bestand, konnte er im modernen Nachkriegsdeutschland nur als Hilfsarbeiter etwas verdienen oder mit irgendwelchen Dingen handeln. In keinem Betrieb hielt er es länger als ein paar Wochen aus, und er ging nur in einen Betrieb, wenn sich seine Geschäfte einmal mehr als Verlustunternehmen herausgestellt hatten.

Wir waren eine Familie, die nichts hatte, aber in Millionenbeträgen dachte. Nahm mein Vater wieder einmal ein Geschäft in Angriff, dann schwirrten in Gedanken die Hunderttausender durch die Wohnung. Wenn das Geld erst wieder da war, dann konnte er aufhören, daran zu denken, meine Mutter wäre zufrieden, die Menschen wie früher, voller Hochachtung und Respekt, und er befreit. Das mit den Geschäften klappte aber nicht, und so war mein Vater in der Wirtschaftswunderwelt ein Versager, ein Nichts, denn diese Welt verstand nur die Qualität des Geldes und nicht die Qualität des Lebens. Alle seine Weisheiten waren sozusagen wertlos, und so fiel er in Depressionen und zog sich zurück in eine Welt, die keinen hineinließ. Dort konnte er das sein, was er eigentlich war, ein Mensch der Träume, befreit von den materiellen Sorgen und Kümmernissen des Lebens.

Was tut man hierzulande mit einem Menschen, der sich

der Realität entzieht? Man weist ihn in eine Nervenheilanstalt ein, damit die Nerven so weit geheilt werden, daß sie die Frustration ertragen. In der geschlossenen Anstalt gab sich mein Vater seinen Wünschen, seiner Phantasie und seinen Träumen hin. Dort wurde er zum Wissenden. Wo alle verrückt sind, braucht man keine Zertifikate, die schwarz auf weiß belegen, was man ist. Er war Rabbiner, und die anderen glaubten ihm. Bei den Irren hatte er Autorität und sein Wort Gewicht. Gab es Streitereien bei den Mitpatienten, wurde er um ein Urteil angegangen, war etwas unklar, wurde er um eine Erklärung gebeten. Diese Welt wollte er nicht mehr verlassen, und sobald er entlassen wurde, drohte er mit Selbstmord und wurde wieder eingewiesen. Meine Mutter machte ihm sogar dort bittere Vorwürfe: »Vier Kinder hast du, und ich muß für alles sorgen.«

»Sorg dich nicht«, sagte er, »für morgen wird Gott sorgen.« Und genauso sorglos starb er. Er litt nicht, er quälte sich nicht, er kämpfte nicht mit dem Tod, er starb durch Gottes Kuß. Als ich noch ein Kind war, hatte er mir erklärt, was Gottes Kuß bedeutet: »Wenn Gott einen Menschen lieb hat und die Zeit des Todes gekommen ist, dann küßt er ihn und nimmt seine Seele zu sich hinauf. Wenn der Mensch Gott nicht gedient hat und Gott ihn strafen will, dann schickt er den Todesengel, und der Mensch beginnt mit dem Todeskampf. Er kämpft gegen den Todesengel, er will nicht mitgehen, er tut alles, um den Todesengel zu überlisten, und doch ist der Tod stärker, der Mensch muß den Kampf verlieren. Dieser Tod ist eine Qual und eine Strafe.«

Meine Mutter war ganz anders. Sie stammte aus einer sehr armen Familie, und als sie noch fast ein Kind war, mußte sie bei anderen Dienste leisten, um zu überleben. Sie arbeitete bitter schwer für das Geld und darum liebte, schätzte und ehrte sie es. Am liebsten hätte sie es festgehalten, jeder Pfennig, den sie ausgeben mußte, tat ihr weh, sie sparte, wo es nur ging, und wenn sie ein paar Mark zusammengekratzt hatte, erwärmte der Anblick ihr Herz. Sie kaufte billige Waren, suchte nach Sonderangeboten. Jeden, der Geld hatte, beneidete und bewunderte sie, alles maß sie am Geld. Ihr imponierte ein teurer Mantel mehr als ein kluges Wort, ein neuer Wohnzimmerschrank mehr als Wohltätigkeit. Sie war realistisch und konnte die Millionenphantasien meines Vaters nicht ausstehen.

»Warum suchst du dir nicht eine Arbeit, bei der du länger bleibst? Kannst du nicht wie andere Menschen regelmäßig Geld verdienen, dann bräuchte ich mir keine Sorgen zu machen. Mußt du wieder Schnorrer zum Essen anschleppen, damit ich koche und sie bediene?« So schrie und zeterte sie ein ganzes Leben. Sie war unzufrieden und unglücklich, wenn sie sich mit anderen verglich. Jedes neue Kleid der Nachbarin gab ihr einen Stich in der Herzgegend, jeder Besitz des anderen rumorte in ihrer Seele und ließ sie nicht zur Ruhe kommen. Und deswegen schätzte sie Werte wie arbeitsam, regelmäßig, fleißig, sparsam. Sie, die nie Geld in großen Mengen hatte, war dem Gott des Geldes verfallen.

In der reinsten Form beobachtete ich den Dienst am Geldgott bei den Deutschen. Wenn das Kind noch klein ist, lehren sie es: »Wer den Pfennig nicht ehrt, ist des Talers nicht wert.« Sogar der wertlose, tote Pfennig mußte geehrt werden, der allerkleinste Teil des Geldes. Ihr konsequentester und gehorsamster Diener war der SS-Reichsführer Himmler: »Wir haben das moralische Recht, die Pflicht gegenüber unserem Volk, die Juden umzubringen. Die Reichtümer, die sie hatten, haben wir ihnen abgenommen. Ich habe einen strikten Befehl gegeben, daß diese Reichtümer selbstverständlich an das Reich abgeführt werden. Wir haben uns nichts davon genommen. Einzelne, die sich verfehlt haben, werden gemäß einem von mir zu Anfang gegebenen Befehl bestraft, der androht: Wer sich auch nur eine Mark davon nimmt, der ist des Todes.«

Das Geld darf nicht angetastet werden, die Würde des Geldes ist absolut, an ihm darf sich kein Mensch vergreifen. Eine Mark wiegt den Tod auf, das Geld ist heilig. Deswegen ist Betrug das schlimmste Vergehen gegen die deutsche Menschlichkeit. Der Betrüger achtet das Geld des anderen nicht, der Dieb nimmt es sich, der Verschwender gibt es aus, der Faule arbeitet nicht dafür, der Prasser verfrißt es – alles Eigenschaften, die der tugendhafte deutsche Mensch verabscheut. Kein Schrecken ist dem Schrecken der Inflation vergleichbar, jede minimale Preissteigerung wird mit Entsetzen beobachtet und jede Meinung, die das Geld in Frage stellt, verabscheut. Und der Neid auf die Juden ist grenzenlos. Wie kommt es, daß sich der Gott des Geldes immer wieder ihnen zuwendet und seine besten Diener, die für ihn fleißig, anständig, pflichtbewußt und treu arbeiten, im Stich läßt? Die Juden wurden vor allem des Geldes wegen umgebracht. Alles andere war Maske und Verdrehung. Der Neid hat das deutsche Volk aufgefressen, seine Sinne benebelt, alles Leben in ihm getötet, bis es genauso tot geworden ist wie ihr Gott. Gefühllos, kalt, unbarmherzig, hart wie ein Klumpen Gold.

Und weil die Deutschen so ehrfürchtig sind, durchschauen sie das Geld nicht. Sie können nicht mit ihm spielen, es nicht riskieren, nicht einsetzen, sie können es nur sammeln. Sie arbeiten schwer, und alle Entbehrungen des Lebens nehmen sie für das Geld in Kauf, alle Mißachtungen des Vorgesetzten lassen sie des Geldes wegen über sich ergehen, alle Kränkungen werden diesem Gott zuliebe hingenommen. Alles kann man hier mit Geld machen. Sollen mehr Kinder geboren werden, erhöht man das Kindergeld, gehen sie nicht regelmäßig zur Schule, droht ein Bußgeld, haben sie studiert, dann haben sie einen Anspruch auf ein höheres Entgelt. Und weil für sie das Geld so wertvoll ist, denken sie in Pfennigbeträgen. Es gibt ein ganzes Lexikon darüber, wie Lehrer ein paar Mark Steuern sparen können, und Tausende von Lehrern vertiefen um einiger Pfennige willen ihren Geist darein.

Wer dem Gott des Geldes dient, der verachtet den Gott des Lebens. Der Wert eines Häftlings in Auschwitz betrug bei einer durchschnittlichen Arbeitsleistung von neun Monaten, abzüglich aller Seelenbeseitigungsmaßnahmen wie Gas, Holz und Benzin genau 1631,– Reichsmark. Eintausendsechshunderteinunddreißig Reichsmark war das Leben eines arbeitenden Häftlings wert. Das Leben eines Kindes hingegen brachte nur einen minimalen Erlös, wenn man sein bißchen Fett in Seife umwandelte. Es hat lediglich seine Todeskosten getragen. Ein Gewinn war dabei nicht zu erzielen.

Der Gott des Geldes hat den Menschen die Zahl gegeben. Geld besteht aus vielen kleinen Pfennigen. Man kann sie zusammenzählen, abziehen, multiplizieren, dividieren – viele, schöne, klare, blanke Zahlen. Das Leben wird gezählt, gemessen, gewogen – objektiv, realistisch, wissenschaftlich. In der Schule wird der Mensch auf ein paar Noten reduziert, im Bett werden die Muskelkontraktionen beim Orgasmus gezählt und in Dachau die Minuten, bis ein auf dreißig Grad Rektaltemperatur unterkühlter Mensch sein Bewußtsein wiedererlangt hat. Und weil der Objektivität und Sachlichkeit gehuldigt wird, werden Tabellen angelegt. Abweichungen errechnet, Häufigkeiten bestimmt und Kurven gezeichnet. Auf die Stoppuhr schauen, Elektroden beobachten, Zeitintervalle bestimmen. Der Wissenschaft ist ein großer Dienst erwiesen, wenn festgestellt wird, daß eine unterkühlte Frau schneller zu sich kommt als ein unterkühlter Mann, wobei zu beachten ist, daß Kinder bei abrupten Temperaturstürzen mit Sicherheit sterben. Hoch lebe die Zahl, verneigt euch tief vor dem Gott des Geldes, der das Leben auf die Zahl reduziert hat, Gefühle haben im modernen wissenschaftsorientierten Leben keinen Platz. Aber je mehr man dem Gott des Geldes dient, desto mehr entzieht er sich, je mehr man den Pfennig ehrt, desto weniger Taler gibt er. Dafür legt er Neid, Angst und Ärger in die Herzen seiner treuen Gemeinde. Woher ich das weiß? Von mir selber.

Meine Schwester Sure und ich hatten völlig verschiedene Geldgewohnheiten. Ich bin das Ebenbild meiner Mutter, arbeitsam, fleißig, sparsam, und Sure war eine Verschwenderin, wie man sie selten trifft. Am deutlichsten zeigte es sich beim Taxifahren. Der Gedanke, zehn Mark für ein Taxi auszugeben, wo die Straßenbahn nur eine Mark kostet, kam mir gar nicht in den Sinn. Zu so einer frevelhaften Tat war ich unfähig, mochte ich auch hundert Mark in der Tasche haben, ich fuhr Straßenbahn. Sure hingegen haßte alle öffentlichen Verkehrsmittel. Kaum hatte sie ein paar Mark, fuhr sie Taxi. Es war ihr lieber, die Hälfte des Weges mit dem Taxi zurückzulegen und den Rest zu laufen, als sich in eine vollbesetzte, dichtgedrängte, nach Schweiß und Arbeit stinkende Straßenbahn zu zwängen.

Nach meinem Abitur arbeitete ich als Jugendleiterin im jüdischen Jugendzentrum, studierte und bekam ein Stipendium. Alles in allem verdiente ich nicht viel, aber genug, um ein Sparbuch anzulegen und Monat für Monat ein paar Mark zur Bank zu tragen. Unmerklich wurde ich ärmer und mein Sparbuch reicher. Bevor ich es hatte, achtete ich nicht auf Preise und Preisunterschiede. Hatte ich fünf Mark in der Tasche, aß ich zu Mittag ein Würstchen, hatte ich zehn Mark, dann aß ich eine Pizza mit Salat, und hatte ich gar zwanzig Mark, leistete ich mir ein feudales Essen im chinesischen Restaurant. Das Sparbuch hinderte mich nun an teuren Genüssen. Ich stellte plötzlich Überlegungen an wie: Wenn ich ein Würstchen anstatt einer chinesischen Ente esse, dann spare ich fünfzehn Mark und kann die am Ende des Monats aufs Sparbuch bringen. Mit dem Sparen tauchte auch ein neues Problem auf, nämlich die Geldentwertung. Ohne Sparbuch war mir die Inflationsrate völlig gleichgültig gewesen, nun überlegte ich, daß bei einer Geldentwertung von fünf Prozent, bei gleichzeitigem Zinszuwachs von dreieinhalb Prozent, mein Geld immer weniger wurde. Dieser Gedanke fraß mich auf, vom Ärger bei Preisvergleichen überhaupt nicht zu reden. Ich kaufte mir einmal einen Mantel für 149,– Mark und stellte drei Wochen später fest, daß der gleiche Mantel für 99,– Mark zu haben war. Jedes Mal, wenn ich den Mantel anzog, ärgerte ich mich. Später, als ich als Lehrerin zu arbeiten begann, verschlimmerte sich dieser Zustand. Ich hatte nun ein geregeltes Einkommen, Weihnachtsgeld, Altersversorgung und Krankenversicherung. Dazu kam ein Haufen Pflichten: Früh aufstehen, Unterricht vorbereiten, an Konferenzen teilnehmen, sinnlose Besprechungen abhalten und was sonst noch dazugehört. Mußte ich an einem Donnerstag acht Stunden lang unterrichten, dann waren mir alle Donnerstage eines Jahres vergällt. Der Gedanke an Donnerstag verfinsterte schon den Mittwoch. Monat um Monat arbeitete ich, mein Bankkonto wuchs und meine Lebensfreude schrumpfte. Ich hatte mich dem Gott des Geldes ergeben.

Meine Schwester Sure hingegen kam gar nicht auf den Gedanken sich ein Sparbuch anzulegen. Wozu auch? Hatte sie Geld, dann gab sie es aus.

»Du bist eine fleißige Ameise«, lachte sie über mich, »du sammelst und sammelst, am Schluß wirst du dir noch ein Magengeschwür zusammensammeln«, spottete sie. »Lach nur«, antwortete ich, »ich habe wenigstens ein geregeltes Einkommen, eine Krankenversicherung, eine Altersversicherung, eine Haftpflichtversicherung, eine Lebensversicherung, eine Feuerversicherung, eine Diebstahlversicherung...«, mehr Versicherungen fielen mir nicht ein.

»Paß auf«, sagte Sure, »daß deine Versicherungen nicht zu einer Sicherheitsbewahranstalt werden.«

»Du wirst ja sehen, was du mal von deinem Lotterleben hast«, war meine Antwort. Meine Mutter und ich waren überzeugt, daß solche Verschwender wie sie nur in der Gosse landen können.

Es gibt ein jüdisches Sprichwort, das besagt, daß das Geld dorthin geht, wo es gebraucht wird. Meine Schwester Sure hatte einen enormen Geldverbrauch, schon allein ihre Taxifahrten kosteten Unsummen. Und es scheint so zu sein, daß der Gott des Geldes sich demjenigen, der sich ihm entzieht, zuneigt. Jedenfalls schien er an meiner Schwester Sure, die ihn verachtete, Gefallen gefunden zu haben. Sure studierte Heilpädagogik, und nach zwei Semestern machte sie in einer Sonderschule ein Praktikum. Danach war sie bedient.

»Ich hör auf«, sagte sie, »ich bin doch nicht verrückt, mich mit idiotischen Lehrern und völlig verwahrlosten Kindern abzugeben.«

Der Gedanke, daß sie mit dem Studium aufhörte, erschreckte mich. »Studiere doch wenigstens zu Ende, dann hast du einen Beruf für den Notfall.«

»So einen Notfall kann es gar nicht geben.«

Sure war völlig frei von jeglichem sozialen Engagement. Sie hatte zu der Zeit einen israelischen Freund und beschloß, nach Israel zu ziehen. Nicht etwa aus echten zionistischen Gefühlen, auch nicht, weil ihr jüdisches Bewußtsein sie übermannt hätte, und schon gar nicht, um das heilige Land aufzubauen, sondern wegen des Wetters und weil ihr Freund eine Wohnung in Tel Aviv hatte.

»Und was willst du dort machen?« fragte ich sie.

»Ein Geschäft.«

Luftgeschäfte waren ja Tradition in unserer Familie.

»Was für ein Geschäft?«

»Das weiß ich nocht nicht, ein Restaurant vielleicht oder eine Boutique oder ein Teehaus, es wird sich schon finden.«

»Woher nimmst du das Kapital für dein Geschäft?«

»Auch das wird sich finden.«

Kurz bevor sie mit ihrem letzten Geld die Reise bezahlte, kaufte sie auf dem Flohmarkt eine alte Lampe und einen kleinen Spiegel.

»Für mein Geschäft«, sagte sie, und ich war überzeugt, sie sei übergeschnappt.

In Israel angekommen, lebte Sure erst einmal von Gemüsesuppe und Brot. Und weil ihr Magen leer war, zirkulierte das Blut im Gehirn und nicht im Bauch, und sie schaute ein halbes Jahr in ihre Lampe, damit die Erleuchtung käme. Sie kam tatsächlich. In Tel Aviv gab es einen Flohmarkt, wo man alte Kleider billig erstehen konnte. Sure veränderte sie ein bißchen und bot sie ihren neuen Bekannten an. »In Europa trägt man jetzt nur noch Second-hand-Kleider«, erklärte sie ihnen, und weil Sure ein wenig europäischen Geschmack in die Sachen gelegt hatte und die Israelis von allem, was aus dem Ausland kommt, begeistert sind, kauften sie ihr die Kleider als letzten modischen Hit ab. Mit dem Geld kaufte Sure neue Lumpen, veränderte sie, und die israelischen Frauen kauften. Sie hatte die Richtung gefunden. Textilbranche. Das Geschäft florierte gut, so gut, daß sie beschloß, den Haushandel zu vergrößern und einen Laden zu eröffnen. Dazu lieh sie sich von allen möglichen Leuten Geld. Da ein bißchen, dort ein bißchen, von mir ein bißchen, jedenfalls so viel, daß sie einen alten Schuppen mieten und ein wenig renovieren konnte. Das Geschäft war geboren. Die Erleuchtungslampe und der Spiegel hatten einen Platz gefunden. Nun fand Sure heraus, daß die Sache mit den alten Lumpen zwar für einen Haushandel ganz gut, für eine Boutique aber ungeeignet war. Deswegen begann sie für ihre Boutique selbst zu produzieren. Sie stellte eine Schneiderin ein, entwarf einige einfache Modelle und verkaufte diese Kleider. Und weil der Gott des Geldes sie so liebte, gingen die Klamotten weg wie warme Semmeln, und das Geld strömte in den Laden. Weil Sure das Geld aber nicht behalten wollte, investierte sie es sofort in eine weitere Nähmaschine, in eine Nahtversäuberungsmaschine, in Zuschneidemaschinen, in eine Verkäuferin, in eine Modellistin und in Zwischenmeister. Und nun begann sie die Modelle nicht nur in ihrer Boutique, sondern an andere Boutiquen zu verkaufen, und so kauft und verkauft, handelt und verhandelt Sure mit Kunden, Lieferanten, Fabrikanten, Angestellten und lacht sich tot über mein kümmerliches Lehrerleben mit einer jährlichen Zuwachsrate von fünf bis sieben Prozent. Wenn ihr es nicht glaubt, dann besucht in Tel Aviv auf der Jirmijahustraße die Boutique Portobello. In dem Geschäft könnt ihr die Lampe der Erleuchtung und den Spiegel der Schönheit finden.

Übrigens, wenn Sure nicht mit ihrem Auto fährt, nimmt sie ein Taxi. Öffentliche Verkehrsmittel sind ihr nach wie vor ein Greuel.

Als Jugendliche verbrachte ich meine Freizeit ausschließlich mit Juden. In den größeren Städten der Bundesrepublik richteten die Jüdischen Gemeinden Anfang der sechziger Jahre Jugendzentren ein, Treffpunkte, in denen uns jüdisches Kulturgut vermittelt werden sollte mit dem Hintergedanken, wenn sich die Jugendlichen kennen, werden sie irgendwann untereinander heiraten und dem Judentum nicht verlorengehen.

Das ganze Problem fing schon bei dem jüdischen Kulturgut an. Wer ist ein Jude? Was ist jüdische Identität? Was kann das Judentum uns modernen Jugendlichen überhaupt noch geben? Ich glaube, seit ich das Wort Identität aussprechen konnte, habe ich über Identität diskutiert. Wer sind wir? In der Religionsstunde lernte ich, welche Gebote ein Jude einhalten muß. Ich hielt keines. Ich arbeitete am Schabbat, aß Schweinefleisch, ehrte Vater und Mutter nicht, sondern stritt mich dauernd mit ihnen und glaubte nicht an Gott. Trotzdem war ich Jüdin. Identität, was ist das? Identität hat etwas mit den Menschen zu tun, von denen man abstammt. Gut, meine Eltern kannte ich, aber nur den Teil von ihnen, wie er sich nach dem Krieg darbot, zu dem Vorkriegsteil hatte ich keine Beziehung. In welchen Häusern haben sie gewohnt, in welcher Umgebung gespielt, welche Spiele haben sie als Kinder gespielt, welche Lieder gesungen? Keine Ahnung. Diese Welt gab es nicht mehr.

Einmal war ich bei einer deutschen Freundin eingeladen und sah einen wunderschönen alten Sessel bei ihr.

»Woher hast du diesen Sessel?« fragte ich.

»Der gehörte meinen Großeltern.«

Von meinen Großeltern existiert nicht das geringste Zeichen. Ich weiß nicht, wie sie aussahen, ich weiß nicht, wie sie sprachen, was sie dachten und wie sie starben. Nichts, nur daß ich Lea wie meine Großmutter heiße. Was für eine Lea das war, was für Augen, was für Hände, was für eine Stimme diese Lea hatte, nichts, absolut nichts ist für mich erhalten geblieben. Meine Eltern erzählten nicht von früher, nur manchmal erwähnten sie bruchstückhaft in Nebensätzen etwas von ihrem Vorkriegsleben. Meine Mutter hatte elf Geschwister, mein Vater sieben. Nur ein Bruder meiner Mutter hat den Krieg überlebt. Die anderen sind alle umgekommen. Ich weiß nicht einmal, wie meine Onkel und

Tanten hießen. Meine Eltern wollten nicht an Wunden rühren, und ich war zu scheu, sie nach der Vergangenheit zu fragen.

»Man hat die Familie umgebracht, die Deutschen haben sie ermordet.«

Wie? Keiner weiß. Kein Grab ist geblieben, kein Zeichen von den Ahnen. Namenlos.

Was hat meine Großmutter Lea angesichts des Todes gedacht? Hättest du es dir träumen lassen, Großmutter, daß deine Enkelin die Sprache deiner Peiniger spricht, daß sie die Literatur der Deutschen liebt und deine Lieder nicht kennt? Großmutter, gibt es eine Verbindung zwischen dir und mir?

So wie meine Vergangenheit im dunkeln lag, lag auch über der Vergangenheit der anderen jüdischen Jugendlichen ein schwarzer Schleier. Großeltern waren etwas Außergewöhnliches. Wir konnten in diese Vergangenheit nicht eindringen, weil das Ende dieser Vergangenheit unvorstellbar war.

»Man hat sie vergast.«

Was heißt das? Wir lebten in der aufgeklärten Neuzeit, Humanität, Gleichberechtigung, Emanzipation, das sind doch die Werte der neuen Zeit. Da paßt »Man hat sie vergast« einfach nicht hinein. Wir haben Gefühle, lachen, weinen, sind verliebt, ärgern uns über eine schlechte Note, da gehört kein »Man hat sie vergast« hin. Unsere Großeltern und toten Onkel und Tanten kamen uns schemenhaft vor, wie durchsichtige Geister, aber nicht wie Menschen aus Fleisch und Blut. Und das beste ist, man spricht nicht darüber. Aus. Fertig.

Über irgendwas mußte man doch in der jüdischen Jugendarbeit sprechen. Über etwas Lebendiges. Lebendig war Israel. Wir lernten israelische Lieder und sahen israelische Propagandafilme. Israel, das gelobte Land. Alles ist dort schön und gut. Die Jugend ist prächtig und gesund, am Himmel lacht immer die Sonne, die Menschen tanzen und singen dauernd vor Freude, zumindest in den Filmen. Alle

Israeli waren natürlich Helden, jeder ein kleiner David, der den großen arabischen Goliath zur Strecke gebracht hat. Wir haben aus der Wüste ein fruchtbares Land gemacht, mit blühenden Gärten und idyllischen Dörfern, kurzum, das Paradies. Ich habe mir als Jugendliche noch nicht die Frage gestellt, warum die Erzieher, die uns das israelische Paradies in den eindrucksvollsten Farben schilderten, in Deutschland lebten und nicht selbst an dem Paradies teilhaben wollten, bis die ersten von uns nach Israel gingen und dahinterkamen, daß das Paradies gar nicht so paradiesisch ist.

Trotz der schönen israelischen Lieder und Tänze, die ich lernte, war ich kein Israeli. Ich sprach kein Hebräisch und hatte keinen israelischen Paß. Dafür hatte ich einen deutschen Paß, aber eine Deutsche war ich auch nicht. Ich war Jüdin, aber Jude ist doch eine Religion und religiös war ich nicht. War ich eine Deutsche jüdischen Glaubens? Nein, das bestimmt nicht. Zwischen dem Hitler zujubelnden deutschen Volk und mir gab es keine Verbindung und gläubig war ich nicht. Manche von uns sagten, sie seien Weltbürger. Aber darunter konnte ich mir nichts vorstellen.

Was bin ich?

»Einigkeit und Recht und Freiheit
für das deutsche Vaterland
danach laßt uns alle streben
brüderlich mit Herz und Hand«,

sangen die fünfhundert Menschen in der Aula. Einmal im Jahr feierten wir in der Schule einen nationalen Gedenktag, den 17. Juni. Wir feierten, daß ein paar Arbeiter in der DDR gegen das dortige Regime protestiert haben. Es war zwar nicht viel Protest, aber für deutsche Verhältnisse beachtenswert, so beachtenswert, daß wir jedes Jahr des Aufstandes gedachten. Wir im Westen lebten in Freiheit, und in der Freiheit gibt es keine heroischen Aufstände. Im Nationalsozialismus gab es auch keine heroischen Aufstände, keine, die es wert gewesen wären, einen Gedenktag dafür einzurichten.

Am 17. Juni gefiel mir am besten, daß wir schulfrei hatten und daß es einen Tag davor eine Schulfeier gab. Die Gedenkfeier langweilte mich, der Direktor hielt eine salbungsvolle Rede, das Schulorchester spielte ein klassisches Stück, und ein paar Schüler lasen etwas vor. Ich hörte nie richtig zu, denn was interessiert mich der Aufstand in Ost-Berlin? Trotz allem gefiel mir die Schulfeier noch besser als der Unterricht. Ich saß inmitten einer Masse Menschen, konnte abschalten und sicher sein, daß nicht unvermittelt eine Frage an mich gestellt wurde. Am Ende der Feier erhoben sich alle Schüler und sangen die dritte Strophe des Deutschlandliedes. Ich sang nicht. Warum soll gerade ich mit Herz und Hand für die Deutsche Einheit streben? Keinen Finger würde ich rühren, geschweige denn die Hand. Ich hatte nicht das geringste deutsch-nationale Gefühl.

Und doch überkommt mich bei einer Schulfeier mitten im Deutschlandlied das Nationalgefühl. Fünfhundert Menschen stehen und singen »Einigkeit und Recht und Freiheit«, fünfhundert Menschen sind eine Einheit, und ich fühle fünfhundert Seelen ineinander verschmelzen, nur meine Seele steht abseits. Alle singen und fühlen das gleiche, nur ich nicht.

»Einmal will ich Masse sein«, sagt die halbwüchsige Seele, »nur einmal will ich so sein wie alle anderen. Wie stark ist der Mensch, wenn er sich mit den anderen vereint, wie tief ist das Lied, wenn es im Gesang mit anderen verschmilzt. Einmal will ich aus vollster Kraft mit anderen singen.« Und es ergreift mich eine Sehnsucht, über mich hinauszugehen und mich in eine größere Idee einzugliedern. Dieses Gefühl dauert nicht lange, gerade die Länge des Deutschlandliedes, aber lange genug, um mir in Erinnerung zu bleiben.

Das Lied ist stärker als der Mensch, kämpferischer als die Hand, mächtiger als der Tyrann und gewaltiger als der Tod. Es war um die Osterzeit im Jahre 1944. Da kam ein Transport von Juden nach Auschwitz, unter ihnen Rabbi Mosche Friedmann, eine der größten wissenschaftlichen Autoritäten des polnischen Judentums, eine seltene Patriarchengestalt.

Die Juden wurden in die Gaskammern geführt, und Rabbi Friedmann entkleidete sich zusammen mit allen anderen. Da kam ein SS-Mann. Der Rabbi ging auf ihn zu, hielt ihn an der Achselklappe fest und sagte: »Ihr gemeinen, grausamen Mörder der Menschheit, glaubt doch nicht daran, daß es euch gelingen wird, unser Volk auszurotten. Das jüdische Volk wird ewig leben und nicht von der Arena der Weltgeschichte abtreten. Aber ihr, ihr niederträchtigen Mörder, ihr werdet sehr teuer für jeden unschuldigen Juden mit zehn Deutschen bezahlen, ihr werdet nicht nur als Macht vergehen, sondern auch als eigenes Volk. Es wird der Zahltag kommen, an dem das vergossene Blut nach seiner Bezahlung ruft. Unser Blut wird nicht ruhen, solange nicht der brennende Zorn der Vernichtung sich über euer Volk ausgießen und euer tierisches Blut vernichten wird.«

Er sprach diese Worte mit starker Stimme und großer Energie. Dann setzte er seinen Hut auf und rief: »Schma Israel!«, und ein Enthusiasmus tiefsten Glaubens durchdrang alle. Die Gedanken und Gefühle wurden zum Lied.

»Sage nie, das ist für uns der letzte Weg,
auch wenn der Geist heut unserm Leib entschwebt,
kommen wird für uns die langersehnte Zeit,
es wächst die Macht, die uns von dem Tyrann befreit.

Der Feind, er tötet nicht die ewige Idee,
sie steigt hinauf und wartet in des Himmels Näh
und sammelt dort von unserm Leiden ihre Kraft
und bringt den Tod all dem, der unser Leiden schafft.

Das Lied ist rot und triefend schwer vom Unschuldsblut,
das Lied, es brennt und lodert wie des Feuers Glut,
ich geb es dir und dem kommenden Geschlecht,
erhebt die Hand, bis unsern Tod ihr habt gerächt.«

In diesen Gesang hinein wurde das Gas geworfen. Die menschlichen Stimmen erlöschten. Das Lied entwich. Es schwebte über der Zeit, unsichtbar, versteckt, jenseits der Gedanken.

Aber langsam, ganz langsam senkt es sich und erreicht das folgende Geschlecht.

Meiner Generation fehlten neben den Großeltern auch die älteren Geschwister. Damit meine ich nicht nur, daß ich persönlich keine älteren Geschwister hatte, sondern es gab einfach keine älteren jüdischen Jugendlichen. Jahrgang 1946 war der Anfang der jungen jüdischen Generation, und wenn doch gelegentlich ein älterer Jugendlicher auftauchte, dann hatte er Seltenheitswert. Die jüdische Bevölkerung nach dem Krieg in der Bundesrepublik sah so aus: Die Alten waren tot, die Überlebenden zwischen 20 und 40 Jahre alt, die Jungen waren auch tot. Der Krieg hatte keine jüdischen Kinder übriggelassen, und wir, die wir 1946, 47, 48 geboren wurden, waren die neue jüdische Generation.

Richtig aufgefallen ist mir das erst, als ich in die Pubertät kam. Der Mensch verliebt sich irgendwann, und ich als gute jüdische Tochter wollte mich in einen Juden verlieben. Ein Goi kam nicht in Frage. Die Erziehung meiner Eltern wirkte. Ich ging in das jüdische Jugendzentrum, fuhr in jüdische Ferienlager, war ganz auf Juden eingestimmt, das Problem war, daß die jüdischen Jungen zu jung waren. Ich bin Anfang 1947 geboren, und die ältesten Jungen waren höchstens ein Jahr älter. Nun haben Mädchen im allgemeinen, und mir schien, die jüdischen Mädchen im besonderen, die Eigenschaft, sich schnell zu entwickeln. Mit 14 hatte ich einen Busen, einen runden Po, eine schmale Taille, malte mir die Lippen an, nur, wem sollte ich gefallen? Die vierzehn- und fünfzehnjährigen Jungen kamen mir sehr mickrig vor, und Siebzehnjährige gab es nicht.

Es gab auch keine älteren Schwestern, Kusinen, Freundinnen, die einem etwas über Sexualität erzählen konnten. Mit den Eltern sprach man nicht darüber. Erstens waren sie zu altmodisch, zweitens verstanden sie nichts davon, und drittens, seit wann spricht man mit Eltern über Dinge, die einen interessieren?

Als ich elf Jahre alt war, wußte ich, daß es so etwas wie eine Menstruation gab. Wie das genau war, konnte mir keiner erklären. Meine Freundin war gleichaltrig. Vierzehnjährige, die man hätte fragen können, gab es nicht, also blieben uns nur unsere Phantasien, und wir malten uns in schrecklichsten Farben unser zukünftiges Dasein als blutende, verblutende Frauen aus.

Später als wir 17 und 18 wurden, kam die Zeit der festen Freundschaften. Der Altersunterschied zu den Jungen war zwar nicht größer geworden, sie waren aber nicht mehr ganz so blöd. Auf jeden Fall rückten wir jüdischen Töchter langsam ins heiratsfähige Alter, und im Hinterkopf wurde jeder jüdische Junge darauf examiniert, ob er als potentieller Heiratskandidat in Frage kam. Zu allem Unglück gab es mehr Mädchen als Jungen, und die neunzehnjährigen männlichen Geschöpfe dachten gar nicht ans Heiraten. Sie dachten an alles möglich, aber nicht ans Heiraten. Wir jüdischen Töchter kamen uns mit 20 Jahren uralt vor, und die Männer hingen noch teilweise an Mamas Rockzipfel. Nun, sie hatten auch keine Eile. Erstens gab es genug Mädchen, zweitens kann man als Mann auch ein viel jüngeres Mädchen heiraten, und drittens haben die jüdischen Mütter die Angewohnheit, ihre Söhne so lange wie möglich für sich behalten zu wollen, und uns Töchtern liegen sie in den Ohren mit dem Heiraten, als wären wir eine leicht verderbliche Ware, die man schnell an den Mann bringen muß. Hätte es nicht den Krieg gegeben, wäre das alles nicht so schlimm gewesen, dann hätte man als junge Frau die Möglichkeit gehabt, unter Älteren Umschau zu halten, so aber war man auf die Gleichaltrigen angewiesen, und die ließen sich, wie gesagt, Zeit.

Liebe ist etwas wunderschönes, nur nicht für uns jüdische Töchter. Man ließ uns keine Zeit für die Liebe. Heiraten ist wichtig, Liebe kommt schon von ganz alleine. Hatte man sich so ein Zuckerstück geschnappt, mußte man alle Finessen anwenden, diesen jüdischen Prinzen zu halten und ihn zum Heiraten zu bewegen. Das Lebensziel einer jüdischen

Tochter ist die Ehe, das allein zählt, sonst nichts. Ich hätte die Präsidentin der Vereinigten Staaten sein können, Professorin in Oxford, in den Augen meiner Mutter hätte das alles nichts gegolten, verheiratet muß man sein. Das Mitleid mit einer Frau, die nicht geheiratet hat, ist grenzenlos, und jeder trachtet danach, vielleicht doch noch eine Heirat zu vermitteln. Und dementsprechend glücklich sind die Brauteltern am Hochzeitstag. Die Tochter unter der Haube, sie wird kein altes Mädel, die Ehe ist zustande gekommen. Der Bräutigam ist zwar noch ein wenig grün, und verglichen mit ihr macht er einen unsicheren Eindruck, aber das wird schon werden. Die Mütter der Söhne weinen bittere Tränen, wird die Schwiegertochter auch so gut auf ihn aufpassen, wie sie es taten, wird sie ihn nicht überfordern, wer weiß welch eine Xanthippe er sich eingehandelt hat, und kochen kann sie bestimmt auch nicht. Nach ein paar Wochen wird er schön aussehen. Aber letzten Endes ist es doch eine jüdische Hochzeit, soll sein mit Masel, und laßt uns bald eine Beschneidungsfeier haben.

Das erste Ziel ist erreicht, man ist verheiratet, Gott sei Dank. Liebe hin, Liebe her, man hat einen Mann zum Vorzeigen. Er ist nicht immer so schön, wie man es wollte, er ist nicht immer so stark, wie man es sich dachte, er ist ein bißchen empfindlich und wehleidig, wie bei seiner Mutter, aber er ist ein Mann. Die Eltern der Frau tun alles, damit er zufrieden ist. Mitgift gibt man, soviel man kann, man nimmt den Schwiegersohn im Geschäft auf. Wenn er noch studiert, unterstützt man das junge Paar, kurzum, die Eltern helfen und mischen sich natürlich auch ein wenig ein. Man fragt nach, wo der liebe Schwiegersohn denn gestern bis zwei Uhr nachts gewesen ist, wie die Geschäfte gelaufen sind, warum die Tochter verweinte Augen hat, und gelegentlich sagt man seinen Eltern Bescheid, was für einen verantwortungslosen Sohn sie erzogen haben. Und immer, immer wieder fragt man, ob denn nicht langsam etwas unterwegs ist.

Nun ist es bei Juden üblich, daß jeder nachfragt, wann

endlich mit Nachwuchs zu rechnen sei, schließlich sind wir ein kleines Volk. Man hat versucht, uns auszulöschen, aber wir denken nicht daran, uns auslöschen zu lassen. Bei jeder Feier bekommt das junge Paar zu hören, wir hoffen, bald bei euch zu feiern. Ein Jahr, maximal zwei Jahre kann man so verheiratet sein, aber dann wird es langsam Zeit. Was ist mit ihnen? Kann sie vielleicht keine Kinder bekommen? Es gibt doch schließlich und endlich gute Ärzte, und jede Bekannte gibt Ratschläge, an welchen Doktor man sich wenden soll und was man tun muß, daß es endlich klappt. Sie wollen keine Kinder? So etwas gibt es nicht. Der Mensch ist dazu geboren, Kinder zu haben, und daß einer keine Kinder will, kommt überhaupt nicht in Frage. Bei jeder Gelegenheit schildern die Eltern, wie schön es wäre, wenn sie endlich ein Enkelkind wiegen könnten, was man ihm alles kaufen würde, was es alles lernen könnte, wie süß die Enkelkinder der anderen sind, nur bei euch hört man nichts, kurzum, es wird Zeit.

Die Freundinnen sind inzwischen zum großen Teil schwanger oder haben schon ein Kind. Die Frauen haben ein neues Gesprächsthema. Schwangerschaft und Geburten. Man schwangert groß, man schwangert klein, eine hat Wasser in den Beinen, die andere hat Atembeschwerden, der dritten drückt die Milz, bei der vierten hat es immer noch nicht geklappt. Man stöhnt, man jammert, fühlt sich gut, freut sich, fürchtet sich, kauft Umstandskleider, man wird geschont, das Beste essen und viel Milch trinken, auf das Kleine aufpassen und den Mann nicht heranlassen. Die Männer haben mit der ganzen Sache sowieso nicht viel zu tun, denn erstens, was versteht ein Mann von Schwangerschaften, und zweitens hat er ohnehin nicht viel dafür arbeiten müssen. In der Zeit der Schwangerschaft gehört die Tochter der Mutter. Jeden Tag erkundigt sich die Mutter nach dem Befinden: »Hast du heute die Milch getrunken, ich sage dir, Milch ist das beste für das Kind.«

Und dann die Geburten. Jede schildert bis in alle Einzelheiten die Geburt ihres Kindes. Bei der einen platzte die

Fruchtblase vorher, bei der zweiten mußte man sie aufstechen, die eine hatte ein Ziehen im Rücken, die zweite mehr im Bauch, die dritte hat gemeint, sie steht lebendig nicht mehr auf, die eine bekam eine Schwangerschaftsdepression, die zweite eine Schwangerschaftsvergiftung und was nicht alles. Unter größten Schmerzen haben wir unsere Kinder geboren, sollen sie es wissen, die Männer. Ist es eine Tochter, dann ist die Freude groß, ist es aber ein Sohn, dann, ja dann hat man wieder ein jüdisches Genie in die Welt gesetzt.

Nun gibt es auch endlich etwas für den Vater zu tun, nämlich die Beschneidungsfeier vorzubereiten, das heißt, er hilft mit. Als erstes muß man einen Mohel bestellen, also einen, der das Kind beschneiden wird. Nun beginnen wieder endlose Diskussionen. Nimmt man den Mohel aus München oder aus Straßburg? Der Schwiegervater will den aus München, weil er traditioneller und frömmer ist, der Vater besteht auf dem aus Straßburg, weil er auch den Sohn des Bekannten beschnitten hat und die Frau ihm eingebleut hat, ja nicht den aus München zu bestellen. Man einigt sich, der Mohel aus Straßburg kommt. Wen lädt man zu der Beschneidungsfeier ein? Alle Bekannten, nur die Familie, engste Freunde? Wer ist engster Freund? Bei dem war man eingeladen, bei jenem war man auf der Hochzeit, wie man sich dreht und wendet, man kommt auf 120 Personen. Was gibt es zu essen? Ein kaltes Büffet, warme Mahlzeiten, vielleicht für alle einen kleinen Imbiß und nur für die Familie hinterher ein Essen? Die Schwiegermutter regt sich auf: »Wie sieht es aus, nur ein kalter Imbiß. Die Leute werden meinen, die Geschäfte gehen schlecht und man kann es sich nicht leisten, für alle ein Menü zu bestellen.«

Kurzum, man wird ein großes Essen geben, schließlich ist es der erste Enkelsohn.

Und nun haben wir jüdischen Töchter ein neues Gesprächsthema. Kinderkleider, Kindernahrung, Kinderärzte, Kinderschmerzen, Kinderspielzeug, Kindererziehung, Kinder, Kinder, wo man hinhört, Kinder. Und selbstverständlich sind alle unsere Kinder außerordentlich intelligent, zwar ein wenig schwächlich, wie es sich für ein gutes jüdisches Kind gehört, aber intelligent. Eines ist klüger als das andere, und die Mütter berauschen sich an ihren Söhnen. An den Männern kann man sich nicht so sehr berauschen, die Auswahl war klein, man mußte nehmen, was da war, Hauptsache, ein Jude. Aber die Söhne, jeder für sich ist eine Perle, ein gebündelter Haufen Klugheit, und zärtlich. Die Mütter lieben ihre Söhne mehr als ihre Männer, sie verkörpern für sie höchste Glückseligkeit. Der Mann spielt bei der ganzen Erziehung eine untergeordnete Rolle, denn erstens, was versteht ein Mann von Erziehung, und zweitens hat er sowieso nicht viel zu melden, soll er sich lieber um sein Geschäft kümmern, das ihm die Schwiegereltern eingerichtet haben.

Zum Abitur bekamen wir von der Schule ein Buch über die Weimarer Republik und den Nationalsozialismus. Dort war ein Bild aus dem Berliner Sportpalast abgelichtet. Tausende von Menschen saßen und drängten sich auf den Galerien, und im Hintergrund waren Spruchbänder aufgehängt. Auf einem stand: »Die Juden sind unser Unglück« und auf einem anderen: »Frauen und Mädchen, die Juden sind Euer Unglück.«

»Ach, schade«, dachte ich damals, »daß die deutschen Mädchen heute nicht wissen, daß die Juden ihr Unglück sind, dann würden sie sich nicht mit den jüdischen Jungen anfreunden.« Nicht genug, daß es mehr jüdische Mädchen als Jungen gab, viele unserer Jungen gingen mit deutschen Mädchen, und wir ärgerten uns. Und das schlimmste war, daß die deutschen Mädchen sympathisch und nett waren und die Jungen sie lieb hatten. Glücklicherweise gibt es die jüdischen Mütter, die mit Selbstmord drohen, wenn ihre Söhne Nichtjüdinnen heiraten. Freiwillig hätten uns diese Goldstücke nicht genommen.

Nun ist natürlich die Frage, warum gehen jüdische Mädchen nicht mit deutschen Jungen. Das gibt es, wie es alles gibt, aber ich hatte so meine Schwierigkeiten.

»Das mindeste, was du davon hast, ist Gebärmutterkrebs.

In Amerika hat man nachgewiesen, daß man von unbeschnittenen Männern Gebärmutterkrebs bekommt.« Nichts weiß meine Mutter, aber das wußte sie. Und wer will schon Gebärmutterkrebs bekommen.

Außerdem sind die jüdischen Jungen unkomplizierter. Man muß nicht jeden Handgriff mit ihnen ausdiskutieren, und es wird alles nicht so ernst und problematisch genommen. Und zum dritten wollte ich doch heiraten und Kinder bekommen. Und was werden sie sein? Juden, Deutsche, deutsche Juden, jüdische Deutsche, Halbjuden, Halbdeutsche? Werden wir einen Weihnachtsbaum haben und davor einen Chanukkaleuchter stellen? Das ist mir ein bißchen zuviel Licht, und wenn man gar nichts anzündet, ist es mir zu dunkel. Und sowieso, dieses Problem hat sich nicht gestellt, weil ich mich in keinen Goi verliebt habe.

Als ich studierte, haben wir häufig über Sexualität gesprochen. Sexualität war »in«. Sexualität vorne, Sexualität hinten, Sexualität bei Kindern und bei Omas, Sexualität als Herrschaftsinstrument und als Befreiungsmittel. Sexualität über alles. Ich entwickelte mich zu einem Kenner auf diesem Gebiet. Ich konnte stundenlange Vorträge über Kindersexualität halten, die Sexualität als Herrschaftsinstrument war mein Spezialgebiet, und über die Frau als Lustobjekt habe ich mich besonders gerne vor Männern ausgelassen. Und wie es sich für eine emanzipierte, aufgeklärte, akademische junge Frau gehört, ging ich auch ins Frauenzentrum. Ich muß sagen, die Frauen leisteten ausgezeichnete Arbeit. Sie organisierten Abtreibungsfahrten nach Holland. Nur eine Frau, die schwanger war und das Kind nicht haben wollte, kann ermessen, was es heißt, Hilfe zu bekommen. Außerdem richteten sie ein Frauenhaus für verprügelte Frauen ein, und man half einander, wo es ging. Aber wenn die Deutschen etwas machen, dann machen sie es gründlich. So war das auch in der Frauenbewegung. Die Benachteiligung der Frau wurde gründlichst aufgearbeitet. Benachteiligung im Beruf, im Haushalt, in der Gesellschaft, auf der Toilette. Und über die Männer wurde dort hergezogen, als seien sie wilde Bestien oder Ungeheuer. Manchmal hatte ich das Gefühl, die deutschen Frauen und ich redeten über zwei verschiedene Dinge.

»Die Brutalität der Männer.« Irgendwie paßt die Brutalität der Männer nicht zu den Juden, die ich kannte. Mösenlecker nannte ich sie, aber brutal waren sie eigentlich nicht. »Keine Zärtlichkeiten«, das paßt auch nicht. Zuerst küssen sie jahrelang ihre Mutter ab und dann uns. Es war hochinteressant, was die Frauen dort über die Männer erzählten. Der deutsche Mann weint nicht, der deutsche Mann unterdrückt die Frau, der deutsche Mann bestimmt alles, der deutsche Mann zeigt keine Gefühle. Interessant, daß die deutschen Männer im Sportpalast ein Spruchband aufgehängt haben »Frauen und Mädchen, die Juden sind Euer Unglück«. Wahrscheinlich haben die Frauen und Mädchen das von alleine nicht gemerkt und haben doch mit den Juden geschlafen, und vielleicht sogar gerne? Haben sie dort das bekommen, was der deutsche Mann nicht gibt? Zärtlichkeit, Mösenleckerei, Gefühle, und vielleicht auch noch etwas anderes?

Der Wahlspruch der SS war: »Gelobt sei, was hart macht.« Vielleicht hatte die SS in diesem Punkt Schwierigkeiten? Wer weiß?

Nach dem Abitur studierte ich Pädagogik und arbeitete nebenher im Jugendzentrum der Jüdischen Gemeinde als Gruppenleiterin. Alles, was außerhalb der Familie, der Gemeinde und meinem Studium lag, ging mich nichts an. Politik interessierte mich nicht, sogar politische Vorgänge an der Universität waren mir vollkommen gleichgültig. Mein Studium interessierte mich auch nicht besonders. Ich studierte Pädagogik, weil ich nicht wußte, was ich sonst studieren sollte. Vielleicht werde ich irgendwann hauptberuflich in der jüdischen Jugendarbeit tätig werden, vielleicht werde ich heiraten, Kinder bekommen und überhaupt nicht arbeiten... Damals hatte ich keine Vorstellung über meine berufliche Zukunft.

An der Universität wurde wieder einmal gestreikt. Notstandsgesetzgebung. Unser Seminar fiel aus, und ich ärgerte mich, weil ich umsonst in die Uni gefahren war. Was gehen mich die Notstandsgesetze an? Mißmutig beschloß ich, in die Mensa zu gehen, um zu frühstücken

Ein Teil des Campus war von Polizisten abgeriegelt, die keine Studenten in das Hauptgebäude hineinließen. Vor dem Polizeikordon standen Massen von Studenten und riefen: »Bullen raus! Bullen raus aus der Uni!« Ich geriet in die Menge und befand mich plötzlich inmitten einer Diskussion.

»Was suchen die Polizisten auf dem Campus?« »Die Universität gehört uns.« »Wir lassen uns nicht vertreiben.« »Gedanken sind frei.« »Meinungsfreiheit.« »Keine Notstandsgesetze.« »Bullen raus! Raus aus der Uni!«

Und mit einem Mal war ich ein Teil dieser Masse. Ich gehörte dazu, ich gehörte zu den Studenten, das war mein Campus, das war meine Universität, der Stein, auf dem ich stand, gehörte mir. Und ich fühlte eine Verbundenheit mit den Menschen um mich herum wie nie zuvor. Es gab keine Distanz zwischen den deutschen Studenten und mir. Gemeinsam riefen wir: »Bullen raus! Raus aus unserer Universität!« Es war das erste Mal, daß ich »wir« mit einer deutschen Gruppe rief. »Wir wollen keine Bullen, wir wollen keine Notstandsgesetze, wir wollen Freiheit, wir!!!«

Auf dem Weg vom alten Seminargebäude zur Mensa wurde ich an diesem Vormittag gefühlsmäßig Studentin der Frankfurter Universität.

In den Seminaren hatte ich zu Beginn meiner Studienzeit Verständnisschwierigkeiten, denn die Sprache war mir zu fremd. Traute man sich nicht, in einem überfüllten Seminar etwas zu sagen, dann hatte man Kommunikationsschwierigkeiten, klappte es mit dem Freund nicht, dann hatte man Beziehungsprobleme, war man nicht so wie die anderen, dann lag es an den Sozialisationsbedingungen, drückte man sich unverständlich aus, dann beherrschte man die wissenschaftliche Terminologie, wollte man nicht mehr verheiratet sein, dann förderte man die individuell emanzipatorischen

Prozesse, und weigerte man sich, mit jedem zu vögeln, dann war man als Frau das Produkt einer repressiven Sexualerziehung.

Mich verunsicherte diese Sprache zunächst ungemein, denn ich kam mir dumm vor, und die Kommilitonen, die Monologe gespickt mit Fremdwörtern hielten, erschienen mir sehr gescheit, weil ich den Sinn ihrer Ausführungen nicht genau begriff. Es gab Studenten, die konnten zu jedem gesagten Satz mindestens drei Autoren anführen, die dieses oder jenes belegten, und je mehr Namen man in die Diskussion warf, desto fundierter erschienen die Aussagen. Wir diskutierten semesterlang über autoritäres und unautoritäres Verhalten und orienterten uns an neuen Wissenschaftsgöttern – Horkheimer, Adorno, Marcuse. Wer kommt denn schon auf die Idee, seine eigenen Gedanken den Gedanken seiner Lehrer gleichzusetzen? Wir waren gegen autoritäre Strukturen und belegten dies mit wissenschaftlich anerkannter Literatur, lösten die alten Autoritäten durch neue ab, merkten es nicht, sondern kamen uns ungeheuer antiautoritär, progressiv und revolutionär vor. Wenn jemand im Seminar gesagt hätte, er sei nicht der Meinung dieses oder jenes bewunderten Wissenschaftlers, und das, ohne es mit einem anderen Literaturgott zu belegen, sondern mit seinem eigenen Verstand als Maß, er wäre größenwahnsinnig, unqualifiziert und dumm genannt worden. Unautoritär ging es auch in den antiautoritärsten Seminaren nicht zu.

Wenn ich jemals gelernt habe, meine eigenen Gedanken als wichtig zu akzeptieren, so war das bei uns zu Hause. Mein Vater erzählte mir als Kind häufig die Geschichten aus der Bibel, und eine Geschichte ist mir besonders plastisch in Erinnerung geblieben: Gott sagte zu Abraham, er wolle die Stadt Sodom verbrennen, weil die Menschen in dieser Stadt sündigten. Abraham begann ein Streitgespräch mit Gott und meinte, wenn es fünfzig Gerechte in der Stadt gäbe, sollte man dann nicht um der fünfzig willen die Stadt verschonen? Gott antwortete, wenn in der Stadt Sodom fünfzig Gerechte wohnten, wolle er die Stadt verschonen. Aber Abraham gab sich nicht zufrieden. Wenn nur 45, 40, 30 Gerechte in der Stadt lebten, wäre es dann nicht richtig, die Stadt zu verschonen? Jedes Mal gab Gott nach und versprach, auch bei einer geringeren Zahl die Stadt nicht zu vernichten. »Siehst du«, sagte mein Vater zu mir, »an Abraham sollst du dir ein Beispiel nehmen. Wenn dir jemand etwas sagt und du bist damit nicht einverstanden, dann sage ihm, was du nicht richtig findest.«

Mein Vater sagte nichts von anderen Autoritäten, die man als Beleg der eigenen Meinung anführen soll, er sagte: »Deine Gedanken sind wichtig.« Aber ich wäre mir lächerlich vorgekommen, diese Geschichte in einem Seminar zu erzählen.

Über die Bedeutung von Worten wurde in der Universität stundenlang debattiert. Abgrenzungen wurden vorgenommen, in Büchern nachgeschlagen, Definitionen verglichen, differenzierte Aspekte beleuchtet, Protokolle geschrieben, ohne daß ich jemals begriffen hätte, wozu man ein Wort so genau erfassen muß. Jahre später habe ich alles an einem einzigen Wort verstanden. Am Wort Wiedergutmachung.

Wiedergutmachung bekam meine Mutter für die erlittene fünfjährige Haft in verschiedenen Konzentrationslagern. Wiedergutmachung dafür, daß man ihre Familie umgebracht, ihre Gesundheit ruiniert und ihre Seele zerstört hat. Wieder gut Machung. Ich frage mich, was man wieder gut gemacht hat? Hat man ihre Gesundheit wieder gut gemacht? Hat man ihre Familie wieder gut gemacht? Hat man ihr Heim wieder gut gemacht?

Wer sich das Wort Wiedergutmachung ausgedacht hat, der hat den Schmerz und das Leid der Opfer nachträglich verhöhnt. Und das Unglück ist, daß die Juden das nicht gemerkt haben. Sie waren so geschockt und entsetzt über die Taten der Deutschen, daß sie auf die Bedeutung eines Wortes nicht achteten.

Die Wiedergutmachung war ein Almosen, eine geringe Rückgabe der gestohlenen materiellen Werte, ein Ersatz des geraubten Gutes. Gegen das Wort Wiedergutmachung hätte man sofort gerichtlich Einspruch erheben und verbieten müssen, es im Zusammenhang mit den Judenverfolgungen zu nennen. Worte haben Inhalte. Derjenige, der Wiedergutmachung zahlt, hat die Vorstellung, daß er etwas wieder gut gemacht hat, während die Juden das Gefühl haben, daß man nichts wieder gut machen kann. Es kommt hierzulande keiner auf die Idee, wenn ein Dieb einen Teil des gestohlenen Gutes wiedergibt, wenn ein Verbrecher Schmerzensgeld zahlt, es Wiedergutmachung zu nennen, oder wenn ein Menschenschinder jahrelang seine Arbeiter sklavisch ausbeutet und ihnen irgendwann eine minimale Summe zahlt, es Wiedergutmachung zu nennen. Aber bei den Juden nannte man es Wiedergutmachung.

Die Wiedergutmachungszahlungen waren der gemeinste Trick, den sich die Mörder von gestern für die Opfer in der Nachkriegszeit ausgedacht haben. Die überlebenden Juden waren nach dem Krieg vollkommen desorientiert. Nichts war geblieben außer dem Bewußtsein, daß man mit Geld sein Leben erhalten konnte. Derjenige, der sich vor dem Krieg ein Ausreisevisum kaufen konnte, überlebte, derjenige, der einem Bauern Geld gab, konnte sich bei ihm vielleicht verstecken und überleben, derjenige, der einen SS-Mann bestach und einen Posten in der Schreibstube ergatterte, erhöhte seine Überlebenschancen. Nach dem Krieg waren die Familien zerstört, Existenzen vernichtet und die Überlebenden hilflos.

Und da bot man ihnen Geld an. Geld, das ihnen eine neue Existenzmöglichkeit schaffen sollte, Geld, verbunden mit einem großen Wort. Wiedergutmachung. Und die Opfer von gestern wurden zu Opfern von heute. Entwürdigende Untersuchungen mußten sie über sich ergehen lassen, bis deutsche Ärzte bestätigten, daß die Leiden tatsächlich verfolgungsbedingt waren. Schmachvolle Gerichtsverfahren, in denen sie nachweisen mußten, daß sie tatsächlich von den Deutschen geschädigt wurden. Deutsche Ärzte und Richter entschieden, ob Wiedergutmachung zu zahlen war oder nicht. Die Henker von gestern wollten ihre liebgewonnene Rolle nicht aufgeben, und die Opfer konnten sich aus dieser Rolle nicht erlösen. Der Demütigung im Konzentrationslager folgte die Demütigung im Gerichtssaal. Das geschlagene Opfer trat als Bettler auf und der deutsche Richter als Herr, der entscheidet, ob das Opfer Anspruch auf ein paar Mark hat oder nicht.

Die Deutschen haben Milliardenbeträge an Israel gezahlt. Jeder Stammtischbruder weiß das. Weiß er auch, daß die Deutschen Milliarden von den Juden geraubt hatten? Weiß er auch, daß sie den toten Juden ihre Goldzähne ausgebrochen und das Gold dem deutschen Reich oder der eigenen Tasche zugeführt haben? Über Wiedergutmachung stand in meinem Geschichtsbuch ein ganzes Kapitel, über den Raub an den Juden nichts.

Außer, daß ich mich zu Beginn meiner Studentenzeit mit einer Unzahl von Fremdwörtern herumschlagen mußte, die aus jedem verständlichen Satz ein kompliziertes Gebilde machten und jeden klaren Gedanken verschleierten, bekam ich es mit einem Problem zu tun, auf das ich nicht vorbereitet war. Das wissenschaftliche Arbeiten. Die Wissenschaft selber war nicht das Problem, sondern das Erkennen der Problematik in der Wissenschaft.

Ich erinnere mich an mein erstes Seminar und das erste Referat. Das Thema hieß: »Schichtenspezifisches Erziehungsverhalten«. Es gibt eine Unterschicht und eine Mittelschicht, soziologisch gesehen, Arbeiter sind Unterschicht, Akademiker Mittelschicht. Man kann das Ganze noch ein bißchen komplizieren, aber so ungefähr haut es hin.

Ich stamme aus der Unterschicht, daran bestand kein Zweifel. Meine Eltern beherrschten nicht einmal die simpelsten Kulturtechniken, und obwohl sie noch nicht einmal richtig lesen und schreiben konnten, wußten sie alles besser. Ich las als Abiturientin Goethe und Thomas Mann, und meine Mutter hatte nur einen Gedanken im Kopf, wann ich denn endlich heiraten würde. Ich diskutierte mit den Lehrern philosophische Sätze wie »Ich denke, also bin ich«, und meine Mutter malträtierte mich, ich solle mir eine Arbeit suchen, Geld verdienen und mich schön anziehen. »Du kannst doch Schreibmaschine schreiben, gehe in ein Büro arbeiten, verdiene anständig. Wozu mußt du studieren? Du wirst sowieso eines Tages heiraten. Glaube mir, die Männer können kluge Frauen nicht ausstehen.«

In meinem ersten Referat ging es um Unterschicht und Mittelschicht und über die Anwendung der Kulturgüter in den verschiedenen Schichten. In der wissenschaftlichen Untersuchung, über die ich sprechen sollte, wurde Folgendes nachgewiesen: Arbeiter lesen weniger Bücher als Akademiker, Arbeiter sehen häufiger Unterhaltungsfilme, Akademiker eher Problemstücke, in nur wenigen Arbeiterfamilien werden Musikinstrumente gespielt, hingegen gibt es mehr Mittelschichtskinder, die ein Musikinstrument zu benutzen wissen.

Um das herauszufinden, wurden eine Menge Leute befragt, Tabellen angelegt, spezielle Fragetechniken angewandt, ein Haufen Zeit geopfert, und ich könnte schwören, ich habe das alles vorher gewußt. In den Sommerferien hatte ich einmal in einem Versicherungsbüro als Tipse gearbeitet. Acht Stunden lang Rechnungen geschrieben. Wie ein Automat. Wenn ich abends nach Hause kam, tat mir der Rücken weh, der Kopf rumorte, meine Hände zitterten, und ich war halb taub vom Lärm in dem Großraumbüro. Wenn dann im Fernsehen ein problematisches Arbeiterstück gezeigt wurde, das mir den Fabriklärm auch noch ins Wohnzimmer brachte, schaltete ich sofort um. Die Problematik des Arbeiters war mir zur Genüge vertraut. Am liebsten sah ich mir zu dieser Zeit Schwänke an, wie Sekretärinnen ihren Chef verführen und von ihm geheiratet werden. Das war ganz nach meinem Geschmack. Leicht, beschwingt, lustig, träumerisch. Ich wußte genau, warum ich nicht arbeiten gehen wollte, warum mir das Studieren besser gefiel. Zwar wird in der Wissenschaft dauernd problematisiert, sie ist aber bei weitem nicht so problematisch wie ein Arbeiterleben.

Um ehrlich zu sein, ich fand das Studieren langweilig. Die Art des Lernens fesselte mich nicht. Ich paukte mir sozusagen die Erkenntnisse von anderen Menschen ein, und viele Probleme, über die wir diskutierten, kamen mir wie Scheinprobleme vor.

Vielleicht schien es mir nur so, weil ich an eine andere Art des Denkens gewöhnt war. Ich liebe die Auflösung des Widerspruchs, das Lösen von Rätseln. Mein Vater erzählte mir, wie gesagt, häufig die biblischen Geschichten, und einmal sagte ich zu ihm: »Eine Sache verstehe ich nicht, Papa.«

»Was verstehst du nicht?«

»Wenn doch Adam älter war, dann mußte er doch mehr wissen als Eva. Warum hat er trotzdem die Frucht von ihr genommen und gegessen. Warum hat er das getan, was sie gewollt hat?« Ich ärgerte mich damals maßlos darüber, daß Eva vom Baum der Erkenntnis aß und die Menschen aus dem Paradies vertrieben wurden. Der faszinierende Gedanke, daß wir immer noch im Paradies sein könnten, hatte mein achtjähriges Leben erfüllt.

»Eine kluge Frage«, sagte mein Vater. Das sagte er immer, weil ich nur kluge Fragen stellte.

»Machst du das, was deine kleine Schwester dir sagt?« fragte er mich dann.

»Nein.« Das hätte noch gefehlt, daß ich mir von einer Vierjährigen etwas sagen ließ.

»Wenn sie zu dir kommt und sagt, ich gebe dir einen Apfel, iß ihn, nimmst du die Frucht?«

»Nur, wenn ich Lust auf einen Apfel habe, sonst soll sie ihn selbst essen«, antwortete ich.

»Na siehst du«, sagte er, »Adam hat auch Lust auf die Frucht gehabt, sonst hätte er sich nicht von Eva verführen lassen, die Frucht zu nehmen. Nur derjenige läßt sich verführen, der sich verführen lassen will.«

Immer, wenn ich später gehört habe, das deutsche Volk hat sich von Hitler verführen lassen, mußte ich an die Worte meines Vaters denken. Wahrscheinlich hat es den Deutschen gefallen, was Hitler ihnen erzählt hat, sonst hätten sie sich doch nicht verführen lassen.

Während meiner Studentenzeit wurde Willi Brandt Bundeskanzler, und Gustav Heinemann war Bundespräsident. Brandt und Heinemann waren für mich mehr als irgendwelche Politiker. Sie waren für mich Symbole. Symbole, daß dieses Land nichts mehr mit der Vergangenheit und dem Dritten Reich zu tun hatte. Ich sah keine Verbindung zwischen gestern und heute. Ein demokratischer Staat mit demokratischen Menschen. So sagten es die Massenmedien, so sagten es die Vertreter der jüdischen Gemeinden, und so glaubte ich es. Ich lebte zwar weiterhin vorwiegend in meiner jüdischen Isolation, aber mit dem Gefühl: Die Deutschen von heute sind nicht diejenigen, von denen meine Mutter spricht.

Inzwischen hatte ich geheiratet, mein erstes Kind war geboren, und ich dachte an ein Häuschen mit Garten. Ein Häuschen ist etwas Endgültiges, und ich richtete mich auf Endgültiges ein. Meine Diplomarbeit schrieb ich über die außerfamiliäre jüdische Erziehung in der Bundesrepublik, und ich kam zu dem Ergebnis, daß sich nach der wirtschaftlichen Normalisierung eine geistige Normalisierung der Juden in Deutschland abzuzeichnen beginnt. Die jüdischen Gemeinden sollten endlich aufhören, die Auswanderung nach Israel zu propagieren. Sie sollten das Interesse an der Bundesrepublik fördern, denn heute, fast dreißig Jahre nach Kriegsende, sind die Gemeinden aus dem Stadium der »gepackten Koffer« herausgetreten und haben sich als ein fester Bestandteil der Gesellschaft erwiesen. »Die außerfamiliäre jüdische Erziehung wird sich diesem Zustand anpassen müssen«, forderte ich, »wenn sie sich nicht dem Vorwurf aussetzen will, die Realität bewußt zu ignorieren. Sie wird den Schwerpunkt darauf legen müssen, den Jugendlichen zu einem bewußten Juden zu erziehen, der seinen Platz in der deutschen Gesellschaft finden muß.« Einen Monat nach Beendigung meines Studiums bekam ich vom

Kultusministerium in Wiesbaden das Angebot, an einer Fachschule für Sozialpädagogik zu unterrichten. Ich nahm das Angebot an und trat endgültig aus dem Getto heraus in die nichtjüdische Gesellschaft. Ich brach die Kontakte zur jüdischen Gemeinde ab und wurde Lehrerin an einer hessischen Schule, Lehrerin deutscher Jugendlicher, deutsche Lehrerin.

Fünf Jahre
lebte ich mit ihnen.
Es ist genug

Ich betrete das alte Schulgebäude, und der muffige Geruch von Hunderten von Schülern umgibt mich. Ein altes, hohes, um die Jahrhundertwende erbautes Haus, keine Schnörkel, eine Uhr am Eingang, ein breites Treppenhaus mit abgetretenen Stufen. Ich gehe ins Büro, um mich vorzustellen. Es erwarten mich die Direktorin, Frau Ullmann, der stellvertretende Direktor, Herr Leuenberger, die drei Damen vom Personalrat, Frau Jannings, Fräulein Schuster, Frau Weinelt. »Nehmen Sie bitte Platz«, sagt Frau Ullmann.

Sie ist eine ältere, hagere Dame mit der Gesichtsfarbe einer fahlen Zitrone. Sie hat etwas mit dem Hohlsaumdeckchen gemein, das auf einem kleinen Tisch neben ihrem Schreibtisch liegt. Hohlsaum, das erinnert mich sofort an meine eigene Schulzeit und an die mühselige Hohlsaumstikkerei, die ich nicht ausstehen konnte. Meine Deckchen sahen immer mißglückt aus, und mißglückt waren auch meine Handarbeitsnoten. »Hohlsaum muß ordentlich sein, und Ordnung ist das halbe Leben«, pflegte die Handarbeitslehrerin zu sagen. Ich kann mir vorstellen, wie ihr Leben ausgesehen hat, ordentlich, korrekt, phantasielos, genau wie die Hohlsaumstickerei. Das Hohlsaumdeckchen paßt zu Frau Ullmann.

Herr Leuenberger dürfte Anfang fünfzig sein, vielleicht etwas jünger. Ein Technokrat. Er übernimmt die Gesprächsführung: Was ich denn genau studiert hätte, wie lange ich studiert hätte, ob ich Unterrichtserfahrung hätte, ob ich wüßte, daß man heutzutage mit den Schülern diskutieren muß, ob ich mit jungen Menschen richtig umgehen könne. Ich habe mir zu Hause schon mein Sprüchlein zurechtgelegt. »Ich habe im Hauptfach Pädagogik, in den Nebenfächern Psychologie und Anthropologie studiert und bin Diplompädagogin. Berufserfahrung habe ich in der außerschulischen Jugendarbeit und kenne die Jugendlichen durch ihr Freizeitverhalten. Unterrichtet habe ich noch nicht, aber ich traue mir aufgrund meiner Ausbildung die Unterrichtung in den erziehungswissenschaftlichen Fächern zu.«

Die Damen vom Personalrat beschränken sich darauf, zu lächeln und zu nicken. Noch ein paar Fragen, und dann sagt Frau Ullmann: »Wir danken Ihnen für das Gespräch und werden Ihnen Bescheid geben.« Sie geleitet mich aus dem Büro hinaus.

Ich stehe wieder auf dem Gang in dem alten Schulhaus. Es ist totenstill, kein Laut, kein Lachen, kein Schreien – als seien keine Menschen in dem Haus. Am Ende des Ganges steht eine Glasvitrine mit Kinderspielzeug, von Schülerinnen hergestellt im Werkunterricht. Kleine selbstgebastelte Puppen neben einem schelmischen Kasper. Der Kasper lacht. Es ist ein verzerrtes Lachen, das Lachen eines Menschen, der nicht lachen kann. An den Wänden im Treppenhaus hängen Graphiken hinter Glas. Der Abstand zwischen den Zeichnungen ist immer gleich. Die Ruhe in dem Gebäude ist gespenstisch. Als Schüler weiß man gar nicht, daß Schulen still sind. Tausend Menschen in einem Haus und alle schweigen. In meine Betrachtungen hinein schellt es, und schreiend überschwemmen die Mädchen und Jungen den Flur. Türen knallen, und die Schüler schieben sich boxend, johlend, knuffend die Treppe hinunter auf den asphaltierten Schulhof. Ich verlasse die Berta-von-Suttner-Schule, Fachschule für Sozialpädagogik, Berufsfachschule, Berufsschule. Alles unter einem Dach.

Nach einigen Tagen bekomme ich Nachricht. Das Direktorium und der Personalrat sind mit meiner Einstellung einverstanden. Bitte sämtliche Unterlagen und notwendigen Papiere an den Regierungspräsidenten in Darmstadt schikken. Ich bekomme einen Arbeitsvertrag und bin jetzt Lehrerin im Angestelltenverhältnis. Am 15. August soll ich mich zum Dienstantritt in der Berta-von-Suttner-Schule melden.

»Laß dich nicht für blöd verkaufen«, sagte meine Mutter zu mir, wenn jemand große Worte machte und eine unwichtige Sache als außerordentlich bedeutend hinstellte. Einmal kam ein Schreibmaschinenvertreter zu uns und erklärte sein neuestes Modell. Weicher Anschlag, funktionelles Design, handgerechte Typenflachstellung, Zweifarbbandsystem, perlartiges Schriftbild und noch einiges mehr. Ich ging damals gerade zwei Wochen in eine Handelsschule, der Mann hatte mich vor der Schule abgefangen und gefragt, ob ich an einer Schreibmaschine interessiert sei, und ich gab ihm unsere Adresse. Nun saß er im Wohnzimmer, die Schreibmaschine vor sich, und demonstrierte die Details. Meine Mutter und ich saßen daneben, wir hörten schweigend zu. Nachdem er die Schreibmaschine vorgeführt hatte, begann er mir auszumalen, was ich alles damit anfangen könne. Ich könne neben der Schule in Heimarbeit Adressen schreiben und dabei gut, um nicht zu sagen sehr gut, verdienen. Ich könne mich auf Schnellschreiben trimmen und dadurch meine Startchancen als Sekretärin verbessern, außerdem sei dann jeder Brief klar lesbar und brächte nicht mehr die üblichen Mißverständnisse des handgeschriebenen Briefes mit sich. Ich war überwältigt. Mir war das funktionelle Design zunächst gar nicht aufgefallen, aber plötzlich erschien mir die Maschine in einem ganz anderen Licht. Auch das perlartige Schriftbild beeindruckte mich ungeheuer, und der Beweis, daß man mit der Perlschrift zwei Worte mehr pro Zeile schreiben könne, überzeugte mich vollends. Meine Mutter sagte nichts, ich wußte, sie verstand nicht, was der Vertreter erklärte. Was sollte meine Mutter schon von Schreibmaschinen verstehen? Wo gab es in Polen Schreibmaschinen, wo hatte sie jemals etwas von weichem Typenanschlag und Zweifarbbandsystem gehört? Nach einer Weile fragte sie nur: »Was kostet die Schreibmaschine?«

»Wenn Sie bar bezahlen, ziehen wir drei Prozent Skonto ab, der Nettopreis beträgt dann 503 DM und 50 Pfennig«, belehrte sie der Vertreter.

»Ich verstehe«, sagte meine Mutter, »für tausendundsieben Mark bekommt man zwei.«

Da hatte ich verstanden, sie kauft die Maschine nicht. Ich entschuldigte mich hundertmal bei dem Verkäufer, es tut mir so leid, meine Mutter hat natürlich keine Ahnung, sie kann das Modell nicht würdigen, sie kann ja noch nicht einmal richtig Deutsch sprechen, aber sie gibt das Geld nicht her, und ohne Geld keine Maschine.

Als der Vertreter gegangen war, machte ich einen Skandal. »Du hast von gar nichts eine Ahnung«, schrie ich, »ich hätte mit der Maschine Geld verdienen können, das war eine funktionelle Maschine. Wir brauchen so etwas für die Schule, und mit der Perlschrift kann man Unmengen Papier sparen«, heulte ich.

»Narrisches Kind«, sagte meine Mutter, »im Kaufhaus kostet eine Maschine dreihundert Mark, für was soll ich hier fünfhundert ausgeben?«

»Du verstehst schon viel von Schreibmaschinen. Weicher Anschlag, weißt du, was das bedeutet? Handgerechte Typenflachstellung, wir haben in der Schule durchgenommen, wie wichtig das für die Hände, fürs Kreuz, für den ganzen Körper ist.«

»Laß dich nicht für blöd verkaufen«, antwortete meine Mutter, »die anderen Schreibmaschinen sehen auch so aus und sind zweihundert Mark billiger.«

Was soll ich lange erzählen. Wir kauften eine Dreihundertmarkmaschine im Kaufhaus, und ich habe weder Sehnenscheidenentzündung noch Kreuzschmerzen bekommen, und ein erhöhter Papierverbrauch ist mir nie aufgefallen.

Als Lehrerin lerne ich nun, daß die Hauptaufgabe des Lehrers darin besteht, die Schüler für blöd zu verkaufen, wie man selber für blöd verkauft wird.

Eine Woche vor Lehrbeginn drückt mir Frau Ullmann einen Lehrplan in die Hand, an dem ich mich orientieren soll. Ich muß Pädagogik unterrichten.

Auf dem Lehrplan steht: Lehrgang I: *Notwendigkeit der Erziehung nachweisen – 20 Stunden.* Ich starre ungläubig auf den Plan, Gott im Himmel, wie soll ich 20 Stunden lang die Notwendigkeit der Erziehung nachweisen? Hat man denn je gehört, daß ein Mensch erwachsen wird, ohne erzogen worden zu sein? Ich habe einmal von einem Kind gelesen, das Wölfe großzogen und das sich dann wie ein Wolf benahm. Vielleicht meint der Plan, daß man so etwas erzählt, damit die Schüler die Notwendigkeit der Erziehung erkennen. Dazu genügt eine halbe Stunde. Was macht man mit den restlichen neunzehneinhalb Stunden? Ich beginne zu zittern. Unmöglich, ich kann keine Lehrerin sein, ich werde das nie schaffen. Aber der Plan gibt einige Hinweise, wie man es doch schaffen kann. Als Unterpunkt steht: *Kindliche Bedürfnisse aufzeigen, z.B. sensomotorische Bedürfnisse.* Na schön, ich werde also aufzeigen, daß ein Kind sensomotorische Bedürfnisse hat, daß es krabbeln und laufen, sehen, hören, riechen, tasten und schmecken will. Und dann kann man ja auch gleich die pädagogischen Verhaltensweisen ableiten. Man soll einem Kind nicht die Beine und Hände fest an den Körper binden, denn es hat motorische Bedürfnisse, man darf ihm keine Augenklappen und Ohrenschützer aufziehen, um seine sensorischen Bedürfnisse nicht zu beeinträchtigen, man sollte ihm ein Spielzeug in die Hand geben, um den Tastsinn zu fördern, und dann kann man ja auch gleich ausführen, daß das Spielzeug keine scharfen Ecken und spitzen Kanten haben soll, damit sich das Kind nicht die Augen aussticht, denn das würde den Gesichtssinn beeinträchtigen. Langsam werde ich zuversichtlicher und beruhige mich. Allein mit den sensomotorischen Bedürfnissen kann man ein paar Stunden füllen, dann kriegt man den Lehrgang I irgendwie in zwanzig Stunden hin.

Der Unterricht läuft dann so ab:

»Zunächst wollen wir den Begriff sensomotorisch erläutern.« Ich weiß nicht, warum Lehrer immer im Plural reden, aber ich habe es auch so gemacht.

»Gibt es vielleicht jemanden in der Klasse, der den Begriff kennt?«

Natürlich gibt es keinen in der Klasse, sie sollen ja schließlich erst lernen, was sensomotorische Bedürfnisse sind.

»Sensorisch ist lateinisch und bedeutet die Sinne betreffend, und motorisch kommt von Motorik und bezeichnet die Bewegungsabläufe des Körpers.«

Ich gehe zur Tafel und schreibe auf die linke Seite *sensorische Bedürfnisse* und auf die rechte Seite *motorische Bedürfnisse.* Die Schüler schlagen ihr Heft auf und schreiben links *sensorische Bedürfnisse* und rechts *motorische Bedürfnisse.* »Könnten Sie mir ein sensorisches Bedürfnis nennen?«

Eine Schülerin meldet sich: »Tasten.«

»Ausgezeichnet.« Ich gehe zur Tafel und schreibe unter sensorische Bedürfnisse »tasten«. Die Schüler schreiben das gleiche in ihr Heft.

»Welche Bedürfnisse sind Ihnen noch bekannt?«

Jetzt melden sich schon mehr.

»Sehen.«

»Sehr gut.«

Angeschrieben. Nachdem wir die sensorischen Bedürfnisse herausgearbeitet haben, behandeln wir die motorischen.

»Die sensorischen Bedürfnisse haben wir nun verdeutlicht, können Sie mir vielleicht auch einige motorische Bedürfnisse nennen?« frage ich die Schüler.

Mit den motorischen hapert es, sie wissen nicht genau, was ich meine. Ich gebe ein Beispiel. »Krabbeln ist ein motorisches Bedürfnis des Kleinkindes.« Ich schreibe »krabbeln« unter motorische Bedürfnisse. Nun haben sie es kapiert.

»Welche motorischen Bedürfnisse fallen Ihnen noch ein?«

»Springen«, »laufen«, »gehen«.

Sehr gut. Es geht mir ein bißchen zu schnell, wenn das so weitergeht, bin ich zehn Minuten zu früh fertig und habe keinen Unterrichtsstoff mehr. Gott sei Dank habe ich gestern zwei Bilder ausgeschnitten. Auf dem einen Bild ist ein etwa zweijähriges Kind zu sehen, das auf eine Frau zugeht, auf dem anderen ein zehn Monate alter Säugling, der auf dem Boden krabbelt.

»Betrachten Sie bitte die beiden unterschiedlichen Bewegungsabläufe. Beide Kinder haben das Bedürfnis, sich fortzubewegen, bei jedem geschieht das auf seine altersspezifische Weise. Der Säugling krabbelt auf allen vieren, während das zweijährige Kleinkind bereits in der Lage ist, aufrecht den Körper unter Kontrolle zu halten. Beiden gemeinsam ist das motorische Bedürfnis«, erkläre ich und lasse die Bilder in der Klasse herumgehen. Die Schüler, sie sind alle mindestens siebzehn Jahre alt, betrachten die Bilder, als hätten sie noch nie im Leben einen krabbelnden Säugling und ein zweijähriges Kind gesehen. Es schellt.

Ich war ganz zufrieden mit der ersten Stunde. Aber im nachhinein muß ich sagen, es war dilettantisch. Wie man richtig die Schüler für blöd verkauft, habe ich erst anderthalb Jahre später in meiner Referendarausbildung gelernt.

Als erstes lerne ich, der Lehrer muß einen pädagogischen Anspruch haben. Bis dahin habe ich ohne Anspruch unterrichtet, aber ich bin ja deswegen in der Lehrerausbildung, damit ich nun alles richtig mache. Der pädagogische Anspruch heißt: »Emanzipation des Schülers. Der Schüler soll zur Selbst- und Mitbestimmung befähigt und zur Abwehr überflüssiger Herrschaft ermutigt werden.« Das leuchtet mir ein, wir leben in einer Demokratie, und wir Lehrer sollen zum mündigen Bürger erziehen. Ein bißchen problematisch kommt es mir aber doch vor, mit der Selbst- und Mitbestimmung des Schülers. Man drückt mir Lehrpläne in die Hand, damit ich das beibringe, was auf den Lehrplänen steht, und die Schüler sollen selbst bestimmen. Dann lerne ich, daß es mit der Unterrichtsvorbereitung, so wie ich es mache, nicht geht. Man muß zu jeder Stunde einen Unterrichtsentwurf anfertigen, in dem die pädagogische Intention und der Verlauf der Stunde genau vorgeplant sind. Das sieht so aus:

1. Das Richtlernziel einer jeden Unterrichtsstunde ist die Förderung der Selbst- und Mitbestimmung des Schülers, um überflüssige Herrschaftsansprüche abzubauen.

Das schreibt man immer oben drüber.

2. Das Groblernziel ist, am Beispiel der gewerkschaftlichen Mitbestimmung das Richtlernziel zu verdeutlichen.

3. Folgende Feinlernziele werden in der Unterrichtsstunde herausgearbeitet:
Die Schüler sollen
a. begreifen, was Mitbestimmung bedeutet – 5 Minuten
b. Vorgänge kennenlernen, die zur Mitbestimmung führen – 8 Minuten
c. Herrschaftsstrukturen verdeutlichen, mit denen sie konfrontiert werden – 10 Minuten
d. Gliederung der gewerkschaftlichen Organisation kennenlernen – 10 Minuten
e. Zusammenfassung der Stunde – 5 Minuten

Im Unterricht sieht es dann so aus:

Lehrer: »Wo habt ihr den Begriff Mitbestimmung schon einmal gehört?«

Schüler: schweigen

Lehrer: »Na, denkt doch einmal nach.«

Schüler: denken

Lehrer: »Wie ist es im Betrieb?«

Schüler: »Da bestimmt der Chef.«

Lehrer: »Und wie nennt man den Chef?«

Schüler: »Arbeitgeber.«

Lehrer geht an die Tafel und schreibt das Wort *Arbeitgeber* an.

Lehrer: »Wie heißen die Arbeiter?«

Schüler: »Arbeitnehmer.«

Lehrer: »Klaus, schreib das Wort Arbeitnehmer an. Aber deutlich.« Klaus geht an die Tafel und schreibt *Arbeitnemer*.

Lehrer: »Arbeitnehmer schreibt man mit h, du Depp, das solltest du inzwischen wissen. Und wie können die Arbeitnehmer mitbestimmen?«

Schüler: schweigen

Lehrer: »Die Arbeitnehmer können Absprachen miteinander treffen. Hans und Peter, wenn ihr noch einmal miteinander schwätzt, trage ich euch ins Klassenbuch ein. Was versteht man unter Absprache?«

Schüler: »Wenn einige sich zusammentun und etwas absprechen.«

Lehrer: »Gut. Und wie nennt man es, wenn die Arbeitnehmer sich zusammenschließen?«

Schüler: schweigen

Lehrer: »Sie bilden eine Ge... Ge...?«

Schüler: »Gewerkschaft.«

Lehrer schreibt an die Tafel *Gewerkschaft*.

Lehrer: »Welche Gewerkschaften kennt ihr? Peter, was hast du unter der Bank? Du schmökerst wieder in Comics, anstatt hier aufzupassen. Könntest du mir vielleicht erklären, worüber wir hier gesprochen haben?«

Peter wird rot und zuckt schuldbewußt die Schultern.

Lehrer: »Über Mitbestimmung der Arbeitnehmer. Wenn du hier nicht aufpaßt, wie willst du einmal später mitbestimmen?«

Am Ende der Unterrichtsstunde steht in allen Heften:

Arbeitgeber – Arbeitnehmer – Arbeitgeberverband – Gewerkschaften. Der Dachverband der Gewerkschaft heißt Deutscher Gewerkschaftsbund, ihm sind folgende Einzelgewerkschaften angeschlossen: ÖTV, GEW, Textilgewerkschaft, Bau-Steine-Erden... Alles deutlich gegliedert und mit bunter Kreide unterstrichen. Dann wird eine Arbeit über Mitbestimmung geschrieben, und alle Schüler haben Mitbestimmung gelernt. Nur komisch, daß sie später im Betrieb so wenig Mut haben, etwas mitzubestimmen.

Dann muß man eine didaktische Analyse machen, um nachzuweisen, daß man dem pädagogischen Anspruch gerecht geworden ist. Das hört sich dann so an:

»Als didaktische Methode wurde der Fragen entwickelnde Unterrichtsstil angewandt, um die Schüler zur aktiven Mitarbeit anzuregen. Das Problem der Mitbestimmung wurde von drei Ebenen aus beleuchtet; erstens, der reflektorischen Ebene, indem die Schüler direkte Mitbestimmungsmöglichkeiten aus ihrem Erlebnisbereich aufzeigen mußten, zweitens, der gesellschaftlichen Ebene, indem Herrschaftsstrukturen klar verdeutlicht wurden, und drittens, der politischen Ebene, indem Möglichkeiten zur Mitbestimmung auf breiter Basis erörtert wurden. Aus der Lernzielkontrolle ist ersichtlich, daß die Schüler den Lernprozeß verstanden haben und daraus Bewußtseinsveränderungen, die sich in neuen Verhaltensdimensionen ausdrücken, abzuleiten sind.«

Für mein zweites Staatsexamen mußte ich mich auch mit dem Schulrecht befassen. Da lerne ich den Erlaß vom 11. 6. 1974 II B 5.1.819/110–12: »Schülerarbeiten im Sinne dieses Erlasses sind alle schriftlichen oder zeichnerischen Arbeiten in Heften oder auf losen Blättern...«

Glücklicherweise sagt man mir hier, daß schriftliche Arbeiten in Hefte oder auf lose Blätter geschrieben werden müssen, ich hätte sonst Toilettenpapier oder die Wände benutzt. Es kommen mir aber gleich Zweifel. Gehört Toilettenpapier nicht auch zu losen Blättern? Am besten, man klärt das auf einer Konferenz.

Zuerst habe ich Tränen gelacht. Was ist das für ein Volk, wo die Lehrer lernen, daß man für schriftliche Arbeiten Hefte oder lose Blätter verwenden muß? Dann habe ich mich aufgeregt. Für wie blöd hält man uns? Wir sind erwachsen, haben alle ein Hochschulstudium absolviert, haben Prüfungen abgelegt, und hier sagt man uns per Erlaß, was für ein Papier wir für Arbeiten zu verwenden haben.

Und dann habe ich mich erschrocken. Das ist ja entsetzlich. Hier wird geregelt, welches Papier man verwenden muß, und dieses Volk will der Welt einreden, daß die Vernichtung von Millionen Menschen ein unglücklicher Zufall war, ein »Betriebsunfall«, wie man es so schön nennt. Es muß für jeden Schritt eine Anweisung, für jede Kleinigkeit eine Verordnung gegeben haben. Und wenn wieder alles geregelt ist und der Lehrer lernt, die Erlasse ja richtig auszuführen, und die Schüler lernen, ja das zu tun, was der Lehrer sagt, und die Kinder lernen, ja das zu befolgen, was die

Eltern sagen, was hat sich dann geändert? Daß die Lehrer heute über ihre Unterrichtsentwürfe demokratisches Verhalten und früher Gehorsam geschrieben haben? Da waren sie ja früher noch ehrlicher. Es ist kein Wunder, daß aus den perfekten Faschisten perfekte Demokraten in der Bundesrepublik und perfekte Kommunisten in der DDR geworden sind, nur sind diese nicht demokratisch und jene nicht kommunistisch. Sie sind nur perfekt.

Jeden Tag fahre ich nach Wiesbaden und zurück und lerne die Bedeutung von Minuten kennen. 6.00 Uhr aufstehen, 6.35 zur Straßenbahn hasten, 6.59 Straßenbahn Linie 14, 7.12 Ankunft Frankfurt Hauptbahnhof, 7.16 Zugabfahrt, 7.47 Ankunft Wiesbaden, 7.49 Bus, 7.55 Schule, 7.56 Lehrerzimmer, Guten Morgen, Frau Ullmann, 8.00 Verlassen des Lehrerzimmers, 8.01 Klassenraum, Guten Morgen, Anwesenheit der Schüler feststellen.

Ich war bis dahin gewohnt, großzügig mit der Zeit umzugehen. Verabredete ich mich um acht, kam ich zehn nach acht, wurde im Jugendzentrum eine Veranstaltung für 15 Uhr angekündigt, dann fing sie eine halbe Stunde später an, versprach ich meiner Mutter um neun Uhr abends nach Hause zu kommen, dann erschien ich gegen dreiviertel zehn. Sogar während meiner Schulzeit kam ich fast täglich zu spät zur Schule. Ich schrieb seitenlange Aufsätze über die Bedeutung der Pünktlichkeit, es nutzte nichts. In der fünften Klasse mußte ich zur Strafe hundertmal schreiben: Ich darf nicht zu spät kommen... Ich brachte die Strafarbeit sauber geschrieben mit und kam wieder zu spät. Bevor ich Lehrerin wurde, merkte ich gar nicht, daß der Tag aus Minuten und Sekunden besteht.

Und nun spüre ich es um so deutlicher. Komme ich um 7.17 zum Abfahrtsgleis, dann sehe ich nur noch die roten Schlußlichter des Zuges. Eine Verspätung von einer Minute, und ich ärgere mich unaussprechlich. Mein Magen rebelliert, das Herz schlägt schneller, mir bricht der Schweiß aus, denn ich weiß, der nächste Zug fährt erst zwanzig Minuten später, und ich komme zwanzig Minuten zu spät zum Unterricht. Bleibt der Zug im Winter auf der Strecke stehen, dann sehe ich alle Sekunden zur Uhr, hoffentlich erreiche ich noch den Bus, hoffentlich. Die Minuten machen mich krank und fangen an, mein Denken zu beherrschen. Zeit ist das Wichtigste. Frau Ullmann kommt jeden Morgen um 7.55 Uhr ins Lehrerzimmer und begrüßt die Anwesenden. Unauffällig stellt sie fest, ob alle Lehrer da sind. »Guten Morgen, Frau Rosenzweig*.« »Guten Morgen, Frau Ullmann.«

Die Begrüßung ist beendet, und ich habe meinen Pünktlichkeitstest bestanden.

Häufig aber, besonders im Winter, komme ich zu spät. Frau Ullmann weiß natürlich, daß zu spät kommende Lehrer die hintere Treppe benutzen, und manchmal steht sie wie zufällig dort.

»Frau Rosenzweig, der Unterricht hat bereits vor fünf Minuten begonnen, bitte beeilen Sie sich.«

»Entschuldigen Sie bitte, der Zug hatte Verspätung.«

»Frau Rosenzweig, darauf können wir keine Rücksicht nehmen. Sie müssen mit einem früheren Zug fahren. Ich muß auch jeden Morgen pünktlich sein. Wo kämen wir denn hin, wenn jeder kommen würde, wann er will.«

Weil ich gelegentlich mal zu spät komme, stellt sie Grundsatzfragen, wohin wir kämen, wenn jeder unpünktlich wäre. Keine Ahnung, man würde wahrscheinlich nicht so pünktlich anfangen. Frau Ullmann will natürlich keine Antwort. Sie benutzt die Gelegenheit, ihre Macht auszuspielen, um zu zeigen, daß ich hier einen Fehler gemacht habe. Und sie kann mich dafür ausschimpfen, auf eine strenge, aber gerechte Weise. Ich hasse Pünktlichkeit, das Herz der deutschen Erziehung.

Die Konferenzen in der Berta-von-Suttner-Schule beginnen um 15 Uhr. Im Lehrerzimmer befindet sich eine große, runde Uhr, wie auf einem Bahnhof. Um 14.58 sitzen alle

*Zum Zeitpunkt des Geschehens hieß die Autorin Rosenzweig.

Lehrer im Raum, spätestens um 14.59 sitzt Frau Ullmann am Kopfende des Konferenztisches, und pünktlich, wenn der große Zeiger auf die Zwölf springt, beginnt sie: »Ich begrüße Sie zu der heutigen Konferenz. Auf der Tagesordnung stehen folgende Punkte...«

Auch wenn alle Lehrer schon um 14.59 anwesend sind, sie beginnt um 15 Uhr, und wenn noch nicht alle erschienen sind, sie beginnt um 15 Uhr.

Kommt ein Lehrer 30 Sekunden später, dann hat sie die Begrüßungsformel bereits gesprochen, sie ist schon beim Verlesen des zweiten Tagesordnungspunktes, hält inne, und schaut ihn streng an: »Wir haben bereits begonnen.«

Wegen einer halben Minute sackt der arme Mensch in sich zusammen, fühlt sich schuldig, als hätte er etwas verbrochen und murmelt: »Entschuldigen Sie bitte, es soll nicht mehr vorkommen.« Ein erwachsener Mann wird zum kleinen Schuljungen, der sich bei der Lehrerin entschuldigt. Im Schweigen des restlichen Kollegiums geht er zum Konferenztisch. In dieser Stille dröhnt jeder Schritt, der Stuhl poltert beim Hinsetzen, und Frau Ullmann kostet die Peinlichkeit der Situation aus.

Ich bin seit zwei Monaten Lehrerin und beginne mich allmählich in das Netz von Vorschriften und Angst einzufügen. Heute war ich mit den Schülern in einer Ausstellung über Genußmittel, die man nicht genießen soll, und ich habe sie eine halbe Stunde früher als Schulschluß nach Hause gehen lassen. Wir hatten den Rundgang durch die Ausstellung beendet, und ich überlegte mir, daß es eigentlich unsinnig sei, nochmals zur Schule zu laufen und von dort aus die Schüler zu entlassen.

»Also meinetwegen könnt ihr von hier nach Hause gehen.« Als sie weg sind, kommen mir Zweifel. Bin ich überhaupt versicherungsmäßig abgedeckt? Was geschieht, wenn ein Schüler in dieser halben Stunde einen Unfall hat? Mit solchen Ängsten trete ich meinen Heimweg an und beschließe, das nächste Mal die Schüler zu zwingen, entweder eine halbe Stunde länger in der Ausstellung auszuharren oder mit mir zusammen den Weg zur Schule anzutreten.

Ich fertige das Protokoll der letzten Lehrerkonferenz an. Habe ich alle formalen Vorschriften beachtet? Beginn und Ende der Konferenz eingetragen? Sehr wichtig, damit künftige Generationen nachprüfen können, daß am 10. Oktober 1973 die Lehrer der Berta-von-Suttner-Schule laut Anwesenheitsliste von 15 bis 15.58 konferiert haben. Herr Müller fehlte entschuldigt, Frau Richter unentschuldigt, festgehalten im Protokoll, amtlich.

Abends plagte mich der Gedanke, ob ich den morgigen Unterricht genügend vorbereitet habe. Reicht das Unterrichtsmaterial über Jugendalkoholismus aus? Was mache ich, wenn der Alkoholismus nach 35 Minuten erschöpfend behandelt ist, weil die Schüler keine Alkoholiker sind und das Thema sie nicht interessiert, trotz der anregenden Ausstellung heute? Wie beschäftige ich sie, wenn Unruhe in die Klasse einzieht, sie laut zu schwätzen beginnen und der stellvertretende Direktor wieder wie gestern den Kopf zur Tür hineinsteckt, um nachzusehen, was denn eigentlich los sei. Er zitiert mich zu einem kurzen Gespräch in sein Zimmer.

»Aber bitte erst nach der Unterrichtsstunde.«

Herr Leuenberger sitzt hinter seinem Schreibtisch, der mir riesengroß erscheint, denn ich schrumpfe unaufhörlich, während mich der stellvertretende Herr der Schule rügt. Er macht mich zur Schnecke, im wahrsten Sinne des Wortes. Zur kleinen, schleimigen Schnecke, die sich am liebsten in ihr Schneckenhaus zurückziehen würde.

»Sie müssen auf mehr Disziplin und Ruhe achten, Frau Rosenzweig. Eine Klasse muß man im Griff haben. Bereiten Sie sich gründlicher vor, dann wird Ihnen der Unterrichtsstoff nicht ausgehen. Die Schüler haben ein Anrecht auf 45 Minuten Unterricht in Ihrem Fach. Wo kämen wir denn hin, wenn jeder Lehrer zehn Minuten weniger unterrichten würde.«

Ich, Lea Rosenzweig, 27 Jahre alt, Diplompädagogin, Akademikerin, Mutter, Ehefrau, Demokratin, bin zu einer winzigen Schnecke geworden, die am Boden hinter dem Schreibtisch kriecht und eine Schleimspur hinter sich läßt.

»Das soll nicht mehr vorkommen, Herr Leuenberger. Ich werde mich in Zukunft besser vorbereiten. Entschuldigen Sie bitte.«

Und nachts, nachts kommen andere Gedanken. Die Angst des Tages weicht der Angst der Nacht. Herr Leuenberger trägt eine schwarze Uniform, Totenkopfabzeichen, glänzende Stiefel. Er marschiert durch das Treppenhaus der Berta-von-Suttner-Schule, gibt Anweisungen, liest Verordnungen vor, brüllt Befehle. Die Schülerinnen bewegen sich im Gleichschritt, rechts, links, rechts, links. Ihre Haare sind zu strammen Zöpfen geflochten, weiße Blusen, dunkle Röcke, ein Lied auf den Lippen, rechts, links, rechts, links.

»Frau Rosenzweig, Ihre Klasse marschiert nicht ordnungsgemäß. Achten Sie auf Ruhe und Disziplin, Ruhe und Disziplin, im Griff haben, die Schüler im Griff haben!«

»Rechts, links, rechts, links!« brülle ich, aber sie hören mich nicht.

»Rechts, links, rechts, links!« Ich bin für die Aufrechterhaltung der Ordnung verantwortlich, aber die Mädels marschieren immer ungeordneter, langsamer, schleppender. Die Zöpfe gehen auseinander, die schmucken, weißen Blusen verwandeln sich in alte Mäntel, die glatten, frischen Gesichter werden müde, faltig, abgehärmt, die aufrechten Gestalten gebeugt. Ein Bündel auf dem Rücken, ein Kind an der Hand, der eisige Wind heult. Wir verlassen das Getto, man hat uns ausgesiedelt. Wohin? Niemand weiß.

»Es ist kalt, Mama, so kalt.«

»Ja, mein Kind, so kalt.«

»Schneller, schneller, marsch vorwärts!« ruft der SS-Mann. Vorwärts, wohin vorwärts? Meine kleine Tochter, mein schwarzes Lockenköpfchen, meine lachende Puppe ist vor zwei Wochen gestorben. Wie ein Hühnchen hat man sie ins Massengrab geworfen, mein Küken, mein abgemagertes Vögelchen. Ein paar Knochen zu vielen Knochen.

Neben mir geht mein Sohn, mein Leben. Jedes Wort von ihm ist scharfsinnig und klug, jeder Blick ein Trost, Zärtlichkeit, Liebe.

»Vorwärts, marsch!«

Wohin führt der Marsch? Gott im Himmel, sag, wohin führt der Marsch? Gott schweigt, nur der frostige, unbarmherzige Wind weint. Der Marsch führt zur Selektion.

Selektion. Selektion heißt, mein Sohn auf die eine, ich auf die andere Seite; Selektion heißt, Menschen sehen sich in die Augen, Blicke verschmelzen, Abgründe tun sich auf; Selektion heißt, Sehnsucht nach einer letzten Berührung, nach einem letzten Kuß; Selektion heißt, klarer Wintertag, wie tausend Tage davor und tausend danach; Selektion heißt, ich zum Leben, mein Kind zum Tod.

Mit einer Gruppe jüngerer, kräftiger Frauen werde ich in eine Steinbaracke gehetzt. Schnell ausziehen, entlausen, Haare abschneiden, in einer Reihe aufstellen, tätowieren, A 504942, Schläge auf den Kopf, alles abgeben, Häftlingskleider anziehen.

»Schneller, faules Gesindel, ein bißchen plötzlich!«

Ich sehe das Medaillon mit den Bildern meiner Kinder auf meiner nackten Brust, ein goldenes Medaillon. Ich habe es zur Geburt meines Sohnes bekommen und mich nie davon getrennt.

»Bitte, bitte lassen Sie mir das Medaillon.«

»Nichts da, alles abgeben, her mit dem Zeug.«

Ein Ruck, und eine harte, knochige Frauenhand hat mir das Medaillon vom Hals gerissen und wirft es auf ein Häufchen von Ketten, Ringen, Spangen, Anstecknadeln. Das Medaillon verschwindet, meine Kinder verschwinden, meine Gefühle verschwinden. Ich bin eine Nummer geworden, Häftlingsnummer A 504942. Und die Nummer überlebt.

Meine Personalnummer in der Schule ist E 504942. E steht für Entsetzen. Bitte bei allen Rückfragen die obige Nummer angeben. E 504942. Diese Nummer ist unauslöschlich.

Das Lehrerzimmer liegt im ersten Stockwerk, und die Fenster gehen auf den Schulhof hinaus. Der Schulhof ist eine asphaltierte Fläche, umgeben von einer grauen Steinmauer.

Hinter dem Schulhof schließt sich eine kleine Turnhalle an. Aus dem Steinboden wachsen einige Bäume, um sie herum ist ein Kreis Erde freigelassen, damit sie das Nötigste zum Atmen haben. Das Laub der Bäume lockert ein wenig die triste Pausenwelt auf. Neben den Bäumen stehen Abfallkörbe für weggeworfene Papiere, Schulbrote, Apfelreste und Zigarettenstummel. Täglich wird der Schulhof vom Hausmeister gekehrt, und ich glaube, er ist asphaltiert worden, damit der Hausmeister leichter fegen kann.

In der Pause ist mein Lieblingsplatz am Fenster des Lehrerzimmers. Von dort schaue ich mir die Schüler an. Wie kleine bunte Spielzeugpüppchen sehen sie von meiner Warte aus. Sie stehen in Gruppen oder schlendern zu zweit oder mehreren im Schulhof herum. Eine farbige, ungeordnete Menschenmenge. Sie lachen, kichern, essen Brote oder Obst, rauchen Zigaretten oder knabbern Süßigkeiten. Ein Bild, leicht und beschwingt, locker und unproblematisch. Dann schellt es. Die Ruhe weicht der Hast. Schnell noch einen Zug an der Zigarette, ausdrücken, Papier zusammenknüllen, wegwerfen, zum Abfalleimer rennen und den Rest des Pausenbrotes hineinschmeißen. Und wie auf ein Kommando strömen alle Püppchen dem Eingang zu. Die diffuse Menge ordnet sich und nimmt die Form eines Dreiecks an und verschwindet allmählich im Haus.

Dieses Bild erinnert mich an einen Versuch, den wir im Physikunterricht gemacht haben, als ich selbst noch eine Schülerin war. Die Lehrerin warf eine Menge Eisenfeilspäne auf den Tisch. Sie lagen wirr und durcheinander da, kleine glitzernde Eisenteilchen. Dann nahm sie einen Magneten, und plötzlich, wie durch eine unsichtbare Macht gezwungen, strömten die Eisenfeilspänchen auf den Magneten zu und legten sich um ihn herum. Sie konnten gar nicht anders, sie mußten gehorchen. Das Klingeln in der Schule ist auch so ein Magnet. Magnetisch zieht das Klingeln die Schüler von ihrem Platz weg, wie kleine Eisenspänchen strömen sie dem Eingang zu. Auf ein mechanisches Zeichen reagieren sie mechanisch.

Ich bin auch so ein kleines Eisenfeilspänchen, denke ich. Auch ich muß auf das Klingeln hin mein Brot zusammenpacken, das Lehrerzimmer verlassen und in eine Klasse gehen und 45 Minuten etwas vorspielen. Einmal Sozialkunde, einmal Pädagogik, einmal Spielerziehung, je nachdem, was auf dem Plan steht. Und nach 45 Minuten verlasse ich den Raum und gehe in einen anderen. Es spielt gar keine Rolle, ob ich gern in der Klasse bin oder nicht, ob ich gerade ein wichtiges Problem bespreche oder mich mit den Schülern langweile, wenn es klingelt, muß ich die Klasse verlassen und in eine andere gehen. Wie das kleine Eisenfeilspänchen dem Magneten, so gehorche ich der Klingel. Irgendwie sind wir alle Eisenfeilspänchen, kleine gepolte, seelenlose Eisenfeilspänchen, die einem Magneten gehorchen müssen. Wie eine Maschine halte ich einen Plan ein. Montags in der ersten Stunde Erziehungslehre, donnerstags in der dritten politische Bildung, dienstags in der zweiten Stunde Klasse FO 1, freitags in der fünften Stunde Klasse BU 4. Dem Lehrer ist ganz egal, welche Menschen darin sitzen, und diesen ist es egal, welcher Lehrer kommt. Ich spiele mein Programm herunter, und sie notieren es auf. Und auf Kommando leiern sie es vor, der eine besser, der andere schlechter. Zweihundert Menschen unterrichte ich wöchentlich, zweihundert Namen stehen in meinem Notizblock, und keinen kenne ich. Welche Sorgen und welche Probleme diese Namen haben, das gehört nicht in den Unterrichtsplan. Auch meine Sorgen und Freuden gehören nicht hinein.

»Ich kann heute nicht über den partnerschaftlichen Erziehungsstil sprechen. Ich habe mich mit meinem Mann gestritten, und mein Sohn stand dabei und weinte.« Das kann ich nicht erzählen.

Ich sage: »Das Günstigste für die kindliche Entwicklung ist das partnerschaftliche Verhalten von Eltern und Erziehern. Schlagen wir im Buch Seite 26 nach, dort steht es.«

Und während eine Schülerin etwas vom Urvertrauen des Kindes vorliest, denke ich daran, wie mein Sohn weint, wenn ich morgens das Haus verlasse.

»Warum mußt du denn wieder in die Schule gehen? Ich will nicht bei der Oma oder dem Kindermädchen bleiben.«

»Ich muß aber arbeiten, mein Süßer, ich muß weg.«

»Warum denn?«

»Ich muß.«

Dauernd muß ich etwas tun. In der Klasse FM 2 muß ich noch eine Klassenarbeit schreiben lassen. Mich interessiert die Klassenarbeit nicht, die Schüler interessiert sie auch nicht, aber ich muß zwei Arbeiten nachweisen, und deswegen schreiben wir sie, und ich bringe Stunden um Stunden mit dem Korrigieren zu. Eine Freundin ruft an und fragt: »Hast du Lust, heute abend ins Kino zu gehen?«

»Lust hätte ich schon, aber ich muß meine Arbeiten heute abend fertig korrigieren. Ich brauche die Noten für die Notenkonferenz. Sei mir nicht böse, vielleicht ein andermal.«

Etwas stimmt nicht. Ich bin kein Pädagoge. In der Schule kann man überhaupt kein Pädagoge sein. Als ich noch im Jugendzentrum arbeitete, war ich ein viel besserer Erzieher. Ich war Gruppenleiterin, und wir trafen uns zweimal wöchentlich. Von jedem der Jugendlichen wußte ich, welche Probleme er mit den Eltern hat, ob er verliebt war oder nicht, und ich erzählte ihnen von meinen Erfahrungen. Ich verstand, wie bitter es ist, wenn der Freund plötzlich eine neue Freundin hat, und sie lernten von mir, daß andere und Ältere die gleichen Probleme haben. Ich hatte keinen Lehrplan und schrieb keine Arbeiten, und doch lernten sie von mir ehrlicher und besser, als es in der Schule geschieht. Und ich mußte sie nicht benoten, nicht in eine Schablone pressen. Sehr gut, gut, befriedigend, ausreichend, mangelhaft, ungenügend.

In der Schule sehe ich den Menschen nicht. Es sind zu viele Gesichter, zu viele Namen. Sie verschwimmen und ihr Eindruck ist nebelhaft. Es gibt in jeder Klasse einige, die auffallen, weil sie öfter reden, weil sie lauter sind, weil sie sich bemerkbar machen, aber was ist mit den anderen, den Unscheinbaren, den Schweigenden? Die kleine Blonde, die immer wegguckt, wenn ich sie ansehe, warum tut sie das? Fürchtet sie mich? Schämt sie sich? Es ist ihr unangenehm, wenn ich meinen Blick auf sie richte. Ich kann sie nicht fragen, warum sie sich so verhält. Sie würde sich vor der Klasse scheuen, etwas von sich zu erzählen, und ich brauchte viel Zeit, um ihre Hemmungen zu lösen und ihre Angst abzustreifen. Aber ich habe nur zwei Stunden Unterricht in der Klasse, und die Pause brauche ich, um ein paar Minuten abzuschalten. Kleine blonde Monika oder Birgit oder Hannelore, du bleibst ein Name in meinem Notizblock, schreibst zwei Arbeiten, keine mündliche Mitarbeit, schwache Note. Und am Ende des Jahres trage ich auf einem vorgedruckten Bogen den Namen und die Endnoten ein, und danach vergesse ich Namen und Noten.

Lehrerkonferenz. Was mir an den Konferenzen am meisten auffällt, ist, daß man nicht lacht. Kein Witz, kein Scherz, nur ernsthafte Probleme. Jede Nebensächlichkeit wird zu einem Problem erhoben. Im Jugendzentrum hatten wir auch Besprechungen, aber wir haben wenigstens dabei gelacht. Der Unterschied zwischen den Juden und den Deutschen scheint mir der, daß die Juden über jedes Problem einen Witz machen und damit das Problem verharmlosen, während die Deutschen auch aus völlig unproblematischen Sachverhalten ein Problem herauskristallisieren.

Stundenlang wird bei uns an der Schule das Papierverteilungsproblem erörtert. Es geht um die Frage, wie das Abzugspapier, das für die Schule angeschafft worden ist, verteilt werden soll. Folgende Möglichkeiten werden ausdiskutiert:

1. Soll man das Papier zentral lagern, so daß es jedem Lehrer zugänglich ist? Hierbei bestünde die Schwierigkeit, die Kontrolle durchzuführen, wieviel Papier jeder Lehrer für seinen Unterricht verbraucht. Dies müßte festgestellt werden, damit es nicht zu Ungerechtigkeiten kommt. Es könnte beispielsweise ein Lehrer zu Anfang des Jahres eine sehr hohe Menge Abzugspapier für seinen Unterricht benut-

zen und dadurch kämen Lehrer, die eventuell später das Papier brauchen, zu kurz und würden in ihrer Unterrichtsvorbereitung eingeschränkt.

2. Es wird der Vorschlag gemacht, das Papier jedem Lehrer zu Beginn des Schuljahres zuzuteilen, so daß er mit seinem Papier haushalten muß. Benutzt er es bereits zu Anfang des Jahres, dann steht ihm kein weiteres Papier mehr zu. Es ist jedoch bei dieser Regelung problematisch festzustellen, nach welchen Kriterien das Papier verteilt werden soll. Ist es zweckmäßiger, das Papier je nach Stundenzahl oder abhängig vom Fach auszuteilen? Wie löst man bei diesem Vorschlag die Lagerungsprobleme? Es müßte gewährleistet sein, daß kein anderer Zugang zum Papier hat.

3. Es wird das Problem behandelt, ob Schüler Zugang zum Abzugspapier erhalten sollten, weil sie Referate schreiben müssen und diese abgezogen werden. Wie wird kontrolliert, daß die Schüler nicht leichtfertig mit dem Papier umgehen?

Es wird diskutiert und diskutiert und diskutiert. Als müßte man alle Probleme auf einmal lösen, damit ja keine Unsicherheit im Umgang mit dem Papier entsteht. Alles wird festgelegt, und mich langweilen diese leeren, toten Diskussionen zu Tode. Es ist mir vollkommen egal, wie und wo das Papier verteilt wird, und hier wird problematisiert, argumentiert, debattiert, bis man sich endlich zu einer annehmbaren Entscheidung durchringt.

Andere Entscheidungen hingegen, die mir äußerst problematisch erscheinen, werden leicht und schnell getroffen.

Notenkonferenz. Die Noten von Gabi Schmidt werden besprochen. Deutsch befriedigend, Chemie ausreichend, Physik ausreichend, Englisch problematisch. »Gabi Schmidt hat sich im letzten halben Jahr wesentlich verschlechtert, sie steht in Englisch zwischen Vier und Fünf«, sagt die Englischlehrerin.

Der Mathematiklehrer meldet sich zu Wort: »In Mathematik ist es ähnlich, sie ist von einer Vier auf eine Fünf abgerutscht.«

Etwas selbstsicherer argumentiert nun die Englischlehrerin: »Ja, ich sehe in der Tat die gleiche Tendenz in meinem Fach und muß mich zu einer Fünf in Englisch durchringen. Fräulein Schmidt wurde bereits in einem blauen Brief darauf aufmerksam gemacht und hätte sich mehr Mühe geben müssen.«

Um auch jede Gefühlsregung auszuschalten, bekräftigt der Mathematiklehrer: »Wir tun ihr keinen Gefallen, wenn wir sie in die nächste Klasse übernehmen, sie wäre den Anforderungen ohnehin nicht gewachsen.«

»In zwei Hauptfächern Fünf, nicht versetzt«, kommentiert die Direktorin, »ich bitte um die Noten von Monika Schuster.«

Ein paar Sätze, und Gabi ist nicht versetzt. Der gesamte Entscheidungsvorgang dauert höchstens zwei Minuten. Hätte nach der ersten Bemerkung der Deutschlehrer geantwortet: »In meinem Fach konnte ich an und für sich keine Verschlechterung feststellen. Man müßte bei der Notengebung die schwierigen Familienverhältnisse von Gabi Schmidt berücksichtigen« – die Entscheidung hätte einen anderen Verlauf genommen, und das Mädchen wäre versetzt worden.

Manchmal sitze ich in Notenkonferenzen und staune, mit welcher Leichtigkeit über Menschenschicksal entschieden wird. Wie problemlos Lehrer Fünfen verteilen. Haben diese Lehrer je einen Gedanken an die Angst einer Gabi Schmidt verschwendet, haben sie ihre Tränen gesehen, fühlen sie nicht, wie Gabis Selbstbewußtsein schrumpft, oder empfinden sie gar Genugtuung bei dem Gefühl, einem Menschen einen seelischen Tritt zu versetzen?

Zwei Fünfen, nicht versetzt. So einfach ist das. Aber Papierverteilungsprobleme werden stundenlang besprochen. Das Papier wird von allen Seiten beleuchtet, der Mensch überhaupt nicht gesehen.

»Wo kämen wir hin, wenn wir uns bei jeder schlechten Note Gedanken machen würden. Das geht doch nicht.«

Vielleicht käme man zu einem bißchen mehr Menschlichkeit, zu einem bißchen mehr Gefühl für den anderen. Aber Menschlichkeit ist in der Schule nicht gefragt. Wichtig ist, daß der Apparat funktioniert und es keine Unsicherheiten im technischen Ablauf gibt. Deswegen muß genau festgelegt werden, wer wieviel Papier bekommt, wo es gelagert wird und wer dafür zuständig ist. Über Technik läßt sich sachlich reden, und technisch funktionierte in Deutschland schon immer alles bestens.

Wo wäre man hingekommen, wenn man sich bei der Vernichtung von Menschen Gefühle geleistet hätte? Es galt, einem Führerbefehl zu gehorchen und ein technisches Problem zu lösen. Ich kann mir heute den Verlauf der technischen Lösung genau vorstellen:

Die Baukommission zur Errichtung von Gaskammern trifft sich zur ersten Arbeitsbesprechung. Einziger Tagesordnungspunkt:

Überlegungen zur Verbesserung der Vernichtungsmethoden.

Beginn der Sitzung: 14.30 Uhr
Anwesend sind:

Oberregierungsrat Dr. Woley	Reichskanzlei
SS-Hauptsturmführer Reusch	Rasse- und Siedlungshauptamt SS
SS-Obersturmbannführer Marders	Rasse- und Siedlungsamt
Reichsamtleiter Kapeln	Parteikanzlei
SS-Sturmbannführer Dr. Stahl	Reichskommissar für die Festigung deutschen Volkstums
Baurat Dr. Oberer	Reichsamt für Bauwesen II A
Architekt Stüber	Reichsamt für Bauwesen IV B

Herr SS-Obersturmbannführer Marders schildert in kurzen, sachlichen Worten das Problem. Bei der Vernichtung der Juden in Gaswagen, die im Auftrag des Referats Kraftfahrwesen (II D 3a) eingesetzt werden, ergaben sich folgende Schwierigkeiten:

1. Die Kapazität der Gaswagen hat sich als zu gering erwiesen. Das Ladegut besteht aus 40 – 60 Juden pro Vergasungsvorgang.

2. Da die Opfer unter dem Vorwand einer Umsiedlung in die Gaswagen verladen werden, befinden sie sich im angekleideten Zustand, wobei zu bedenken ist, daß es sich teilweise um durchaus wertvolle und gut erhaltene Kleidungsstücke handelt, die den Toten anschließend in mühseliger Arbeit ausgezogen werden müssen.

3. Durch die Vernichtung mit Motorengas kommt es zu einem langwierigen Erstickungstod. Die zu Vernichtenden schreien und demoralisieren die Fahrer der Vergasungswagen.

Zur Lösung der Probleme schlägt Herr Architekt Stüber vor, anstelle der Gaswagen Gaskammern zu bauen, wobei gewährleistet sein muß, daß die Vernichtungsaktionen dadurch effektiver zu gestalten sind. Die Vorteile von Gaskammern gegenüber Gaswagen sind offensichtlich:

1. Die Vernichtungskapazität könnte dadurch wesentlich erhöht werden, denn die Kammern können beliebig groß gebaut werden.

2. Die Vernichtung könnte mit Zyklon-B-Gas durchgeführt werden statt mit Kohlenmonoxyd. Der Vernichtungsvorgang wäre schneller abgeschlossen und humaner für die Opfer.

3. Den zu Vernichtenden könnte erklärt werden, daß sie an einer Badeaktion teilnehmen und sich aus diesem Grund auskleiden müssen. Man würde sie darauf hinweisen, die Kleidung in einem geordneten Zustand abzulegen und die Schuhe zusammenzubinden. Dadurch wird die Wiederverwendung der Kleidungsstücke vom arbeitstechnischen Aufwand her erleichtert werden.

Herr Baurat Dr. Oberer legt einen Plan vor, den er bereits in Zusammenarbeit mit Herrn Architekt Stüber und den Verantwortlichen im Reichsamt für Bauwesen erstellt hat.

Danach werden die Gaskammern in Barackenform gebaut. Von außen sehen sie aus wie Wohnbaracken, abgedeckt mit roten Ziegelsteinen, um einen sauberen und freundlichen Eindruck zu vermitteln. Der Eingang befindet sich an der linken Seite. Die Betroffenen werden in einen Auskleideraum in der Größe von 5×7 m geführt, an der Wand befinden sich Haken zum Anbringen der Kleidungsstücke. Es wäre zu überlegen, ob nicht in 1 m Höhe ein Regalbrett für die Deponierung der Schuhe angebracht werden sollte. Dadurch könnten die Schuhe gesondert eingesammelt werden. Die Textilien werden sofort in die Desinfektionskammern gebracht, die sich links vom Auskleideraum befinden.

Der Gasraum schließt sich rechts an den Auskleideraum an, er faßt eine Kapazität von 200 bis 220 Personen. Im Gasraum selbst werden Duschköpfe sowie Abflußmöglichkeiten eingebaut. Die Abflüsse sind notwendig, da der Vergasungsraum nach erfolgter Aktion von Fäkalien und Blutrückständen gesäubert werden muß. Die Säuberung erfolgt mittels Wasser, wobei das Wasser durch die Abflüsse in die Kanalisation aufgenommen wird. Die Duschköpfe sollen die Opfer von der Echtheit des Badevorganges überzeugen.

Es wäre zu überlegen, ob man nicht Seife verteilen sollte, damit in jedem Fall gesichert ist, daß eventuelles Mißtrauen der zu Vernichtenden ausgeräumt wird.

Der Raum, der sich rechts neben dem Gasraum befindet, dient als Lagerraum für die Leichen, die im Krematorium, das direkt neben dem Lagerraum erstellt wird, verbrannt werden. Oberregierungsrat Dr. Woley regt an, über dem Eingang zum Gasraum das Wort Brausebad anzubringen. Dies würde zur Beruhigung der Opfer beitragen und den Vernichtungsvorgang nicht unnötig verzögern.

Der Modellplan wird durch die Konferenz angenommen. Gleichzeitig wird beschlossen, nach einer Erprobungsphase von drei Monaten zu einer nochmaligen Sitzung zusammenzukommen, bei der erste Ergebnisse ausgewertet werden.

Ende der Konferenz: 18.13 Uhr

Ich unterrichte zukünftige Erzieher und lerne selbst eine neue Form der Erziehung kennen. Die Reiß-dich-zusammen-Pädagogik und die Laß-dich-nicht-gehen-Erziehung. Meine Schüler erzählen mir von ihrem Elternhaus. Was ihnen in Fleisch und Blut übergegangen ist, ist für mich noch fremd und ungewohnt.

Ein Kind fällt hin, tut sich weh und beginnt zu weinen, da schimpft die Mutter: »Reiß dich zusammen und heul nicht so.«

Ein Mädchen hat Liebeskummer und klagt, da wird ihr vorwurfsvoll gesagt: »Laß dich nicht so gehen.«

Mir ist die Reiß-dich-zusammen-Pädagogik fremd, weil ich völlig anders erzogen wurde. Meine Mutter war davon überzeugt, daß ich ein kränkliches, schwaches Kind sei, das man wie ein Pflänzchen päppeln und behüten muß. Fiel ich hin und weinte, dann wurde ich aufgehoben, von oben bis unten abgeküßt, gedrückt und getröstet. Abhärtung in der Erziehung kannten meine Eltern nicht.

»Wozu muß man sich abhärten? Was ist denn das Gute daran?« hätte mein Vater gefragt. Es gab nicht die Reiß-dich-zusammen-Sprüche, sondern die Hör-auf-zu-weinen-Mama-macht-was-du-willst-Erziehung. Mit Weinen konnte ich alles erreichen. Meine Mutter ertrug das nörgelnde Geheul nicht und gab immer nach. Aber es störte sie nicht. Ihre Mutter hat ihr nachgegeben, sie gab mir nach, und ich gebe meinen Kindern nach.

Das erstemal hörte ich den Reiß-dich-zusammen-Spruch im Krankenhaus. Ich war schwanger, bekam leichte Wehen, und mein Mann fuhr mich nachts in die Entbindungsstation. Ich hatte mich auf die Geburt meines ersten Kindes so vorbereitet, wie tausend andere Mütter auch. Während meiner Schwangerschaft sah ich mir Kindermöbel an, freute mich an Babywäsche und las Schwangerschaftsbücher. Ich ging in einen Schwangerschaftsgymnastikkurs, turnte ein wenig und lernte, wie man am besten bei den Eröffnungswehen, Preßwehen und sonstigen Wehen atmet.

»Wenn man bei der Geburt richtig atmet und entspannt die Geburt erlebt, ist es ein beglückendes Erlebnis«, sagte die Gymnastiklehrerin.

Ich hatte auch keine Angst, als ich die Nacht in einem kleinen Zimmerchen verbrachte. Das Ziehen hatte nachgelassen, und der Arzt sollte am nächsten Morgen entscheiden, ob die Geburt eingeleitet werden mußte. Um acht Uhr früh kam der Doktor, untersuchte mich und entschied, die Geburt mit Hilfe eines Wehenmittels einzuleiten. Die Hebamme führte mich in den Kreißsaal, sie ließ mich ein weißes Hemd anziehen, und ich fragte sie: »Wie lange dauert es, bis das Kind da ist?«

»Das kann man nicht voraussagen, etwa sechs bis acht Stunden.«

»Na gut«, sagte ich, »dann geben Sie mir am besten einige Zeitschriften, damit mir die Zeit nicht so lang wird.«

»Sie werden keine Zeitschriften brauchen«, antwortete die Hebamme, während sie eine Kanüle in meine Adern einführte. Ich lag auf einer Art Bahre mit ausgestrecktem Arm, und ein Tropf mit Wehenflüssigkeit wurde an die Kanüle angeschlossen.

Nach einigen Minuten oder Sekunden, als die Flüssigkeit in meinen Körper gelangt war, spürte ich einen Schmerz, als würde mir der Leib auseinandergerissen. Ich hatte so etwas bis dahin noch nie erlebt. Es zerriß mich förmlich, und ich begann zu schreien. Dieser Schmerz war ungeheuerlich, er erfüllte den Raum, nahm alle meine Sinne gefangen, verschlug mir den Atem, beherrschte meine Gedanken, und ich schrie ihn der Welt entgegen: »Wozu habe ich das gebraucht, ich halte das nicht aus, Mama, ich halte das nicht aus!«

Das Wasser trat mir aus allen Poren, aus den Augen, aus der Nase, aus dem Mund. In diesen Schmerz hinein hörte ich die Stimme der Hebamme: »Reißen Sie sich doch zusammen, Frau Rosenzweig, lassen Sie sich nicht so gehen.«

Ich erleide höllische Qualen, und sie kann zu dem Schmerz nichts anderes sagen als »Reißen Sie sich zusammen«.

Ich fühlte mich von der ganzen Welt verlassen, und der einzige Mensch, der anwesend war, brachte nicht einen Funken Gefühl für mich auf. Warum sagte sie nicht:

»Es tut weh, ich weiß es und fühle mit Ihnen.«

Warum verstand sie meinen Schmerz, meine jämmerliche, hilflose Lage nicht? Aber nein, ich durfte noch nicht einmal schreien. In meiner Wut und in meinem Schmerz packte ich sie am Arm und kniff ihr ins Fleisch.

»Benehmen Sie sich anständig, Sie sind nicht die erste Frau, die ein Kind bekommt.«

Es interessierte mich überhaupt nicht, ob ich die erste oder letzte Frau war, die gebärt, ich brauchte menschliches Mitgefühl, und sie gab mir Verhaltensregeln. Diese Hebamme war eine zuverlässige, korrekte, genau arbeitende Kraft, eine Stütze des Arztes, pünktlich, hygienisch, sauber, einwandfrei. Aber sie war eine Frau ohne Wärme, ohne Weichheit und Zärtlichkeit. Später kam eine Putzfrau in den Raum, eine Frau, die nur ein paar Brocken Deutsch sprach, die aber meinen Schmerz verstand. Sie nahm ein feuchtes Tuch, wischte mein Gesicht ab und streichelte meine verschwitzten, verklebten Haare. Sie gab mir das Gefühl der Wärme und des Verstehens, sie trat mir wie ein Mensch gegenüber, dessen Gefühle nicht abgestumpft sind, obwohl sie als Putzfrau in der Entbindungsstation jeden Tag gebärende Frauen erlebte.

Und ich verstehe, so wie es mir im Krankenhaus erging, ergeht es vielen Kindern in diesem Land jeden Tag. Sie dürfen ihren Schmerz nicht zeigen, denn sie finden keinen Trost, sondern Verachtung. Ein Reiß-dich-zusammen-Kind muß die Zähne zusammenbeißen, darf nicht weinen und mit sich selbst kein Mitleid haben. Wie soll dieses Kind jemals Mitleid mit dem Schmerz eines anderen Menschen fühlen?

Die Hilflosigkeit des anderen stört nur die eigene Ruhe. Reiß dich zusammen, sagt der Gesunde zum Kranken, reiß dich zusammen, sagt die Mutter zum Kind, reiß dich zusammen, sagt der Junge zum Alten.

»Weißt du«, sagte Herr Diamant, ein älterer Jude zu mir, der einem Vernichtungslager entkommen ist, »ich glaube, die Deutschen sind wirklich eine andere Rasse als wir.«

»Wieso?« fragte ich.

»Das waren Menschen, die beim Anblick des tiefsten Leides regungslos zugesehen haben und ihre Arbeit verrichteten, als sei das Umbringen von Menschen eine Arbeit wie jede andere. Es waren nicht die Sadisten und die gemeinen Elemente, die mich so erschüttert haben, es waren die ganz normalen, durchschnittlichen, sogar freundlichen Menschen, die ich nicht verstanden habe. Die mit einer Gelassenheit und Ruhe, Pflichteifer und Genauigkeit den Vernichtungsapparat in Gang gehalten haben. Was ist das für ein Volk? Was ist das für eine Rasse?«

Es ist das Reiß-dich-zusammen-Volk, die Laß-dich-nicht-gehen-Rasse, die kein Mitgefühl empfindet und, falls doch, gelernt hat, ihre Gefühle im Zaum zu halten.

Wir sitzen wieder in einer Lehrerkonferenz, nachmittags, es ist heiß, und ich langweile mich. Ich kann dieses sinnlose Geschwätz um irgendwelche Zuständigkeiten nicht hören, kann mich aber auch dieser Situation nicht entziehen.

Lesen kann man nicht, Frau Ullmann würde sich das verbitten, Hefte korrigieren kann man auch nicht, dies ist Konferenz- und nicht Korrekturzeit, Briefe schreiben geht auch nicht, das fiele unangenehm auf. Das einzige ist, sich konzentrieren und über Wichtiges nachdenken oder sich langweilen. An diesem Nachmittag langweile ich mich, sehe zur Uhr, erst 16.13, die Konferenz wird mindestens noch eine Stunde dauern, ich müßte noch einkaufen, das wird wieder eine Hetze, und hier wird besprochen, welcher Lehrer für das Wischen der Tafel verantwortlich ist, derjenige, der die Stunde gehalten hat und den Raum verläßt, oder derjenige, der neu den Raum betritt. Mir ist es vollkommen egal, wer die Tafel wischt, wenn ich sie benutzen will, wische ich sie und brauche dazu keine Konferenz. Nächster Tagesordnungspunkt.

»Ich möchte nochmals ausdrücklich darauf hinweisen, daß jeder Ausflug vorher angemeldet und von der Konferenz genehmigt werden muß. Ich konnte Frau Rothe den geplanten Ausflug in die Weinkellerei nicht genehmigen, weil ein Beschluß der Konferenz vorliegt, daß alle Ausflüge vorher angemeldet und genehmigt werden müssen«, sagt Frau Ullmann.

Frau Rothe, eine ältere, robuste Lehrerin widerspricht aufgebracht: »Wir haben hier beschlossen, daß nur längere Studienfahrten von der Konferenz genehmigt werden müssen, Tagesausflüge hat das nicht betroffen«, und sie erklärt dem Kollegium: »Ich hatte mit der Klasse M 2 einen Tagesausflug geplant. Der Vater einer Schülerin, ein Chemiker, war bereit, uns einige Informationen zu geben, alles war organisiert, und dann mußte ich den Ausflug in die Kelterei abblasen, weil Frau Ullmann der Meinung war, die Konferenz müßte auch Tagesausflüge genehmigen.« Sie spricht schnell und erregt. Frau Ullmann verträgt keinen Widerspruch: »Das ist falsch. Alle Ausflüge, unabhängig ob längere Fahrten oder Tagesausflüge, müssen von der Konferenz genehmigt werden.« Sie besteht darauf, daß sie recht hat, und ich weiß genau, es stimmt nicht. Man müßte nur in das Protokoll einsehen, dort ist verzeichnet, daß nur längere Studienfahrten genehmigt werden müssen. Frau Rothe kommt nicht auf die Idee mit dem Protokoll. Sie wiederholt, sie sei sicher, es müßten nur Studienfahrten genehmigt werden, und die Direktorin weist sie noch schärfer zurecht. Am Ende gibt Frau Rothe klein bei und entschuldigt sich, sie habe sich vielleicht geirrt.

Nächster Tagesordnungspunkt.

Während des Disputs der zwei Kontrahentinnen haben alle anderen Lehrer geschwiegen. In dem Raum sitzen 43 Menschen, von denen die meisten wissen, daß Frau Rothe recht hat. Es hätte genügt, sich zu Wort zu melden und zu sagen: »Ich habe es genauso verstanden wie Frau Rothe.« Aber keiner sagt ein Wort. Ich auch nicht. Ich traue mich nicht, der Direktorin zu widersprechen. Ich habe Angst, einem Menschen, der zu Unrecht getadelt wird, beizustehen. Die Angst kriecht in mir hoch und verschließt mir den Mund. Hundert Ausreden fallen mir ein, warum ich schweige.

Es wird schon nicht so schlimm sein, ich will mich nicht unbeliebt machen, wo ich sowieso manchmal zu spät komme, nächste Woche muß Frau Ullmann eine Beurteilung über mich schreiben. All das geht mir durch den Kopf, und gleichzeitg brennt mir die Seele bei dem Gedanken, hier geschieht ein Unrecht, du siehst es und sagst nichts. Ich empfinde über mein Schweigen eine tiefe Scham, ich muß doch nur ein Wort sagen und habe dieses Wort nicht gesagt. Tue ich nicht das gleiche wie diejenigen, denen ich vorwerfe, daß sie nicht gegen das Unrecht im Dritten Reich protestiert haben, die ich anklage, weil sie geschwiegen haben? Ein Wort hätte genügt, und Frau Rothe hätte sich nicht entschuldigen müssen. Und mit mir haben 43 Menschen geschwiegen. Die schweigende Mehrheit, die stumme Masse.

Dieses Erlebnis geht mir nicht aus dem Kopf. Es beschäftigt mich tagelang, wochenlang. Es hilft mir auch nicht, daß ich zu Frau Rothe am nächsten Tag in der Pause sage: »Sie hatten recht, Frau Rothe, ich weiß es ganz genau. Frau Ullmann war im Unrecht.«

Es nutzt nichts, in dem entscheidenden Moment habe ich den Mund gehalten.

Die Schule macht aus mir einen anderen Menschen. Einen Angsthasen, der zittert, wenn er ein paar Minuten zu spät kommt; einen Idioten, der sich sorgt, ob er auch alle Verordnungen richtig einhält; einen Feigling, der Unrecht sieht und schweigt. Und ich erinnere mich an eine Geschichte, die mir mein Vater erzählte:

»Es lebten einmal ein weiser, berühmter Richter und ein Dieb in einer Stadt. Zu dem Richter kamen die Menschen von weither angereist, um seine Worte zu vernehmen und seine Güte zu erleben, und die Menschen brachten ihm Hochachtung und Ehrerbietung entgegen. Den Dieb aber jagte jeder von seiner Türe weg, keiner wollte etwas mit ihm zu tun haben, jeder sagte, er sei ein schlechter Mensch, und so lebte der Dieb allein in der Gosse.

Es trug sich zu, daß beide, der Richter und der Dieb, am gleichen Tag starben und zur gleichen Zeit beerdigt werden sollten. Dem Richter gaben Hunderte das Geleit, weinten bittere Tränen und trauerten um ihn, den Dieb aber trugen nur zwei alte Totengräber zum Friedhof. Es begab sich, daß der Trauerzug des Richters und die alten Totengräber sich an einer Kreuzung trafen, versehentlich aneinanderstießen und beide Särge zu Boden fielen. Nach jüdischem Brauch waren beide Särge aus dem gleichen einfachen Holz, und in der Verwirrung wurden sie vertauscht. Aus Versehen griffen die alten Totenträger nach dem Sarg des Richters und die trauernde Gemeinde nach dem Sarg des Diebes. So wurde der Richter in einem Winkel des Friedhofs wie ein Hund verscharrt und kein Mensch weinte, als man ihn der Erde zurückgab, und der Dieb wurde wie ein Weiser und Gerechter beerdigt.

Nur ein Schüler des Richters hatte die Verwechslung bemerkt, und obwohl er den anderen sagte, daß sie sich irrten, glaubte ihm niemand. Der junge Mann grämte sich wegen des Unrechts, das dem Richter angetan worden war, bis ihm eines Nachts der Richter im Traum erschien.

›Wisse‹, sagte der Richter zu ihm, ›die Verwechslung war eine himmlische Entscheidung. Ich habe einmal zugesehen, wie einem Menschen Unrecht zugefügt wurde, und habe geschwiegen, denn ich traute mich nicht, den Herrschenden zu widersprechen, und der Dieb hat, als ein Mensch in Not war, ihm von seinem Brot gegeben.‹

So sehr wird die Seele beschämt«, sagte mein Vater, »wie ein Hund wird der Mensch begraben, nicht geachtet und nicht betrauert, wenn er schweigend dem Unrecht zusieht.«

Die Zeit der Gleichnisse ist längst vorbei, heute erzählt mir keiner mehr alte Geschichten.

Aber was ist mit mir los? Warum schweige ich? Bin ich auf dem Weg, ein Beamter wie die anderen zu werden?

Kleider machen Lehrer. Trägt man biedere Kleider, dann ist man ein anständiger Lehrer, trägt man sehr modische Kleider, dann kann man noch ein anständiger Lehrer werden, läuft man in der Schule aber mit Jeans und ausgeflippten Pullovern herum, dann ist man radikal, bestenfalls Radikaldemokrat, aber in gar keinem Fall ein anständiger Lehrer. Zumindest erscheint es mir so in der Berta-von-Suttner-Schule.

Daß man mit Kleidern Widerstand leisten kann, habe ich in meiner Pubertät zur Genüge ausprobiert. Meine Mutter litt unter einem Kaufzwang von rosa und zitronengelben Dralonpullis, die mir mindestens zwei Nummern zu groß waren. Diese Pullover gefielen mir absolut nicht, aber weil meine Mutter sie schon gekauft hatte, trug ich sie und wuchs dauernd in sie hinein. Irgendwann, ich war vielleicht 13 oder 14 Jahre alt, sagte ich meiner Mutter den Kampf an und weigerte mich, bunte Dralonpullis anzuziehen. Alle Überredungskünste halfen nichts, ich stand auf Schwarz. Schwarze Hosen, schwarzer Pullover, schwarze Schuhe. Schwarz war schick, und meine kanarienbunten Pullover mußten im Schrank vermodern.

Jeden Morgen, bevor ich zur Schule ging, spielte sich ein Kampf ab, den ich regelmäßig gewann.

»Wie läufst du wieder herum?« war Mutters erster Kommentar.

»Warum ziehst du dir nicht den rosa Pulli an, er steht dir so gut«, zweiter Kommentar.

»In dem Schwarz siehst du aus wie der Tod«, dritter Kommentar.

»Was soll deine Lehrerin denken?« vierter Kommentar.

»Mach, was du willst, und laß mich in Ruhe«, fünfter Kommentar und Ende.

Nahm sie schon meine Lieblingsfarbe hin, so regte sie sich über meine Vorliebe für winzige Unterhosen und Söckchen auf. Meine Mutter trug immer flanellene Unterhosen, deren Beine bis zum Knie reichten und die bis über die Taille saßen. Unterhosen müssen die Nieren und das Kreuz warm halten. »Gedenk«, sagte sie immer, was so viel heißt, wie eines Tages wirst du noch sehen, daß ich recht hatte, »gedenk, du wirst dir die Nieren verkühlen. Mit deinen Unterhosen holst du dir eine Unterleibsentzündung.«

»Lieber eine Unterleibsentzündung als lange Unterhosen«, war meine Antwort.

»Du wirst noch sehen, was du davon hast. Später wirst du bereuen, was du tust.«

»Dann werde ich halt bereuen.«

Waren nicht die Unterhosen das Streitobjekt, dann waren es die Söckchen. Mir gefielen dreiviertellange Hosen, und dazu trug ich Söckchen, so daß ein Spalt Bein immer zu sehen war. Mochte es draußen eisig kalt sein, schneien oder regnen, von meinem Bein mußte man ein Stückchen sehen. So und nicht anders wollte ich es. Diese Stelle an den Beinen habe ich mir blau gefroren, aber meine Mutter konnte sich auf den Kopf stellen, ich zog mit vierzehn keine Strumpfhosen an.

»Die Füße werden dir noch eines Tages runterfallen. Das ist kein Spaß, glaube mir, ich habe genug erfrorene Beine gesehen, zieh die Strumpfhosen an.«

»Besser ein Krüppel als Strumpfhosen.« Und dabei blieb es.

Als ich älter wurde, zu Hause auszog und selbst für mich sorgen mußte, spielte Kleidung für mich eine unwesentliche Rolle. Billig war mein Kriterium. Es schien mir unnötig, viel Geld für Kleider auszugeben. Mein Modestil war billiger Kaufhausdurchschnitt.

In der Berta-von-Suttner-Schule fällt meine Kleidung weder positiv noch negativ auf, und die Zeit, wo ich mit Kleidern Widerstand geleistet habe, ist so weit weg, daß ich mich kaum daran erinnere. Das Kollegium der Berta-von-Suttner-Schule ist ein konservativer Lehrerinnenverein mit einigen wenigen Männern als Garnierung. Ursprünglich war sie eine Haushaltsschule für junge Mädchen, später wurde daraus eine Fachschule für Sozialpädagogik, und die früheren Lehrer blieben. Zwei Psychologen und ich kamen hinzu, um der Schule den wissenschaftlichen Anstrich zu geben.

Einer der Psychologen ist Therese. Sie ist dreißig Jahre alt, hochaufgeschossen und sehr schlank. Es erscheint mir müßig, sie zu beschreiben, denn was besagt es schon, wenn man weiß, daß ihr Gesicht schmal, ihr Teint unempfindlich und ihre kurzgeschnittenen Haare lockig und braun sind? Therese ist eine Pfarrerstochter, die sich von ihrer Religion und ihrem Elternhaus gelöst hat, nicht nur gelöst, sie bekämpft es geradezu. Sie bekämpft die strenge Erziehung, der sie ausgesetzt war, sie bekämpft den lieben Gott, dem sie als Kind täglich danken und zu dem sie beten mußte, sie bekämpft die rigide Sexualität, die sie erfahren hat, und sie bekämpft auf ihre Art das Kollegium der Berta-von-Suttner-Schule.

Therese kritisiert ihr Elternhaus in einer Weise, wie es nur ein Mensch kann, der von diesem Elternhaus sehr viel Sicherheit mitbekommen hat. Sie ist kompromißlos, beugt sich nicht, sondern ist stark genug, kämpferisch durch die Welt zu gehen. Das waren die Menschen, die im Widerstand ihr Leben aufs Spiel setzten, das waren die Deutschen, die die Konzentrationslager Dachau und Buchenwald bevölkerten. Nun, in der Berta-von-Suttner-Schule setzt man nicht sein Leben aufs Spiel, aber man kann eine Lehrerkarriere aufs Spiel setzen.

Therese sticht sofort durch ihre Kleidung hervor. Sie trägt verwaschene Jeans, weite Pullis, bodenlange Röcke, Tennisschuhe. Keine schmucken Hemdblusen, keine ordentlichen Kleider, keine halbhohen Pumps, keine adrett sitzenden Pullover. Thereses Kleidung würde im Großstadtgewühl nicht auffallen, im Lehrerkollegium ist sie einmalig. Sie sieht unordentlich, schmuddelig, unkorrekt aus. Ich trage zu Hause zwar Jeans, aber zur Schule ziehe ich eine anständige Hose oder einen unauffälligen Rock an. Therese macht keinen Unterschied zwischen Freizeit- und Schulkleidung.

Mag das Kollegium denken, was es will, sie zieht sich so an, wie es ihr gefällt.

Widerstand durch Kleidung. So unwahrscheinlich es klingt, ich beginne mich darauf zu besinnen. Es ist mein erster Schritt, meine Angst zu überwinden. Ich habe mit Therese niemals über Kleidung gesprochen, und doch ist sie es, die mich darauf bringt, die mir, ohne es zu wissen, hilft, einen Weg zu finden.

Zu Hause habe ich ein Paar abgetragene Jeans, die an den Knien ein wenig angescheuert sind. Beim Gedanken, mit diesen Hosen Frau Ullmann im Schulgebäude zu begegnen, wird es mir in der Magengegend mulmig. Trotzdem beschließe ich Tag für Tag, am nächsten Morgen diese Jeans anzuziehen, und am nächsten Morgen ziehe ich wieder ein adrettes Kleid an. Ich traue mich nicht, Frau Ullmann zu mißfallen. Was wird sie sagen, was wird sie denken?

Aber die Idee ist geboren, sie reift und wird zur Tat. Eines morgens ziehe ich meine verwaschenen Jeans an, dazu eine frisch gebügelte weiße Hemdbluse. Oben herum sozusagen noch ordentlich, unten herum ausgeflippt. Ich muß mich zwingen, nicht im letzten Moment umzukehren und einen Rock anzuziehen. Den ganzen Weg zur Schule überlege ich mir, was die anderen sagen werden, ich erwarte mißbilligende Bemerkungen, einen verkniffenen Blick oder eine versteckte Andeutung über meinen Aufzug.

Nichts geschieht. Es fällt keinem auf, daß ich mein Äußeres verändert habe. Und wenn es jemandem auffällt, so sagt er jedenfalls nichts. Das, was mir noch gestern so schwer erschien, ist ganz einfach. Ich komme als Lehrerin mit verschlissenen Hosen in die Schule, und keiner sagt ein Wort. Unglaublich. Habe ich vor einem Phantom Angst gehabt, redet man sich Verhältnisse nur ein? Ich weiß es nicht, ich weiß nur, daß sich von diesem Tag an meine Kleidung ändern wird.

Und sie ändert sich zusehends. Die netten Kostümchen gebe ich dem Roten Kreuz, die hübschen Blüschen einem anderen karitativen Verein; ich befreie mich von Kleidernormen. Meine neue Einkaufsstätte wird der Flohmarkt. Dort erstehe ich einen Fellmantel, von dem meine Mutter sagt, daß sie sich ekelt, ihn anzusehen; ich kaufe mir ein lilafarbenes Samtjäckchen und sehe in der Schule aus, als ginge ich ins Theater. An einem Tag trage ich ein weites bodenlanges Kleid, am anderen einen hautengen Hosenanzug, heute einen zerschlissenen Kaftan und morgen eine glänzende Hose.

Es ist herrlich, einfach toll, wie die Kleidergrenzen für mich verschwinden: Ich gehe zur Schule wie in die Oper und in die Oper wie zum Jahrmarkt. Und das schönste daran ist, daß ich keine Angst mehr habe, irgendwo unangenehm aufzufallen. Ich will sogar auffallen. Sollen diese Spießer doch denken, was sie wollen, sollen sie sich aufregen oder nicht, mir macht es nichts mehr aus. Ich habe so viel von der Befreiung des Menschen gehört, und ich beginne mich auf meine Weise zu befreien.

Ich entdecke, daß die Schule im wahrsten Wortsinn eine Scheinwelt ist, eine Welt, in der nur der Schein, der Zettel, das Zeugnis gilt. Der Verstand wird ausgeschaltet, an seine Stelle tritt das Papier.

Therese und ich haben zur gleichen Zeit als angestellte Lehrer zu lehren begonnen. Wir mußten, wie alle anderen, 24 Stunden wöchentlich unterrichten, an Konferenzen teilnehmen, Klassenbücher führen, Noten geben, Karteikarten ausfüllen und was sonst noch zum Lehrerdasein gehört. Eines Tages kommt Therese auf die Idee, Beamtin zu werden. Sie bewirbt sich und wird einige Monate später Referendarin. Nun darf sie nur noch sechs Stunden eigenverantwortlich unterrichten und muß einige Stunden hospitieren. Sie kommt zu mir in den Unterricht, um bei mir zu hospitieren.

»Warum wirst du nicht auch Beamtin?« fragt sie mich. »Sei nicht blöd, als Angestellte können sie dich jederzeit feuern, als Beamtin bist du dein Lebtag abgesichert.«

Sie hat recht. Ich stelle auch einen Antrag auf die Übernahme ins Referendariat und werde, nachdem ich bereits eineinhalb Jahre an der Berta-von-Suttner-Schule unterrichtet habe, dort Referendarin.

Zuerst bekomme ich eine schöne Urkunde aus blütenweißer Kartonpappe, mit Siegel. Dann verkündet Frau Ullmann meinen neuen Status auf der Konferenz. Und nun geschieht etwas Merkwürdiges. Ich bin bereits anderthalb Jahre an der Schule, kenne alle Lehrer, sie sind bis dahin weder besonders freundlich noch besonders abweisend gewesen, aber nun schlägt mir eine Welle der Hilfsbereitschaft entgegen. Auf einmal zeigen mir Lehrer, wie man das Klassenbuch führen muß; Frau Ullmann weist mich in die wichtigsten Erlasse ein; andere belehren mich über Unterrichtsmethoden, ohne daß ich sie danach gefragt hätte; bei den Konferenzen wird Rücksicht auf meine Unwissenheit genommen, Protokolle kann ich plötzlich nicht mehr schreiben, und ich bekomme das Gefühl, ein anderer Lehrer zu sein. Ich bin noch derselbe Mensch wie einige Tage zuvor, und doch bin ich nicht mehr derselbe. Vor dem 1. März war ich voll verantwortliche Lehrerin und nun bin ich Referendarin, und die Menschen benahmen sich vorher mir gegenüber wie zu einer gleichgestellten Kraft und nun wie zu einem Lehrling. Ich habe nichts gegen Hilfsbereitschaft, nur setzt sie meiner Meinung nach zum falschen Zeitpunkt ein. Nach eineinhalb Jahren Unterrichtserfahrung weiß ich bereits, wie man Klassenbücher führt und Noten gibt. Diese Hilfsbereitschaft hat nichts mit der tatsächlichen Situation zu tun, sie ist eine Reaktion auf den Schein, auf die schöne Urkunde.

Therese will weiterhin bei mir hospitieren, und ich will zu ihr in den Unterricht kommen.

»Das geht nicht«, sagt Frau Ullmann.

»Warum nicht?« frage ich.

»Sie sind nun Referendarin, und bei Referendaren ist Hospitation nicht zugelassen«, klärt sie mich auf.

»Aber ich unterrichte doch weiterhin die gleiche Klasse, und warum kann denn Fräulein Lindner nicht bei mir hospitieren wie bisher?«

»Frau Rosenzweig, ich habe es Ihnen doch gerade erklärt. Ihr Status hat sich geändert. Sie sind nun Referendarin, und bei Referendaren sind Hospitationen nicht zugelassen.«

Das ist das Verrückteste, was mir bis dahin begegnet ist. Tage davor durfte Therese bei mir hospitieren und nun nicht mehr. Der Schein macht aus mir einen Lehrer, von dem man plötzlich nichts mehr lernen kann.

»So ein Mist«, sage ich zu Therese. »Es wäre so schön gewesen, wenn du bei mir und ich bei dir hospitiert hätte. Wir hätten den Unterricht zusammen vorbereiten können, und außerdem hätten wir nicht pünktlich zur Schule kommen müssen. Keiner hätte das gemerkt.«

Meine Schwierigkeiten, mich in der Zettelwelt zurechtzufinden, rühren von meiner häuslichen Erziehung her. Für meine Eltern hatten Diplome, Scheine, Zettel, Zeugnisse und sonstige Papiere keinen Wert, noch nicht einmal eine Eintrittskarte fürs Theater, auf der schwarz auf weiß Reihe 9 Platz Nr. 18 steht.

Ich bin bereits zwei Jahre in der Schule und an den Wert von Zetteln gewöhnt. Ich habe meine Mutter ins jüdische Theater eingeladen und im Vorverkauf zwei Karten gekauft. 9. Reihe, Plätze Nr. 18 und 19. Beginn der Vorstellung 20 Uhr. Um Viertel vor acht komme ich zu meiner Mutter, um sie abzuholen.

»Warum bist du noch nicht fertig? In einer Viertelstunde fängt das Theater an, und du kämmst dich noch«, rege ich mich auf.

»Bist du verrückt«, sagt sie, »seit wann beginnt ein jüdisches Theater um 20 Uhr, wenn man 20 Uhr schreibt.« Wir kommen zehn Minuten nach acht an, und meine Mutter hat wieder einmal recht gehabt. Bis auf die ersten beiden Reihen ist der Saal noch leer.

»Was habe ich dir gesagt?« faucht sie mich an, »wie ein Idiot mußtest du dich beeilen.«

Wir betreten den Theatersaal, und sie steuert auf die Reihe drei zu.

»Mama«, sage ich, »wir haben Karten für Reihe neun.«

»Kosten nicht alle Karten dasselbe?« fragte sie.

»Ja, aber ich habe nur noch Plätze in der neunten Reihe bekommen.«

»Warum sollen wir uns in die neunte Reihe setzen, wenn die dritte noch frei ist?« sagt sie und setzt sich in die dritte Reihe. Ich setze mich neben sie, und es ist mir sehr unangenehm bei dem Gedanken, was die Leute, die unsere Platzkarten haben, sagen werden. Kurz nach uns kommen Bekannte meiner Mutter in den Saal und setzen sich neben uns. »Was für ein Zufall«, sage ich, »daß Sie gerade die Plätze neben uns haben.« Was für ein Glück, denke ich, daß sie nicht die Plätze haben, auf denen wir sitzen. Unser Bekannter, Herr Blumenstern, schaut mich ein wenig befremdet an und sagt: »Wir haben Plätze in der zwölften Reihe, aber was sollen wir uns in die zwölfte Reihe setzen, wenn die dritte noch frei ist.«

Nach und nach füllt sich der Saal, und überall erheben sich Streitereien, denn jeder sitzt auf dem Platz, der ihm gefällt, und dann kommen diejenigen, die für diese Plätze Karten haben... Ich bin mitten drin in einem Platzkonzert. Die Plätze, auf denen Herr Blumenstern und seine Frau sitzen, hat ein älterer polnischer Jude gekauft, und als er sieht, daß sie bereits besetzt sind, beginnt er auf seinen Sohn zu schimpfen: »Ich habe ihm gleich gesagt, was läufst du und kaufst im Vorverkauf Platzkarten, du weißt doch, daß in einem jüdischen Theater jeder sitzt, wie er will. Aber er hält sich für besonders klug. Um in der achtzehnten Reihe zu sitzen, hätte er doch gestern nicht extra laufen müssen.«

»So ist die heutige Jugend«, antwortet Herr Blumenstern, »alles wissen sie besser.«

Unsere Plätze hat eine deutsche Jüdin erstanden. »Zeigen Sie mir bitte Ihre Platzkarten«, sagt sie zu meiner Mutter.

»Sind Sie ein Kontrolleur?« entgegnet meine Mutter.

»Ich habe die Plätze Reihe drei, Nummer elf und zwölf«, erregt sich die Dame.

»Sie sehen doch, daß diese Plätze besetzt sind«, erklärt ihr meine Mutter.

»Einmal will ich erleben, daß in einem jüdischen Theater Ordnung herrscht«, beginnt die deutsche Jüdin zu zetern.

»Wenn Sie Ordnung haben wollen, Madame«, läßt sich ein Mann aus der vierten Reihe vernehmen, »dann müssen Sie in ein deutsches Theater gehen.«

»Und wo soll ich sitzen?« fragt sie.

»Dort, wo noch frei ist«, antwortet er.

»So eine Ordnung wie hier, so eine Ordnung herrscht im ganzen jüdischen Staat«, wirft eine dicke Frau aus der zweiten Reihe in die Diskussion ein. »Ist es denn ein Wunder, daß die Inflation ohne Ende steigt?«

»Nun, was ist denn schlecht daran«, sagt der Mann aus der vierten Reihe, »so hat man jedes Jahr mehr Geld.«

»Es ist überhaupt nicht zum Lachen«, weist meine Mutter ihn zurecht, »die Deutschen haben wirklich ein Wirtschaftswunder, und wir haben einen Wirtschaftsdreck.«

Aber von ihren Platz wäre sie nie aufgestanden, um ein wenig zur Ordnung im Saal beizutragen.

»Es ist schon dreiviertel neun. Warum fangen die Artisten nicht endlich mit der Vorstellung an?« fragt Herr Blumenstern.

»Warum? Weil sie nur für eine Stunde Programm haben«, erklärt ein Mann drei Plätze weiter. »Man hat die Leute für acht Uhr eingeladen, man fängt um neun an, und um zehn ist es zu Ende, und am Schluß heißt es, ein schöner jüdischer Theaterabend. Diese Bande. Es ist das letzte Mal, daß ich in ein jüdisches Theater gegangen bin.«

»Das sagst du jedesmal«, antwortet seine Frau.

»Nun, was soll man machen«, sagt die dicke Dame aus Reihe zwei, »jedesmal ist es dasselbe. Nichts ist organisiert, nichts klappt, von gar nichts haben diese Juden eine Ahnung.«

In diesem Moment geht das Licht aus, der Vorhang öffnet sich, und eine jüdische Künstlertruppe beginnt »Schalom Alejchem« zu singen, der Saal singt mit, und alle Vorwürfe sind vergessen. Es ist wieder einmal wunderschönes jüdisches Theater, ganz nach unserem Geschmack.

Heute wird Frau Ullmann verabschiedet. Sie geht in Pension. Nach der vierten Stunde werden die Schüler nach Hause geschickt, und das Lehrerkollegium findet sich in Raum 12 ein. Der Raum wurde für die kleine Abschiedsfeier ein bißchen festlich zurechtgemacht. Auf den Tischen liegen die Schultischdecken, überall stehen Vasen mit Blümchen. Es gibt Sekt, gespendet von Frau Ullmann, und dazu hübsch garnierte Häppchen.

Die Verabschiedung beginnt mit den offiziellen Reden. Der Vertreter des Regierungspräsidenten, der stellvertretende Direktor Herr Leuenberger und Frau Weinelt vom Personalrat stehen auf dem Programm.

»Nach einem arbeitsreichen, der Schule gewidmeten Leben, verläßt uns heute Frau Oberstudiendirektorin Ullmann. Ihr Leben hat sie in den Dienst der Schule gestellt. Mit Ruhe und Sicherheit hat sie die Geschicke der Schule gelenkt. Wir sind ihr zu Dank verpflichtet und wünschen ihr für die weitere Zukunft alles Gute.« Der Regierungsvertreter überreicht ihr einen großen Strauß roter und weißer Nelken und drückt ihr die Hand. Frau Ullmann bedankt sich, und die Stimme, die immer kalt und gelassen, sachlich und befehlend war, zittert. Ein ganz klein wenig nur, aber sie zittert. Das Herz flattert, ich fühle es. Vorbei, aus.

Das arbeitsreiche Leben ist vorbei, die Verantwortung ist vorbei, die Pflicht ist vorbei, der Dienst ist vorbei, ab morgen kann sie sich auf dem wohlverdienten Altersruheteil ausstrecken. Keiner braucht sie mehr. Sie ist nicht verheiratet, hat keine Kinder, ein Leben der Schule geopfert. Eine kleine Feier, und abgetreten von der Bühne des Wirkens. Pension und Leere. Sie wird nun all das tun können, wozu sie die ganzen Jahre nicht gekommen ist, sagt sie. Lesen, Theater besuchen, reisen.

Ich glaube ihr kein Wort. Ein Mensch, der 65 Jahre nicht zum Lesen gekommen ist, kann nicht plötzlich mit dem Lesen anfangen; wenn man nie gereist ist, dann ist es zu spät für die alten, morschen Knochen, damit anzufangen. Alles kleine Lügen, mit denen sie sich über die Tatsachen hinwegrettet. Du wirst nicht mehr gebraucht, alte Frau Ullmann, du bist verbraucht, nicht einmal die offiziellen Reden übertünchen das. Manchmal werden wir dich zu einer Schulfeier einladen, einmal, vielleicht zweimal im Jahr, und dann wirst du irgendwo mittendrin sitzen, nicht mehr am Kopfende des Konferenztisches.

»Wie geht es Ihnen?« werden wir dich höflich fragen und zu aktuellen Themen übergehen, die du gar nicht mehr verstehen kannst, weil du draußen bist.

»Gut«, wirst du sagen, »gut«, und lächeln, das gleiche unsichere, maskenhafte Lächeln wie heute.

Ein paar Lehrer haben ein lustiges Gedicht über die Schule gemacht. Wir lachen alle höflich, knabbern an den Keksen, trinken schlückchenweise den Sekt und prosten Frau Ullmann zu. Von allen Feiern, die ich jemals erlebt habe, ist diese die verlogenste. Leuenberger, der ihre Leistungen rühmt, ist froh, daß sie endlich abtritt und er die Chance hat, ihre Stelle einzunehmen. Der Vertreter des Regierungspräsidenten, der sich im Namen des Landes Hessen für ihre Dienste bedankt, dankt morgen einem anderen Direktor, heute steht eben Frau Ullmann auf seinem Terminkalender. Die Rede kennt er schon auswendig, er muß nur den Namen ändern. Und Frau Ullmann, die lächelnd dem Kollegium für die treue Mitarbeit dankt, weint innerlich. Wenn sie zum letztenmal den Schreibtisch aufräumt, ihre persönlichen Sachen aus dem Direktorzimmer einpackt, die Blumen am Fenster noch einmal gießt, würde sie sich am liebsten in einen Sessel sinken lassen und weinen, hemmungslos weinen. Aber sie ist nicht hemmungslos. Niemals durfte sie hemmungslos sein.

»Reiß dich zusammen«, sagt sie sich, »und lächle. Für jeden kommt der Tag des Endes, für jeden.«

Nach zwei Stunden ist die Feier zu Ende. Es ist Mittagszeit, und langsam schauen die Lehrer auf die Uhr. Einige ältere Lehrerinnen sitzen noch ein wenig mit Frau Ullmann zusammen, die jüngeren verabschieden sich allmählich.

»Auf Wiedersehen, und alles Gute für die Zukunft!«

wünscht ihr jeder, und sie schluckt die Worte, den Hohn mit gnadenloser Selbstdisziplin.

Am nächsten Tag geht der Schulbetrieb weiter, als hätte niemals eine Frau Ullmann existiert.

Herr Leuenberger hat das übliche Vorgesetztenverhalten. Weil er jetzt, kraft seines Amtes, Direktor der Schule ist, glaubt er, alles wissen zu müssen und alles zu wissen. Er ist Mathematiklehrer, einer der vielen Mathematiklehrer, in deren Stunden die Schüler zittern, in denen Ängste ausgestanden und Bauchschmerzen ausgehalten werden, wo aber Ruhe und Disziplin herrschen. Jedes Gespräch mit dem Banknachbarn wird mit »Bitte komm doch mal an die Tafel, und rechne uns die Aufgabe vor« geahndet.

Herr Leuenberger braucht in seinen Stunden nicht »Ruhe!« zu brüllen, nicht »Haltet doch endlich euern Mund« zu schimpfen, nicht »Benehmt euch anständig« zu ermahnen, es genügt, die Schwätzer an die Tafel zu bitten und »Rechne uns die Aufgabe vor« zu verlangen. Um ein wenig Ironie in die Stunde zu bringen, sagt er lächelnd: »Ich sehe, Monika, daß du die Aufgabe so gut verstanden hast, daß du es nicht nötig hast, aufzupassen. Komm doch bitte an die Tafel, und laß die anderen an deinem Können teilhaben.«

Monika, die gerade ihrer Nachbarin erzählt hat, daß sie Samstag abend in die Diskothek gehen durfte und dort Dieter getroffen hat, zuckt zusammen und steht betroffen auf. Das Blut weicht ihr aus dem Gesicht. Sie hat keine Ahnung, wie sie die Aufgabe ausrechnen soll, und geht zitternd zur Tafel, nimmt die Kreide in die Hand und bleibt hilflos vor der Tafel stehen. 28 Augenpaare sind auf sie gerichtet, von denen 27 Paare denken: Gott sei Dank muß ich nicht da vorne stehen, und ein Paar sie unerbittlich anschaut.

»Nun, wird's bald.«

Zitternd schreibt Monika ein paar Zahlen an die Tafel, lieber Gott, mach daß es richtig ist, und multipliziert sie.

»Könntest du uns erklären, was du da machst?« fragt der Lehrer Leuenberger.

»Ich dachte...«

»Du sollst nicht denken, sondern aufpassen. Das kommt vom Schwätzen. Setz dich!«

Monika legt die Kreide hin und geht auf ihren Platz. Herr Leuenberger nimmt sein rotes Büchlein hervor und trägt mit den Worten: »Das war ja eine vorbildliche Leistung« eine Fünf ein.

Während aller folgenden Mathematikstunden hat Monika nie wieder mit ihrer Nachbarin gesprochen.

Lassen wir es dahingestellt sein, ob Leuenberger ein guter oder schlechter Mathematiklehrer ist, sicher ist, daß er von meinem Fach, nämlich Pädagogik, nichts versteht. Weil er aber der Schulleiter einer Fachschule für Sozialpädagogik ist, glaubt er, auch auf diesem Gebiet ein Fachmann zu sein. Häufig habe ich die Erfahrung gemacht, daß Schulleiter, Schulräte, Regierungsvertreter aufgrund ihrer Stellung glauben, alles zu können, was in den Schulen gelehrt wird. Es ist wohl so, daß das Wissen mit dem Amt kommt. Leuenberger ist keine Ausnahme. Jede Prüfung, die an der Schule abgehalten wird und bei der er den Vorsitz innehat, wird von ihm kommentiert und begutachtet. Egal, ob es sich um Mathematik, Deutsch, Pädagogik, Psychologie, Jugendrecht oder sonst ein Fach handelt. Um zu zeigen, wie allwissend er ist, greift er in die Prüfung ein, stellt Fragen, mit denen die Schüler nichts anzufangen wissen, verunsichert und verschüchtert sie, erhöht ihre Hilflosigkeit und gibt nach der Prüfung unsachliche Kommentare ab. Weil er der Vorsitzende und die höchste Autorität im Raum ist, wendet sich kein Lehrer gegen seine Prüfungsmethoden. Man wird es sich doch eines Schülers wegen nicht mit dem Direktor verderben. Niemand will bei ihm in Ungnade fallen, denn Leuenberger ist gleichzeitig der Herr der Vertretungspläne.

Wenn man es sich mit ihm verdirbt, hat man plötzlich in den Eckstunden Vertretungen. Möglicherweise kann nur ein Lehrer ermessen, wie unangenehm es ist, in der letzten Stunde, wenn die Schüler von ihrem Tagespensum schon ermüdet und unruhig sind, eine fremde Klasse zu beschäftigen und sie möglichst noch so zu beschäftigen, daß sie nicht übermäßig laut ist. Die Schüler fühlen sich ebenso bestraft wie der Lehrer, man ödet sich an, weiß nicht so recht, was man machen soll, keiner hat Lust, etwas zu lernen, jeder sieht auf die Uhr, die Minuten schleichen noch langsamer als sonst, und als Lehrer hat man nach so einer Stunde das Gefühl, als hätte man viel gearbeitet und nichts geschafft. So sind die Vertretungsstunden Grund genug, Herrn Leuenberger nicht zu widersprechen.

Morgen hat meine Klasse Abschlußprüfung. Zwei Jahre habe ich die Schülerinnen unterrichtet, Arbeiten geschrieben, sie beobachtet, Noten gegeben, und die morgige zehnminütige Prüfung ist unser letzter gemeinsamer schulischer Akt. Wie oft habe ich ihnen gesagt: »Wehrt euch, wenn euch etwas nicht gefällt, macht wenigstens den Mund auf, Angst kann nur überwunden werden, wenn man sie bekämpft, ihr werdet Erzieher, und wenn ihr in der Erziehung etwas verändern wollt, dürft ihr nicht alles hinnehmen.«

Am Abend bin ich sehr aufgeregt. Morgen muß ich prüfen, und ich weiß, wie sich Herr Leuenberger verhalten wird. Er wird wie bei den anderen Prüfungen das Wort ergreifen, die Schüler verunsichern und anschließend seine fachlich unqualifizierten Kommentare abgeben. Und an diesem Abend beschließe ich, mich gegen ihn zu wehren, seine Einmischungen nicht hinzunehmen, obwohl ich noch in der Ausbildung bin und meine weitere schulische Entwicklung von seinem Urteil abhängt.

Am nächsten Morgen hole ich im Büro den Prüfungsplan ab und sehe, daß die erste Prüfung an diesem Tag bei mir sein wird. Ich gehe in den Prüfungsraum, und bis acht Uhr versammeln sich die Lehrer. Die Prüfungskommission sitzt im Halbkreis, und in ihrer Mitte Herr Leuenberger. Acht Lehrer bilden eine würdige Kulisse für die Abschlußprüfung, und die erste Schülerin nimmt mit aufgeregtem Gesicht vor dieser Lehrermauer Platz.

»Fräulein Endes«, sage ich, »würden Sie uns bitte die Prüfungsfrage vorlesen und darauf eingehen.«

Das Mädchen liest die Frage stockend vor, und ich sehe, daß sie leicht aus der Fassung zu bringen ist.

Sie ist eine gute Schülerin, aber die Aufregung des Tages und die kritisch beobachtenden Lehrerblicke verunsichern sie.

Zögernd beginnt sie mit der Beantwortung der Frage. Ich will ihr ein wenig Zeit lassen, sich zu fangen, sehe sie lächelnd an und nicke zum Zeichen, daß sie so fortfahren soll. Mitten in mein aufmunterndes Lächeln platzt Herr Leuenberger mit seiner gewohnten Prüfungsmethode hinein. »Halten Sie sich nicht bei Nebensächlichkeiten auf, sondern kommen Sie bitte zum Kern der Frage.«

Ich bin sicher, daß er nicht weiß, was der Kern der Frage ist, aber sein Kommentar zeigt Wirkung. Marion Endes verstummt, schluckt ein paarmal und sieht mich hilflos an.

»Fahren Sie fort, wie Sie begonnen haben«, ermuntere ich sie. Aber an Fortfahren ist hier nicht zu denken. Es ist, als könne Marion nicht mehr sprechen, sondern nur noch stammeln.

»Sie müssen doch etwas gelernt haben in den zwei Jahren«, läßt sich Herr Leuenberger vernehmen, »Sie werden auf die Note »gut« geprüft, da müssen Sie schon etwas von Ihrem Können unter Beweis stellen.«

Zu beweisen gibt es nichts mehr. Die Angst verschlägt ihr die Sprache, verschüttet ihre Gedanken und läßt ihre totale Hilflosigkeit zutage treten.

Als Marion den Raum verlassen hat, sage ich, obwohl ich innerlich zittere, in einem ruhigen und freundlichen Ton zu Herrn Leuenberger: »Wenn ich in der Lage bin, die Schüler zwei Jahre lang zu unterrichten, dann bin ich auch in der Lage eine zehnminütige Prüfung ohne Unterstützung des Vorsitzenden abzuhalten. Ich bitte bei künftigen Prüfungen zu warten, bis ich das Wort für Fragen erteile, damit die Schüler nicht unnötig verunsichert werden.«

Das sitzt. Herr Leuenberger, der den Mund gerade geöffnet hat, um einen fachmännischen Kommentar abzugeben, sieht mich mit großen Augen erschrocken an, als hätte ich ihn beim Naschen ertappt. Er wird gerügt, er, der nur Rügen verteilen und von den Lehrern keine einzustecken hat, er, der sich devot dem Schulrat oder Regierungsvertreter gegenüber verhält, aber herrisch den Untergebenen entgegentritt, wird vor versammelter Prüfungskommission von einer Referendarin angegriffen. Es scheint, als bliebe ihm die Spucke weg. Er ist so betroffen, daß er in der anschließenden Diskussion über Marions Note nichts sagt und überhaupt an diesem Vormittag verstummt.

Ich habe es nie mehr erlebt, daß er sich bei einer Prüfung, bei der ich anwesend war, irgendwann eingemischt oder Kommentare abgegeben hat, aber ich weiß, diese Schlappe zahlt er mir heim, die Rechnung wird er mir präsentieren.

Trotzdem, es ist mir die Sache wert. Das Gefühl meiner eigenen Überlegenheit gibt mir Stärke. Ich habe begonnen zurückzuschlagen, ich werde zu keinem schleimigen Dreck werden, zu keinem devoten Kriecher, der vor den Schülern große Töne über Demokratie spuckt und vor dem Vorgesetzten buckelt. Ich werde ihm meine Angstträume zurückzahlen. Mehr, als mich von der Schule zu verweisen, kann er nicht tun; mehr, als mir ein paar unsinnige Vertretungsstunden zu geben, kann er nicht, mehr, als mein Examen mit einer schlechten Note zu beurteilen, kann er nicht. Menschen, die Angst machen, muß man Angst machen. Wie ich vorgehen werde, weiß ich nicht, aber ich werde vorgehen. Ich werde widersprechen, wenn mir etwas nicht paßt. Ich habe einen Mund und einen Kopf.

Wie war die Geschichte, die mir mein Vater erzählt hat? Abraham widersprach Gott, und Gott gab nach, und Abraham hatte keine Angst, und du, Lea, hattest Angst, einem Direktor zu widersprechen? An diesem Vormittag erlebe ich eine Umwandlung, eine Häutung wie eine Raupe, die vom Wurm zum Schmetterling wird. Ich streife die Haut, die ekelhafte Haut der Angst ab, und entschlüpfe ihr in eine freie Sphäre.

Hessische Schüler proben Demokratie. Eine Schülerdemonstration ist angekündigt. Auch die Schülervertretung der Berta-von-Suttner-Schule ruft zur Teilnahme auf, und als Lehrer für politische Bildung unterstütze ich diese Aktion. Ich finde das phantastisch. Schüler solidarisieren sich, treten für die Verbesserung ihrer Situation ein, lernen, daß man nicht alles hinnehmen muß, sondern daß man die Öffentlichkeit auf Mißstände hinweisen kann, wollen mit einem Minister diskutieren. Sind das nicht wirklich heranwachsende Demokraten? Ist dies nicht ein Beweis, daß Deutschland seine Vergangenheit überwunden hat?

Die 15jährige Ursula Melter sitzt am Mittwoch in der Schülervollversammlung. Die Demonstration wird besprochen. Bei der Abstimmung, ob die Berta-von-Suttner-Schule sich der Demonstration anschließen soll, schaut sie sich um, sieht, daß die meisten Schüler für die Teilnahme stimmen und hebt ihre Hand. Sie weiß nicht genau, wofür sie demonstrieren wird, aber wenn die anderen sich vor dem Kultusminister versammeln, will sie auch dabei sein. Außerdem ist für Dienstag eine Biologiearbeit angesetzt, und wenn alle an der Demonstration teilnehmen, fällt die Arbeit aus, und sie muß am Wochenende nicht lernen.

Die Stimmung in dem Saal ist mitreißend. Der Schulsprecher Friedhelm schildert, warum die Demonstration wichtig ist. Die Klassen sind zu groß, es gibt zuwenig Lehrer, neue Schulgebäude müssen gebaut werden, mehr Geld für Bildung ist erforderlich, und jeder Schüler weiß, wie frustrierend die Schule ist. Ursula versteht nicht alles, was Friedhelm sagt, aber als er meint, die Schule müsse so verändert werden, daß die Schüler gerne in die Schule gehen, stimmt sie ihm zu. Sie ist eine mittelmäßige Schülerin, ihre Versetzung war nie ernsthaft gefährdet, aber sie geht nicht gerne in die Schule. Abgesehen vom Sportunterricht hat sie immer das Gefühl von Langeweile und Angst. In den meisten Stunden ist der Unterricht eintönig, uninteressant und ermüdend.

In Biologie nehmen sie gerade den Verdauungsapparat durch. Frau Reichel hat den Weg der Speisen von der Nahrungsaufnahme bis zur Ausscheidung an die Tafel geschrieben und dazu eine farbige Skizze aufgezeichnet. Ursula hat den Verdauungsapparat nicht richtig verstanden, aber sie muß den Verdauungsapparat lernen, weil Frau Reichel zu Beginn jeder Stunde den Stoff der vorherigen Unterrichtsstunde abfragt und Noten gibt. Deswegen paukt Ursula jeden Montag Biologie. Der Stoff wird ihr ins Gehirn eingehämmert.

»Zuerst wird die Speise in der Mundhöhle mit den Zähnen zermalmt, mit Speichel vermengt rutscht sie dann durch die Speiseröhre in den Magen. Die Speiseröhre durchzieht als gerader Schlauch die Brusthöhle, führt durch das Zwerchfell und mündet in den Magen. Dort wird die Speise gesammelt und desinfiziert. Die Hauptverdauung findet jedoch erst im Dünndarm statt, welcher der Hauptort der Aufsaugung ist, und so weiter und so weiter.«

Nochmals von vorne:

»Zuerst wird die Speise in der Mundhöhle mit den Zähnen zermalmt, mit Speichel vermengt...«

Dienstag morgen, wenn Frau Reichel den Klassenraum betritt, zieht sich der Magen von Ursula zusammen. Wie fängt es doch gleich an? »Zuerst wird die Speise im Mund mit den Zähnen...«

»Rita Sturm, würden Sie uns bitte etwas über den Verdauungsvorgang erzählen?«

Gott sei Dank, denkt Ursula, ich nicht. Das unangenehme Gefühl und die Angst sind weg und die Langeweile wieder da, bis zum nächsten Mal. Friedhelm hat schon recht. Man müßte die Schule verändern, daß die Schüler gerne in die Schule gehen. Am Dienstag vormittag werden wir demonstrieren. Die Demonstration ist angemeldet und genehmigt.

Freitag in der ersten Stunde liest Frau Klein, die Klassenlehrerin, eine Anweisung des Regierungspräsidenten vor. Allen Schülern, die an der Demonstration teilnehmen und aus diesem Grund eine Klassenarbeit versäumen, wird für die versäumte Arbeit eine Sechs eingetragen.

»Ihr wißt ja«, sagt Frau Klein, »Frau Reichel hat eine

Klassenarbeit angesetzt, und wer die Arbeit nicht mitschreibt, bekommt die Note ›ungenügend‹.«

Marion Schulmer, die Klassensprecherin, meldet sich zu Wort: »Das finde ich ungerecht. Die anderen demonstrieren auch und bekommen keine Sechs, und weil bei uns zufällig für diesen Tag eine Biologiearbeit geplant ist, müssen wir in die Schule kommen.«

»Ich kann nichts dafür«, sagt Frau Klein, »die Anweisung stammt nicht von mir, sondern von übergeordneter Stelle, und ich muß sie euch mitteilen.«

Die Klasse ist aufgeregt, und in der Pause besprechen die Mädchen und Jungen, was sie tun werden. Ursula weiß nicht, ob sie nun in die Schule oder zur Demonstration gehen soll. Scheiße, jetzt kommt das Wochenende, und ich werde nun doch Biologie lernen müssen, denkt sie.

Montag, in der Verfügungsstunde, besprechen die Schüler nochmals, was sie tun werden.

»Ich finde«, sagt Rainer, »daß wir morgen zur Demonstration gehen sollten. Wir müssen uns mit den anderen Schülern solidarisieren, sonst ändert sich nie etwas.«

»Ich kann mir aber keine Sechs in Biologie leisten«, antwortet Bettina, »ich bin ohnehin schon schwach genug.«

»Aber wenn keiner die Arbeit mitschreibt, kann uns doch Frau Reichel keine Sechsen geben«, wirft Gabi ein.

»Das weiß man nie«, kontert Bettina, »ich komme morgen in die Schule.«

Die Diskussion wogt hin und her. Es kommt zur Abstimmung, und Ursula weiß nicht, wie sie abstimmen soll. Eigentlich will sie zur Demonstration, aber eine Sechs in Biologie will sie nicht haben.

»Wer ist dafür, daß wir uns der Demonstration anschließen? Bitte die Hand heben«, sagt Marion.

Ursula schaut sich um, die meisten heben die Hand, sie zögert ein wenig, aber dann stimmt sie doch für die Demonstration. Vielleicht ist es wirklich so, wie Gabi es sagt, wenn keiner die Arbeit mitschreibt, kann Frau Reichel doch nicht der ganzen Klasse eine Sechs eintragen.

Als die Anweisung mit den Sechsen kam, war Frau Reichel zunächst betroffen. Die Anordnung mißfällt ihr. Sie findet es nicht richtig, einzelne Klassen für etwas zu bestrafen, was alle angeht. Man müßte die Demonstration verbieten, findet sie, aber nicht einzelne Klassen benachteiligen, die zufälligerweise für diesen Tag eine Arbeit geplant haben. Aber die Arbeit absagen kann sie auch nicht. Seit einer Woche steht im Klassenbuch, daß sie am nächsten Dienstag eine Biologiearbeit schreiben lassen wird. Jeder Lehrer, der in dieser Klasse unterrichtet, weiß das, und wie soll sie vor Herrn Leuenberger rechtfertigen, daß sie nun plötzlich die Arbeit verschiebt? »Ich habe die Arbeit vorschriftsmäßig angekündigt, und ich muß den Anweisungen als Beamter Folge leisten«, sagt sie sich, »die Arbeit wird geschrieben.« Als Frau Reichel am Dienstag morgen in den Klassenraum kommt, sitzen von 24 Schülern vier auf ihrem Platz. Sie teilt die Biologiehefte an die vier Schüler aus, den zwanzig anderen trägt sie wegen Versäumnis der Arbeit eine Sechs ein.

Bei der nächsten Gesamtkonferenz kommt das Verhalten von Frau Reichel zur Sprache. Einige Lehrer, darunter auch ich, kritisieren, daß sie sich dieser unsinnigen Anordnung gefügt hat. Es wäre ihr nicht das geringste geschehen, wenn sie die Arbeit kurzfristig abgesagt hätte. Was sind denn das für Menschen, die sich jeder Anweisung widerstandslos fügen; die argumentieren, daß sie eine Verordnung im Grunde genommen für ungerecht halten, aber gleichzeitig Handlanger sind? Und das beste ist, sie fühlen sich nicht verantwortlich. Frau Reichel hat die Sechsen gegeben, sie in das Klassenbuch eingetragen, mit ihrem Namen unterzeichnet, aber sie fühlt sich nicht verantwortlich. Verantwortlich ist der Regierungspräsident, die vorgesetzte Behörde.

»Ich muß alle Vorwürfe zurückweisen und klarstellen, daß Frau Reichel ordnungsgemäß und korrekt gehandelt hat«, sagt Herr Leuenberger in der Konferenz. »Wenn die Schüler sich ungerecht behandelt fühlen, dann müssen sie oder die Eltern Beschwerde beim Regierungspräsidenten einlegen.

Wir als Beamte sind an Weisungen gebunden, und es ist nicht unsere Aufgabe, über Anordnungen zu diskutieren.«

Wieder einmal lerne ich: Der deutsche Beamte hat auszuführen und nicht zu diskutieren. Ich bin ein Befehlsempfänger und soll die Demokraten von morgen erziehen. Ich kann zwar die Meinung sagen, wie Frau Reichel, die in der Konferenz erklärt hat, daß sie vom Gefühl her die Anweisung auch nicht richtig fand, aber was taugt die Meinungsfreiheit, wenn man nicht nach ihr handelt?

Wie oft habe ich gehört: »Wir fanden, was Hitler mit den Juden gemacht hat, auch nicht richtig, aber wir mußten die Anordnungen ausführen.« Ich akzeptiere heute nicht mehr, wenn mir einer erklärt, in seinem Haus hätten so nette Juden gelebt. Dann frage ich: »Was hast du dagegen unternommen, als sie vor deinen Augen abgeführt wurden?« »Nicht richtig finden«, das ist zuwenig, mit »nicht richtig finden« ist meine Familie umgekommen. Vielleicht fand derjenige, der das Gas in die Kammern geworfen hat, das alles auch nicht richtig?

Ich bedauere zutiefst, daß ich kein Tonband bei mir habe, um zu belegen, daß in einer Lehrerkonferenz, im Jahre 1975, im demokratischen Deutschland, nach Bewältigung der Vergangenheit, ein Direktor erklärt, daß wir Beamte jeden Fall von Anweisungen auszuführen haben und unsere persönliche Meinung keine Bedeutung hat. Sehr demokratisch.

Ursula Melter hat in der zweiten Biologiearbeit eine Drei geschrieben. Sechs und drei gibt neun, dividiert durch zwei, ergibt 4,5. Sie hatte im vorigen Halbjahr eine Drei, und weil sie mündlich ganz ordentlich ist, gibt ihr Frau Reichel eine Vier.

»Es tut mir leid, Ursula«, sagt Frau Reichel bei der Notengebung, »wäre da nicht die Sechs, dann hättest du deine Drei behalten. Nun langt es nur noch zu einer Vier, aber im nächsten Jahr wirst du dich sicherlich verbessern.«

Scheiße, denkt Ursula, wäre ich nur nicht auf diese blöde Demonstration mitgegangen.

Mit dem Radikalenerlaß hat es so harmlos angefangen, daß

ich zuerst überhaupt nichts gemerkt habe. Der Radikalenerlaß hat mich, ehrlich gesagt, nicht interessiert.

Erstens bin ich nicht radikal, zweitens bin ich nicht kommunistisch, und drittens war ich nicht politisch. Schon gar nicht, als ich beschloß, Beamtin zu werden.

Das Beamtentum ist eine feine Sache und wird in drei Schritten erreicht.

Erster Schritt: Man wird Referendar und befindet sich eineinhalb Jahre in der Ausbildung. Zu dieser Zeit ist man Beamter auf Widerruf.

Zweiter Schritt: Man macht die Prüfung und bekommt eine Planstelle an einer Schule. Dann ist man Beamter auf Probe.

Dritter Schritt: Man wird nach zwei Jahren, wenn man schön brav war, Beamter auf Lebenszeit. Dann kann einem nicht mehr gekündigt werden, und man ist bis ans Lebensende versorgt.

Ich hatte einen Antrag auf die Übernahme ins Referendariat gestellt und wartete auf Antwort. Ich wartete einen Monat, dann noch einen Monat und noch einen Monat und erhielt keine Antwort. In dieser Zeit unterhielt ich mich mit Hans, er ist Lehrer für Deutsch und Politik an unserer Schule. »Kannst du dir erklären, warum ich keine Antwort bekomme?«

»Deine Akte liegt bestimmt beim Verfassungsschutz«, meinte Hans.

»Wozu beim Verfassungsschutz? Was habe ich mit dem Verfassungsschutz zu tun?«

»Jeder wird überprüft, ob er nicht radikal war oder noch ist.«

Der Verfassungsschutz prüft anscheinend sehr sorgfältig, denn daß man so lange prüft, ist ein Beweis, daß man gründlich prüft. Die Prüfung hatte in meinem Fall nichts Negatives ergeben, und ich bekam die Antwort, daß ich zum 1. März ins Beamtenverhältnis als Referendarin übernommen werde. Der erste Schritt war getan.

Hans befindet sich gerade zwischen dem zweiten und dritten Schritt. Er ist Studienrat zur Probe und will im Sommer Studienrat auf Lebenszeit werden. Was taugt denn schon ein Beamter, wenn er nicht auf Lebenszeit versorgt ist? Das ist ja das wunderbare am Beamtentum, daß man eine ruhige Kugel schieben kann. Die Wirtschaftsverhältnisse können einem egal sein, ob man gut oder schlecht arbeitet, spielt überhaupt keine Rolle, man ist auf Lebenszeit abgesichert, und am Ende bekommt man eine anständige Pension. Damit man aber lebenslänglicher Beamter wird, muß man sich, wie gesagt, bewähren. Mindestens zwei Jahre, höchstens fünf. Hans befindet sich gerade in der Bewährungsphase. Im Prinzip ist es die gleiche Bewährung wie bei Haftentlassenen. Wenn die schön brav sind, müssen sie nicht mehr in den Knast; wenn der Beamte schön brav ist, bekommt er lebenslängliche Versorgung. Beide Male wird man fürs Bravsein belohnt.

Eines Tages führt Hans mit mir folgendes Gespräch: »Eigentlich will ich im politischen Unterricht über den Radikalenerlaß sprechen, aber ich trau mich nicht«, sagt er.

»Warum nicht?«

»Was soll ich denn sagen? Für den Radikalenerlaß kann ich nicht sprechen, und wenn ich etwas gegen den Radikalenerlaß sage, kann es der Schulleitung zu Ohren kommen.«

»Dann kommt es halt der Schulleitung zu Ohren«, antworte ich.

»Das sagst du so einfach. Ich möchte zum Sommer in das Beamtenverhältnis auf Lebenszeit übernommen werden, und wenn ich mich gegen den Radikalenerlaß ausspreche, kann das als Grund genommen werden, meine Probezeit zu verlängern.«

»Dann sprich eben nicht über den Radikalenerlaß.«

»Das finde ich auch nicht richtig«, meint Hans, »man muß darüber im politischen Unterricht sprechen, damit die Schüler auf politische Unsicherheiten im Staat aufmerksam gemacht werden.«

Der Radikalenerlaß bringt Hans in einen Gewissenskonflikt, und nach und nach wird auch mir die Sache unheimlich. Dieser Erlaß ruft nicht nur bei Bewährungsbeamten Ängste hervor, sondern schon bei Referendaren. Und plötzlich geht es nicht mehr darum, ob man einer radikalen Partei zugehört – die Lehrer bekommen einfach Angst, Texte, die sich kritisch mit staatlichen Institutionen auseinandersetzen, mit ihren Schülern zu lesen. Wenn man so einen Text mit einer Klasse liest, steht man dann noch auf dem Boden des Grundgesetzes oder bereitet man schon den Boden für den Terrorismus?

Waltraud Maier, eine junge Lehrerin, teilte einen Text über das Verhalten der Polizei bei Demonstrationen aus, in dem letzteres kritisch hinterfragt wurde. Eine Schülerin zeigte diesen Text ihrem Vater, dieser rief aufgeregt den Schulleiter an. Der Schulleiter bat Fräulein Meier zu sich, ließ sich den Text geben und erkundigte sich, was sie sich denn dabei gedacht habe. Die verängstigte Lehrerin beschwichtigte ihn, sie habe eigentlich nur zeigen wollen, daß auch staatliche Institutionen manchmal Fehler begehen, sie stehe immer noch auf dem Boden des Grundgesetzes und werde in Zukunft derartige Texte nicht mehr verwenden. Der Schulleiter war bereit, nochmals großzügig darüber hinwegzusehen, schließlich sei man ja nur Mensch, und jedem könne einmal ein Fehler unterlaufen, aber in Zukunft solle sie sich vorsehen und derartige Schriftstücke nicht mehr an die Schüler austeilen, um den guten Ruf der Schule nicht zu gefährden.

Solche und ähnliche Vorfälle höre ich dauernd. Es breitet sich innerhalb der Schulen eine Angst aus, die ich bis in die Fingerspitzen fühle. Wenn man heute, unter einer demokratischen Regierung solche Ängste bekommt, wenn ein Radikalenerlaß solche Konsequenzen hat, wem will man dann erzählen, es habe sich etwas geändert? Im Faschismus fing es genauso harmlos an, mit Erlassen und Gesetzen. Wo ist denn das demokratische Bewußtsein des deutschen Volkes, an das ich geglaubt habe? Wie ist es um die Meinungsfreiheit bestellt, wenn Lehrer Angst haben, ihre Meinung zu sagen? Und die gleichen Lehrer erzählen im Geschichtsunterricht, wie schlimm das Dritte Reich gewesen sei und daß man hätte Widerstand leisten sollen.

Hier muß ich die Geschichte von Hildegard Heinz erzählen. Hildegard ist unsere Verbindungslehrerin und sieht genauso unauffällig aus, wie ihr Name klingt. Nach kurzer Zeit merke ich, daß sich Hildegard Heinz von den anderen Lehrern unterscheidet. Sie ist aktive Gewerkschaftlerin, und ihr fehlt die Kompromißbereitschaft, das lächelnde Einverständnis – die vernünftige Anpassung. Wie eine Katze lauert sie auf Fehler des Direktors und ist jederzeit bereit, ihm an die Gurgel zu springen. Sie sucht keine Zustimmung, keine Anerkennung, keine Rückversicherung bei Kollegen, sie ist bereit, sich für das, was sie richtig findet, unnachgiebig einzusetzen. Hildegard ist Beamtin auf Probe.

An der Schule lehrt auch Margarete Schlüssel. Margarete ist das Gegenteil von Hildegard. Eine smarte, stets lächelnde, kompromißbereite Frau, ohne jegliches politisches Engagement. Sie gehört nicht zu unserer Gewerkschaftsgruppe, sie gehört zu überhaupt nichts. Sie unterrichtet Englisch und Sport, im Sinne der Lehrpläne, trägt jede Unpünktlichkeit der Schüler ins Klassenbuch ein, so wie es der Direktor auf einer Konferenz verlangt hat, sie ist nett, aber im Grunde genommen unbeteiligt. Ihr Unterricht ist nicht zu beanstanden, eine unauffällige, junge Lehrerin.

Es ist einer der vielen Zufälle im Leben: Beide Lehrerinnen, Hildegard und Margarete, stellen am gleichen Tag den Antrag, in das Beamtenverhältnis auf Lebenszeit übernommen zu werden. Beide Briefe gehen an den Regierungspräsidenten ab, beide Frauen sind unruhig, beide wollen die letzte Hürde des Beamtenlebens nehmen. Nach drei Wochen findet turnusgemäß eine Gesamtkonferenz statt. »Bevor wir auf die einzelnen Tagesordnungspunkte eingehen, habe ich die erfreuliche Mitteilung zu machen, daß Frau Margarete Schlüssel zur Studienrätin auf Lebenszeit ernannt wurde«, eröffnet der Direktor die Konferenz. Margarete kommt nach vorne, er überreicht ihr eine Urkunde und gratuliert ihr mit einem Händedruck. Ich warte darauf, daß er nun Frau Hildegard Heinz nach vorne ruft. Aber nichts passiert. Man geht zur allgemeinen Tagesordnung über.

»Was ist mit deiner Verbeamtung los?« frage ich Hildegard.

»Ich weiß nicht, die Akte wird noch überprüft.«

»Was überprüft man denn?«

»Das weiß ich nicht«, sagt Hildegard.

Hildegard bittet den Personalrat, Erkundigungen einzuziehen, der Personalrat bekommt die Antwort, die Akte sei noch in Bearbeitung, keiner weiß Bescheid.

Ein Monat vergeht, noch ein Monat vergeht, nichts geschieht. Hildegard wird nervös. Ist sie schon eine Radikale, steht sie nicht auf dem Boden der freiheitlich demokratischen Grundordnung? Sie hat für *amnesty international* und für das Russell-Tribunal unterschrieben, ist es das, was man ihr ankreiden will? Was soll sie tun, wenn man ihr die Verbeamtung auf Lebenszeit ablehnt? Nochmals zwei Jahre Beamter auf Probe?

Sie bekommt chronische Kopfschmerzen und Schlafstörungen, Eßunlust und Magenschmerzen. Eines Tages kommt eine Aufforderung, sich beim Amtsarzt untersuchen zu lassen.

»Die wollen mich wohl auf meinen Geisteszustand untersuchen«, sagt sie zu mir, »einer, der sich nicht reibungslos anpaßt, ist wohl nicht normal.«

Margarete bekam die Verbeamtung ohne ärztliches Attest, Hildegard muß nachweisen, daß sie gesund ist. Und noch ein Monat vergeht. Und noch immer kein Bescheid. Mich erschüttert diese Situation. Warum wird Hildegard auf so eine subtile und gemeine Art fertiggemacht? Ist nur der brave Beamte, der alles tut, was man von ihm verlangt, für den Schuldienst tragbar? Ist Hildegard es nicht? Wir leben doch in einer Demokratie. »So eine vorbildliche Demokratie hatten wir noch niemals«, sagte gestern abend ein Politiker im Fernsehen. »Wir müssen die Demokratie jederzeit verteidigen«, sagte er weiter. Sieht so die Verteidigung aus? Auf Kosten von Hildegards Gesundheit?

Nach fünf langen Monaten kommt der Bescheid. Hildegard ist Beamtin auf Lebenszeit geworden. Sie hat gesiegt, aber es ist ein Sieg, der eine verheerende Wirkung auf das restliche Kollegium hat. Da sieht man es wieder, denken sich die meisten Referendare und Probebeamten, wenn man keine Schwierigkeiten macht, bekommt man auch keine Schwierigkeiten. Und so sind sie lieber brav und fallen nicht auf, dann wird die Verbeamtung so glatt wie bei Margarete über die Bühne gehen. Später kann man ja anders sein, später, wenn man alle Hürden genommen hat. Aber es gibt kein später. Wer später sagt, wird immer später sagen. Der brave, liebe, angepaßte Beamte hat einen untrennbaren Bundesgenossen – die Angst. Habe ich nichts Falsches gesagt, sind mir keine Formfehler unterlaufen, wird mir der Vorgesetzte nichts übelnehmen? Das sind seine Gedanken, und immer bewegt er sich in einem Netz der Unsicherheit. Er kann so brav sein, wie er will, das Gebäude der Angst kann er nicht verlassen.

Zwei Minuten zu spät zum Dienst, Angst; eine Anweisung übersehen, Angst; eine Konferenz vergessen, Angst; ein Zeugnis verkleckert, Angst.

Hildegard hat wirklich gesiegt. Sie hat die Angst besiegt, die Angst in sich selbst, und mit jedem Schlag vom Direktor ist sie gewachsen, und heute ist sie so groß, daß er ihr nichts anhaben kann. Gar nichts. Sie kann machen, was sie will, er muß sie in Ruhe lassen.

Nicht alle Hildegards siegen nach außen hin, nicht alle werden Beamte. Sie unterliegen Berufsverboten, der demokratische Staat versucht, sie zum Schweigen zu bringen. Aber sie geben nicht nach. Die kämpferischen Hildegards, die sich einer Idee verschrieben haben, sind bereit, diese Idee unter Einsatz ihrer Existenz zu verteidigen. Es gibt nur wenige Hildegards dieser Art, aber es gibt sie. Sie leisten Widerstand bis zum letzten Atemzug.

Solch eine Hildegard war Hildegard Schulz, geboren am 9. Juli 1920. Ein unauffälliges und durchschnittlich aussehendes Mädchen, aber eine Hildegard, die sich dem Recht und der Freiheit verschrieben hatte. Was tat sie? Sie verteilte Flugblätter gegen Unterdrückung, gegen Mord, gegen den nationalsozialistischen Unrechtsstaat, nicht heute, sondern seinerzeit. Im Juli 1942. Jemand erwischte sie und brachte sie zur Geheimen Staatspolizei, und am 4. Juli wurde sie in das Konzentrationslager Ravensbrück eingewiesen. Hildegards Mutter machte sich große Sorgen, der Vater war gefallen, das Mädchen ihr ein und alles.

»Warum, Hildegard, hast du das gemacht, warum, mein Kind?« fragte sie sich immer wieder. Sie suchte nach ihrem Kind, fand heraus, daß die Tochter in Ravensbrück war und schrieb einen Brief dorthin. Sie bat höflich, man solle ihr bitte mitteilen, wie lange Hildegard eingesperrt bleiben werde.

Der Lagerkommandant, SS-Obersturmbannführer, läßt Hildegard kommen. Er steht vor ihr, in hohen Schaftstiefeln, in schwarzer Uniform mit unerbittlichen Augen. Und sie steht vor ihm, im zerrissenen Häftlingsanzug mit kahlgeschorenem Kopf, aufrecht.

»Heil Hitler«, sagt der Lagerkommandant.

»Guten Tag«, antwortet sie.

»Heil Hitler«, wiederholt er.

»Guten Tag.«

Er holt mit der Hand aus und schlägt ihr ins Gesicht. Sie fällt.

»Heil Hitler!« schreit er.

Sie richtet sich auf, zögert einen Moment und sagt: »Guten Tag.«

»Dir werden wir das Heil Hitler schon beibringen«, sagt er.

An die Mutter schreibt er:

Sehr geehrte Frau Schulz!

Auf Ihr Schreiben vom 19. 7. 42 teile ich Ihnen mit, daß Ihre Tochter am 4. 7. 42 in das hiesige Lager eingewiesen wurde. Wie lange sich die Unterbringung im Lager erstreckt, ist hier nicht bekannt, da sie auf unbestimmte Zeit hier eingewiesen wurde. Ihre Entlassung hängt von ihrer Führung und Arbeitsleistung im Lager ab. Alles Weitere, auch den Grund ihrer Einweisung, können Sie bei der Staatspolizei Schwerin erfahren. Ich bin überzeugt, daß Ihrer Tochter ein längerer Aufenthalt im hiesigen Lager nicht schaden wird.

Heil Hitler! Der Lagerkommandant

Die wird das Heil Hitler hier noch lernen, denkt er, als er den Brief nochmals durchliest, die wird so lange hier bleiben, bis sie das Heil Hitler gelernt hat.

Sie hat es nicht gelernt. Am 8. März 1944 haben ihr die Lehrer beim Lernen den Schädel eingeschlagen. Aus dem offenen Kopf sickerte das Blut in den gefrorenen Boden. Von der letzten Lektion stand sie nicht mehr auf. Keine 24 Jahre alt.

»Guten Tag«, sagte die Seele, als sie dem Körper entschlüpfte, »Guten Tag!« schrie sie der Welt entgegen, »Guten Tag!« donnerte es im All. »Was für ein guter Tag, ihr habt mich nicht bekommen!« jubelte sie. »Ihr habt meinen Schädel zerbrochen, aber nicht mich.«

Frau Martha Schulz, die Mutter, bekam am 15. März einen Vordruck vom Lager Ravensbrück.

Ihre Tochter Hildegard Schulz ist am 8. 3. 44 an den Folgen (Todesursache) Schädeltrauma im hiesigen Krankenbau verstorben. Die Leiche wurde am 11. 3. 44 im staatlichen Krematorium Ravensbrück, Post Fürstenberg, Meckl., eingeäschert.

Gegen die Ausfolgung der Urne bestehen, wenn eine Bescheinigung der örtlichen Friedhofsverwaltung beigebracht wird, daß für ordnungsgemäße Beisetzung Sorge getragen ist, keine Bedenken. Der Totenschein ist anliegend beigefügt.

Die erforderliche Friedhofsbescheinigung ist direkt an die Verwaltung des KL Ravensbrück zu übersenden.

Der Lagerkommandant

Kein Heil Hitler.

Als Referendarin muß ich zweimal in der Woche am Lehrerseminar teilnehmen, und dort lerne ich Dagmar kennen. Dagmar sieht genauso aus, wie ich mir Dagmars vorstelle. Sie erinnert mich an etwas Nordisches, Germanisches, jedenfalls an etwas Blondes. Dagmar ist einen halben Kopf größer als ich, breitschultrig, aber schlank. Sie hat kraftvolle Arme mit energischen Händen, blonde kurze Haare und ein lebhaftes Gesicht mit auffallend regelmäßigen Zähnen. Dagmar benutzt keine Schminke, und trotzdem ist ihre Haut glatt, eine Haut, die jede Witterung verträgt und ihr ein gesundes Aussehen gibt. Die Gesichtszüge sind derb, aber gutaussehend. Dagmar verkörpert das, was man ein frisches deutsches Mädel nennen kann.

Zu Beginn eines jeden Semesters fährt unser Seminar zu einer einwöchigen Tagung in ein Schullandheim. Bei diesen Tagungen werden Sitzungen abgehalten, Kontakte geknüpft und oberflächliche Bekanntschaften der Referendare vertieft. Diesmalig steht die Tagung unter dem Thema: Soziales Lernen, Spontaneität und Kreativität in der Schule.

Am ersten Abend, wir sind erst am Nachmittag eingetroffen, sitzen wir im Plenum zusammen und diskutieren, wie wir die Tagung gestalten wollen. Wir bilden Arbeitsgruppen, und jemand kommt mit dem Vorschlag, eine Theatergruppe zu bilden, denn man könne nicht nur über Kreativität diskutieren, sondern müsse auch die Gelegenheit haben, Kreativität zu üben. Dagmar setzt sich energisch für diesen Vorschlag ein, und ich beschließe, mich der Theatergruppe anzuschließen. Weil wir an diesem Abend aber noch nicht alle formalen Probleme gelöst haben, wird nach einer ermüdenden dreistündigen Diskussion entschieden, die Diskussion am nächsten Morgen fortzusetzen.

Den ganzen nächsten Morgen überlegen wir, wie wir das Programm durchführen wollen. Ich hasse Diskussionen, bei denen formale Bedingungen besprochen werden. Es ist mir egal, ob man Gruppen mit acht, zehn oder zwölf Teilnehmern bildet, und es interessiert mich auch nicht, ob nach jeder Gruppensitzung ein Protokoll angefertigt werden soll oder nur ein Gesamtprotokoll. Was spricht dafür, was dagegen, was dazwischen. Die Zeit wird mit unnützem Gerede gefüllt, nur weil das Plenum sich zu keiner Entscheidung durchringen kann. Draußen ist ein herrlicher Tag, die Sonne scheint, die Luft riecht nach Gras und fetter Erde, ein leichter Wind weht; man könnte sich unter einen Baum legen, die Augen schließen und mit dem Wind Zwiesprache halten. Ich bin drei Meter von dem Baum getrennt, und er ist für mich in diesem Moment unerreichbar. Ich muß mir das hohle Geschwätz in einem stickigen Raum auf einem unbequemen Stuhl anhören.

»Meiner Meinung nach müßte von jeder Arbeitssitzung der einzelnen Gruppen ein Protokoll angefertigt und an die anderen Tagungsteilnehmer verteilt werden, damit wir den Verlauf der jeweiligen Sitzungen verfolgen können und wissen, worauf die erarbeiteten Ergebnisse basieren«, gibt schon wieder so ein Klugscheißer mit wichtiger Miene von sich. Mich interessieren keine Gruppenergebnisse, und worauf sie basieren, interessiert mich schon gar nicht. Ich will ganz einfach unter dem Baum liegen. Aber das geht nicht. Wir können über Kreativität und Phantasiegestaltungsmöglichkeiten im Unterricht diskutieren, über methodische und didaktische Anwendungen, aber diesen wundervollen, sommerlichen Augustmorgen dürfen wir nicht genießen. Wir sind zum Arbeiten da, nicht zum Ausruhen.

Beim Mittagessen unterhalte ich mich mit Dagmar, und sie erzählt mir, daß sie sich mit ihren Eltern überworfen hat. Die Eltern sind Faschisten, streng, arbeitsam, intolerant und stur. Sie hätten sie nie gelobt und dauernd irgend etwas verboten. Dagmar hingegen möchte antiautoritär sein und will bei ihrem Sohn nicht die gleichen Erziehungsfehler wiederholen. Sie will dem Kind mehr Freiheiten geben, aber es macht ihr Schwierigkeiten, und nichts fürchtet sie so sehr wie den Gedanken, daß ihr Sohn eines Tages so wird wie ihr Vater.

Dann spricht sie über die Ausbildung. »Mich macht diese Lehrerausbildung noch fertig«, sagt sie. »Diese dauernden Unterrichtsvorbereitungen und die stete Angst, was verkehrt zu machen, zermürben mich.« Dagmars Einstellung zum Leben ist mir fremd, obwohl sie mir in der Schule auf Schritt und Tritt begegnet. Es kommt mir langsam so vor, als hätten die Deutschen dauernd Angst, etwas verkehrt zu machen, alles wollen sie richtig machen. Die Schüler fragen mich, wie muß ich einen Aufsatz richtig schreiben, die Lehrer fragen, wie lehre ich richtig, die Eltern fragen, wie erziehen wir richtig. Ich kenne das Problem, etwas richtig machen zu wollen, nicht. Meine Mutter sagte immer: »Mach, wie du es verstehst, mehr als einen Fehler kann man nicht machen.«

Man hat bei den Juden nicht so viel Angst, etwas falsch zu machen. Mehr als verkehrt kann es doch nicht sein, und für seine Taten ist man sowieso verantwortlich, ob man vorher gefragt hat oder nicht. Und bei den Deutschen scheint es mir, als entwickelten sie aus der Angst, einen Fehler zu machen, eine Lebensphilosophie.

Wir verbrachten an diesem herrlichen Vormittag drei Stunden damit, zu überlegen, welche Form wir dem Seminar geben wollen, um ja nichts falsch zu machen. Von allen Seiten wurde das Groß- und Kleingruppenproblem beleuchtet, damit man sich nicht vorwerfen muß, einen Gesichtspunkt außer acht gelassen zu haben. Ich fand die heutige Diskussion lächerlich, mit welchem Ernst die Gruppengröße diskutiert wurde, als ob es nichts Wichtigeres auf der Welt gäbe. Solche Entscheidungen bringe ich in Windeseile über die Bühne. Apropos Bühne. Am Nachmittag trifft sich unsere Gruppe, um mit dem Kreativitätstraining zu beginnen. Der erste kreative Schritt ist, daß wir uns in einen kleinen Arbeitsraum setzen, jeder zwei Schnellhefter mit Papier vor sich und einen Kugelschreiber in der Hand. In dem nach Wachs und Ajax stinkenden Raum erörtern wir an diesem heißen, goldenen Spätnachmittag folgende Gesichtspunkte:

1. Bedeutung der Kreativität für den Unterricht
2. Methodischer Einsatz kreativer Mittel in das Unterrichtsgeschehen

3. Praktische Ausführungen einer kreativen Übung
4. Möglichkeiten der Lernzielkontrolle beim kreativen Unterrichtsgegenstand
5. Didaktische Begründung des gewählten Themas. Zuletzt beschließen wir, uns ein Theaterstück auszudenken und es den anderen Seminarteilnehmern am Ende der Tagung vorzuspielen.

Wir schwätzen schon wieder zwei Stunden, und der Wald liegt fünf Minuten entfernt. Ich stelle die Frage, ob es denn nicht kreativer gewesen wäre, im Wald spazierenzugehen. Die anderen stimmen zu, aber wie kann man so einen Schritt vor der Seminarleitung rechtfertigen? Dagmar kommt auf eine blendende Idee. Nicht weit vom Tagungsort hat sie ein Wochenendhaus, und wir müssen dem Seminarleiter klarmachen, daß wir am nächsten Tag in dieses Haus fahren müssen, denn dort befänden sich alte Kleider, die wir unbedingt zur Steigerung unserer Kreativität brauchten. Am Abend gehen wir zu Herrn Eiselt und erklären ihm, daß wir die morgige Sitzung in das Wochenendhaus verlegen wollen. Nach einigen Wenn und Aber ist er einverstanden.

Am nächsten Morgen hat der August seine letzten sommerlichen Kräfte gesammelt. Der Tag ist brütend heiß. Glücklicherweise fahren wir acht Leute zu Dagmars Wochenendhaus, das auf einem kleinen Hügel liegt, umgeben von Wald und Feldern. Ein herrliches Plätzchen, wie geschaffen dafür, die Sonne dieses Mittwochmorgens in sich aufzusaugen, sich auf die Wiese vor dem Haus zu legen und zu dösen. Was für ein Tag und dazu noch mitten in der Woche!

»Dagmar, das war die beste Idee, die du haben konntest«, finde ich.

Jeder von uns sucht sich einen Platz, wo er mit der Natur und der Hitze im Einklang ist, und ich werde müde und will gerade einschlafen, als Dagmar auf die Idee kommt, mit dem Üben anzufangen. Sie geht ins Haus und bringt eine Kiste mit Kleidern, Mänteln, Überhängen, Gardinen und sogar einer alten Perücke heraus. Außerdem hat einer unterwegs Fingerfarben gekauft, die stellt Dagmar dazu. Sie zieht sich einen schwarzen Mantel an, dreht sich eine Gardine um den Kopf und beginnt ihr Gesicht mit der Farbe zu bemalen. Der Schweiß rinnt ihr von den Schläfen und verwischt die weiße Farbe. Auf das Weiß malt sie sich rote Bäckchen und schwarze Augenringe.

»Ich spiele eine alte Lehrerin.« Toll, in dieser brütenden Hitze eine alte Lehrerin zu spielen. Die anderen Kreativitätsmitglieder beginnen auch in den Kostümen zu wühlen, sich die Farbe ins Gesicht zu schmieren und sich in burleske Figuren zu verwandeln.

Mir ist heiß. Ich habe keine Lust, mich bei dreißig Grad Wärme mit alten Kleidern zu behängen und das Gesicht mit Schminke zuzudecken. Ich will dösen und nicht kreativ sein, ich will schlafen und nicht im Schweiße meines farbig gemalten Angesichts Theater einstudieren.

»Ich spiele jetzt nicht mit«, sage ich, »ich bin müde und mir ist heiß.«

Ich drehe mein Gesicht ein bißchen aus der Sonne, schließe die Augen und lasse mich von einer leichten Brise streicheln. Welch ein Genuß, aber ein Genuß, den Dagmar nicht ertragen kann. »Das geht nicht«, sagt sie, »wir haben gestern beschlossen, heute eine Theaterprobe zu machen, und du kannst dich nicht einfach ausschließen.«

»Wieso nicht?« frage ich, »wenn ihr Theater spielen wollt, dann könnt ihr doch spielen. Es stört mich nicht. Aber ich habe keine Lust, mich bei dreißig Grad zu verkleiden. Ich finde das anstrengend. Meinetwegen übernehme ich eine Statistenrolle oder denke mir später etwas aus. Deswegen brauche ich mich jetzt nicht mit Farbe zu bemalen und alte Klamotten umzuhängen.«

»Du machst es dir zu leicht«, antwortet Dagmar, und der Schweiß in ihrem Gesicht vermischt die weiße, schwarze und rote Farbe zu grauen Tropfen. »Du warst gestern einverstanden, daß wir heute hier rausfahren und üben.«

»Stimmt«, sage ich, »aber ich konnte nicht wissen, daß

die Sonne so brennt, daß der Platz so schön ist und ich so müde sein würde. Ich beschließe halt jetzt, nicht zu spielen. Du kannst doch spielen, wenn es dir Spaß macht, aber laß mich in Ruhe.«

»Es geht nicht um Spaß«, regt sich Dagmar auf, »wir haben beschlossen, das Theaterstück heute morgen vorzubereiten, und da kannst du nicht einfach sagen, du willst nicht. Das ist unsozial, unkollegial und unsolidarisch.«

»Dann bin ich eben unsolidarisch. Ich spiele nicht.« Und weil ich keine Lust habe, diesen Streit fortzusetzen, stehe ich auf und gehe spazieren.

In der Nähe finde ich ein kleines Wäldchen, sehe eine Lichtung und lege mich ins hohe Gras in den Schatten. Es riecht nach Erde und Natur. Ich liebe den Wald. Er ist mächtig und voller Leben. Er läßt mich meine eigene Kleinheit und auch Größe erkennen. Der Wald ist still und gleichzeitig voller Geräusche. Ich kenne keinen besseren Platz zum Denken als den Wald.

Ich liege unter einem Baum und überlege, warum mein Verhalten Dagmar so aufgeregt hat. Warum stört es sie, wenn einer sich aus der Gruppe ausschließt? Es könnte ihr doch egal sein, die Rollen sind noch nicht verteilt, die Texte noch nicht ausgedacht. Wenn sie Spaß am Spielen hat, dann soll sie doch spielen, warum will sie mich zwingen, das gleiche zu tun? Warum verträgt sie es nicht, wenn einer aus der Reihe tanzt? Warum nennt sie es unsolidarisch, wenn nicht alle das gleiche machen? Gleichmachen, Gleichmachung, Gleichschaltung geht mir durch den Kopf. Ein Volk wird gleichgeschaltet. Dagmars Eltern sind gleichgeschaltet, Dagmar ist gleichgeschaltet.

Erlaubt man einer Schülerin, ihre Hausarbeit drei Tage später abzugeben, dann muß man es gleich allen erlauben, denn sonst wäre es ungerecht. Gibt man einem Kind ein Bonbon im Kindergarten, dann muß man gleich allen eins geben oder aber keinem.

Dagmar ist eine progressive, moderne, linksangehauchte Lehrerin mit dem deutschen Gerechtigkeits- und Gleichmachereisinn. Was einem zusteht, steht allen zu, und wenn das nicht geht, dann soll keiner etwas bekommen. Die Deutschen waren lange vor Hitler gleichgeschaltet, und sie werden es noch lange bleiben, denn anders ist es ungerecht. Individualität hat etwas mit Freiheit und Gefühlen zu tun, und Gefühle sind nicht objektiv, meßbar und gerecht in der Zuteilung.

Gleichmacherei alleine ist es nicht, was Dagmar geärgert hat. Da ist noch etwas.

»Du machst es dir zu leicht.«

Ein Satz, den ich während meiner Lehrerlaufbahn Hunderte Male gehört habe. Du machst es dir zu leicht, ist ein Vorwurf, also muß man es sich schwermachen. In der Pause müssen wir in der Schule Aufsicht führen. Die aufsichtführenden Lehrer rennen im Gang hin und her, Treppe rauf, Treppe runter, und das ist völlig idiotisch, weil die jüngsten Schüler bei uns 15 Jahre alt sind und sich wie normale 15jährige Menschen benehmen. Da der Erlaß aber für alle Schulen gleich lautet, muß Pausenaufsicht geführt werden, unabhängig, ob man es mit Erstkläßlern oder Abiturienten zu tun hat.

Bei uns in der Schule ist in der Pause noch nie etwas passiert, und ich saß bei meiner Pausenaufsicht normalerweise im Lehrerzimmer und trank Kaffee. Eines Tages fiel es Herrn Leuenberger auf, und er zitierte mich in sein Zimmer. »Frau Rosenzweig, wie ich gesehen habe, führen Sie keine Pausenaufsicht, obwohl Sie dazu verpflichtet sind.«

»Ich bin der Meinung, daß die Gefahr, daß etwas passiert, so gering ist, daß ich die Verantwortung übernehmen kann, keine Aufsicht zu führen«, entgegnete ich.

»Sie machen sich das zu leicht, Frau Rosenzweig, so geht das nicht.«

Ich übernehme die Verantwortung für mein Handeln, und er akzeptiert es nicht. Ich mache es mir zu leicht, weil ich verantworten kann, Kaffee in der Pause zu trinken, statt halb erwachsenen Menschen nachzulaufen und zu sehen, ob sie sich nicht wie kleine Kinder schlagen und verletzen.

Erledigt man eine Arbeit schnell, dann hat man es sich zu leicht gemacht, putzt man nicht gründlich, hat man es sich zu leicht gemacht, liegt man an einem Sommermorgen im Gras, anstatt angestrengt Theater zu spielen, hat man es sich zu leicht gemacht, und das geht nicht. Schwermachen heißt die Devise.

Wenn ich es mir aber zu leicht gemacht habe, indem ich einen Beschluß des Vortages kurzerhand für mich abgeändert habe, heißt das doch, daß Dagmar es sich schwermacht, und das bedeutet, daß auch für sie das Theaterspielen anstrengend ist und es ihr keinen Spaß macht, in der Hitze, angetan mit einem Mantel und angepinselt mit Farbe, kreativ zu sein. Sie würde vielleicht auch lieber in der Sonne dösen, den Wolken zusehen, an einem Grashalm kauen und gemächlich einschlafen. Warum tut sie es nicht? Es war keine Aufsicht da, die sie antrieb, es war keiner anwesend, der es weitergemeldet hätte, und auf der ganzen Welt hätte es keinen Menschen gestört, wenn die acht Kreativitätsreferendare an diesem Mittwochmorgen nicht gearbeitet hätten. Aber das kann Dagmar nicht. Wenn man an einem Mittwochmorgen in der Sonne döst, ist man faul. Faulheit ist etwas Schlimmes, der deutsche Mensch muß fleißig sein, fleißig arbeiten, fleißig putzen, fleißig saufen. Fleiß wird in der Schule benotet. »Er war fleißig und hat sich Mühe gegeben«, ist ein deutsches Lob. Dösen heißt, sich keine Mühe geben, faul sein, und das hätte Dagmar mit einem schlechten Gewissen bezahlen müssen. Sie ist gar nicht fähig an einem Wochentag, an dem sie arbeiten soll, den Sommer zu genießen, es ließe ihr keine Ruhe. Ständig hat sie das Gefühl, daß man etwas von ihr erwartet, daß sie etwas leisten muß, andernfalls meldet sich das schlechte Gewissen.

Überhaupt haben die Deutschen enorme Probleme mit ihrem Gewissen. Sagt man etwas Verkehrtes, bekommt man ein schlechtes Gewissen, arbeitet man nicht genug, bekommt man ein schlechtes Gewissen, ist man unpünktlich, bekommt man ein schlechtes Gewissen, bekleckert man das Tischtuch, bekommt man ein schlechtes Gewissen. Interessant, daß ein Volk mit dauernder Neigung zu einem schlechten Gewissen ein anderes Volk gewissenlos umgebracht hat. Das schlechte Gewissen funktioniert aber anscheinend nur dann, wenn man etwas Verbotenes tut, oder nicht ausführt, was einem aufgetragen wurde.

Juden anzuzeigen war Pflicht – kein schlechtes Gewissen, in Zügen Eingepferchte abzutransportieren war vorgesehen – kein schlechtes Gewissen, Kinder massenhaft zu erschießen war gesetzlich – kein schlechtes Gewissen. Fünf Minuten zu spät zum Dienst zu kommen war gegen die Dienstauffassung – schlechtes Gewissen, den Dienst an der Rampe lasch zu versehen war gegen das Pflichtbewußtsein – schlechtes Gewissen, Gas in die Kammern zu werfen war Vorschrift – kein schlechtes Gewissen, die Mittagspause zu überziehen ist nicht erlaubt – deswegen wieder schlechtes Gewissen.

Um zu Dagmar zurückzukommen, sie kann gar nicht an einem heißen Mittwochmorgen in der Sonne liegen, ihre Erziehung wirkt. Und weil sie die Sonne nicht genießen kann, darf ich es auch nicht.

Dagmar und die Gruppe sind sauer, als ich nach zwei Stunden von meinem Spaziergang zurückkomme. Sie haben sich kreativ betätigt, sind müde und schlecht gelaunt, aber sie sind ein ganzes Stück in ihrer Entwicklung weitergekommen, und wir fahren zu unserem Tagungsort zurück.

Bei diesem Seminar gibt es auch eine Arbeitsgruppe, die sich mit sozialem Lernen beschäftigt. Die Mitglieder dieser Gruppe tragen ein Buch mit sich herum, das »Anleitung zum sozialen Lernen« heißt und in dem es um Kommunikations- und Verhaltenstraining geht.

Spätestens seit meinem Studium weiß ich, daß der Mensch unter Kommunikationsschwierigkeiten leidet, daß es verschiedene Kommunikationsmuster gibt, daß differenzierte Gesprächsstrategien zu entwickeln sind, daß die effektive Konfliktauflösung von entsprechendem Kommunikationsverhalten abhängt und daß Kommunikationsstörungen mit Hilfe verschiedener Lernmethoden- und gruppen zu beheben sind. Bis dahin habe ich nicht gewußt, daß es Menschen gibt, die nicht reden können, obwohl sie nicht stumm sind.

Ein Referendar mit dem Namen Fritz nimmt an dieser Kommunikationstrainingsgruppe teil. Fritz ist ein unauffälliger Mensch, ein wenig schüchtern, weder schön noch häßlich. Am Abend sitzen die meisten Referendare in einer kleinen Diskothek, hören Musik, manche tanzen. Mir fällt auf, daß Fritz mich unentwegt ansieht, als suche er meinen Blick, um dann entweder wegzusehen oder hilflos zu lächeln. Ich verstehe nicht, was er will. Ich habe noch nie ein Wort mit ihm gesprochen und bis dahin auch nicht das Bedürfnis verspürt, mich mit ihm zu unterhalten. Auf jeden Fall macht er mich nervös. Was will er von mir, und warum sagt er nichts? Fritz guckt nur komisch, und mir ist das irgendwie unangenehm.

Am nächsten Abend sieht er mich schon wieder dauernd an, und bevor ich ihn fragen kann, was er denn eigentlich bei mir sucht, kommt er auf mich zu und sagt: »Ich finde dich ganz lieb.«

Ich denke, er ist verrückt geworden.

»Sag mal, willst du etwas Bestimmtes?« frage ich.

»Nein«, sagt Fritz und wird rot, »ich finde nur, daß du lieb bist.«

Das Gespräch ist beendet. Komischer Kauz, denke ich, und so etwas will Lehrer werden.

Beim Frühstück hat mein Nachbar zufällig das Buch »Anleitung zum sozialen Lernen« neben sich liegen, und ich nehme das Buch und blättere ein bißchen darin herum. Und was finde ich? Auf Seite 47 wird anhand von Übungssituationen beschrieben, wie man Kommunikationsstörungen beseitigen kann. Unter Punkt drei steht: »Blickkontakt mit Studentinnen aufnehmen«, und unter Punkt vier: »Freies Reden mit Studentinnen üben.« Und jetzt verstehe ich. Fritz war gestern abend beim vierten Übungspunkt angelangt und übte sich im freien, spontanen Reden mit mir.

Mit den Kommunikationsschwierigkeiten hat es etwas auf sich bei den Deutschen. Entweder haben sie Angst, etwas Verkehrtes zu sagen, oder sie haben Hemmungen, etwas über sich zu erzählen, und wenn es über technische Abläufe nichts mehr zu reden gibt, verstummen sie. Der Gesprächsstoff ist dann ausgegangen.

Seit vier Jahren kaufe ich beim Bäcker um die Ecke Brot. Es bedient mich immer die gleiche Verkäuferin. Das Gespräch spielt sich so ab:

Verkäuferin: »Sie wünschen bitte?«

Ich: »Ein Pfund Brot.«

Verkäuferin: »Misch- oder Roggenbrot?«

Ich: »Mischbrot bitte.«

Seit vier Jahren fragt sie mich das gleiche, und ich antworte das gleiche.

Verkäuferin: »Hier ist Ihr Brot. Darf es sonst noch etwas sein?«

Ich: »Nein danke!«, bezahle das Brot und verlasse den Laden.

Manchmal, wenn ich sehr gut gelaunt bin, sage ich:

»Heute ist es aber kalt draußen.«

»Ja«, antwortet sie, »es wird Herbst.«

In den Ferien fuhr ich nach Israel. Ich ging in einen kleinen Laden, um für das Frühstück einzukaufen, und stand in einem Geschäft, in dem es vom Schnürsenkel bis zum Hering alles gab. Ein Mann Mitte Fünfzig schaute mich fragend an. Ich holte meinen Zettel hervor, auf dem ich mir die hebräischen Worte in lateinischer Schrift aufgeschrieben hatte.

»Bewakascha Lechem«, sagte ich.

»Sie können ruhig deutsch sprechen«, antwortete der Mann.

»Ja, gut.« Es ist mir doch ein wenig leichter in deutsch als in hebräisch einzukaufen.

»Geben Sie mir bitte ein Pfund Brot.«

Er holte das Brot vom Regal herunter und fragte: »Woher kommen Sie?«

»Aus Frankfurt. Und dann noch bitte ein halbes Pfund Butter.«

»Sind Sie Touristin?«

»Ja.« Ich wundere mich, wo der Mann diese Kommunikationsstrategie gelernt hat. Es entwickelte sich ein richtiges Gespräch.

»In Frankfurt bin ich auch einmal gewesen, aber die Stadt gefällt mir nicht. Hier ist die Butter.«

»Drei Eier bitte.«

»Heute habe ich wunderbare Eier hier, ganz frisch. Haben Sie Verwandte in Israel?«

»Ja, eine Schwester.«

»Und verheiratet sind Sie auch? Hier, drei Eier.«

Jetzt wurde das Gespräch intimer.

»Ja, warum fragen Sie?«

»Ich habe einen Neffen, der sucht eine Frau. Er ist schon dreißig, und langsam wird es Zeit, daß er heiratet. Wollen Sie noch etwas haben?«

»Ein Glas Marmelade.«

Er suchte die Marmelade und fragte: »Und was machen Sie in Frankfurt?«

Bevor ich den Laden verließ, wußte er, als was ich arbeite, wieviel ich verdiene, warum ich in Deutschland lebe, was die Kinder machen, wie es meinen Eltern geht, wie die näheren Familienverhältnisse aussehen. Und ich wußte, daß er schon über dreißig Jahre in Israel lebte, zwei erwachsene Töchter hatte, seine Frau zur Zeit krank war, aber der Arzt meinte, es sei nichts Schlimmes.

Er hieß Isaak Davidovitsch und wünschte mir angenehme Ferien in Israel.

»Auf Wiedersehen, Herr Davidovitsch.«

»Auf Wiedersehen, Frau Rosenzweig.«

Ich kann mich rühmen, zum Abbau der demokratischen Rechte in der Bundesrepublik beigetragen zu haben, und das kann schließlich nicht jeder von sich sagen. Eines Tages sehe ich ein Plakat, auf dem steht:

Bekanntmachung

Betrifft: Radikalenerlaß

Die Bevölkerung wird noch einmal darauf hingewiesen, daß die ehemalige Mitgliedschaft in NSDAP, SA, SD, SS und im NS-Rechtswahrerbund einer Beschäftigung im öffentlichen Dienst nicht entgegensteht.

Der Landesbeauftragte für das Gesinnungswesen

Das Plakat ist von einem bekannten Künstler entworfen worden, und ein junger Mann auf dem Flohmarkt verkauft diese Poster. Ich kaufe zwei Stück, hänge eines in mein Zimmer und das andere in unser Lehrerzimmer. Ich finde, es belebt das Lehrerzimmer, die Wände sind ohnehin kahl, und Kunst ist schließlich Kunst.

Zwei Tage später stelle ich fest, daß mein Plakat nicht mehr an der Wand hängt.

»Na ja«, denke ich, »es wird wohl jemand heruntergenommen und Leuenberger gegeben haben. Vielleicht hat er es sogar selbst abgenommen.« Ich gehe in sein Büro und sage: »Vor zwei Tagen habe ich ein Plakat, das mein persönliches Eigentum ist, im Lehrerzimmer aufgehängt, und jetzt ist es weg. Hat es vielleicht jemand bei Ihnen abgegeben?«

»Ich habe kein Plakat«, antwortet er und lächelt. Natürlich weiß er, wo das Plakat ist.

»Das finde ich toll«, erwidere ich. »Seit wann klaut man im Lehrerzimmer Plakate?«

»War das Plakat mit Ihrem Namen gekennzeichnet?« fragt er.

»Nein.«

»Dann sind Sie selber schuld, wenn es weg ist«, klärt er mich auf.

»So einfach ist das nicht«, entgegne ich, »stellen Sie sich vor, jemand läßt ein Buch im Lehrerzimmer liegen, ein anderer stellt fest, daß kein Name drin steht und nimmt es mit.«

Ich gehe zurück ins Lehrerzimmer und schreibe an die

Tafel: »Ich bitte um die Rückgabe meines Plakats, da ich mich ansonsten zu weiteren Schritten gezwungen sehe.«

Drei Tage später kommt Frau Weinelt, die Personalrätin, zu mir und erklärt, einige Lehrer unseres Kollegiums hätten das Plakat gesehen und sich dermaßen darüber aufgeregt, daß sie es in ihrer Wut von der Wand gerissen und weggeworfen hätten.

»Leider ist das Plakat nicht mehr da, aber ich soll mich im Namen der betreffenden Lehrer bei Ihnen entschuldigen.«

Du liebe Zeit, denke ich, da regen sich Lehrer so sehr über ein Plakat auf – das muß sie ja schwer getroffen haben. Und wenn sie es getroffen hat, dann werden sie einen Grund haben.

Vielleicht waren sie selber in einer dieser Vereinigungen, und heute sind sie die Säulen der Demokratie. Und mit einer Entschuldigung wollen sie alles vom Tisch fegen. Nein. Wer sich heute über dieses Plakat aufregt, hat gestern meine Familie angezeigt. Ich will, daß man herausfindet, wer heute wieder Plakate von den Wänden reißt.

»Ich nehme keine Entschuldigung an. Ich möchte, daß Herr Leuenberger die Sache weiter verfolgt.«

Ich gehe wieder zu Herrn Leuenberger, erzähle ihm alles, er ärgert sich, daß ich keine Ruhe gebe und sagt: »Sie müssen mir alles schriftlich mitteilen.«

Gut. Meinetwegen schriftlich. Er antwortet mir schriftlich, daß er keine Veranlassung sehe, in dieser Angelegenheit tätig zu werden. Der ganze Vorfall spielt sich Ende September, Anfang Oktober 1976 ab.

Die Sache mit dem Plakat geht mir nicht aus dem Kopf, aber ich stehe kurz vor meinem zweiten Staatsexamen, bin mit Prüfungsvorbereitungen überlastet und habe weder Zeit noch Muße, dem Plakat nachzugehen.

Nach meiner Prüfung nehme ich die Plakat-Sache wieder in Angriff. Ich denke nicht daran, mich mit einem Wisch von Leuenberger abspeisen zu lassen. Deutsche Gründlichkeit habe ich inzwischen auch gelernt, und ich schreibe einen Brief an den Regierungspräsidenten. Erstens beschwere ich mich, daß man mein Eigentum zerstört hat und keiner dem nachgehen will. 32 Jahre vorher hat man meine Tante für ein kleineres Vergehen totgeschlagen, das schreibe ich nicht in den Brief, aber ich schreibe wörtlich:

»Es müßten seitens des Dienstherrn disziplinarische Maßnahmen eingeleitet werden, damit sich ähnliches undemokratisches Verhalten, das mich stark an den Geist der Bücherverbrennungsaktionen im Nationalsozialismus erinnert, nicht wiederholt.

Es darf nicht der Vorwurf im Raum stehenbleiben, an einer bundesdeutschen Schule können Lehrer folgenlos Plakate, deren Inhalte ihnen nicht zusagen, von den Wänden reißen und vernichten.«

Dieser Brief geht am 8. Januar 1977 an den Regierungspräsidenten.

Es geschieht erst einmal nichts. Im April bekomme ich einen Brief, in dem mir der Regierungspräsident mitteilt, daß ein Plakat im Format von 60x80 cm mit Reißbrettstiften an einer Wand des Lehrerzimmers in Höhe von etwa 2,50 m befestigt worden war. Interessant, wie er die genauen Messungen vorgenommen hat. Er schreibt weiter, daß das Aufhängen solcher Plakate nur mit der Zustimmung des Schulleiters erfolgen könne. Bis dahin dachte ich, das Lehrerzimmer sei das Zimmer der Lehrer, aber anscheinend ist es das Zimmer des Direktors. Und dann schreibt er noch, daß der Direktor sich nicht veranlaßt gesehen habe, die Angelegenheit näher zu untersuchen. Das weiß ich bereits, Leuenberger hat es mir sogar schriftlich gegeben.

Mein Vorwurf hat den Regierungspräsidenten nicht interessiert, er hat überhaupt keinen interessiert, und ich kann weiterhin behaupten: »...an einer bundesdeutschen Schule können Lehrer folgenlos Plakate, deren Inhalte ihnen nicht zusagen, von den Wänden reißen und vernichten.« Aber ich nehme an, daß diese Lehrer auf dem Boden des Grundgesetzes stehen und jederzeit aktiv die freiheitlich demokratische Grundordnung verteidigen werden.

Die Angelegenheit scheint doch ein wenig interessant gewesen zu sein. In einem Erlaß vom 25. Januar 1977, zwei Wochen, nachdem ich meinen Brief an den Regierungspräsidenten geschrieben habe, wird folgendes verordnet:

»Aushänge in der Schule, die nur zugelassen werden dürfen, wenn sie mit dem Bildungsauftrag der Schule und den Grundsätzen der parteipolitischen und weltanschaulichen Neutralität vereinbar sind, bedürfen stets eines Sichtvermerks des Schulleiters; Aushänge ohne einen Sichtvermerk sind unverzüglich durch den Schulleiter oder einen Beauftragten zu entfernen.«

Erlaß Nr. IV B-819/300-78-

Ich bin das, was man einen Prüfungstyp nennt. Eigentlich weiß ich nicht genau, was ein Prüfungstyp ist, aber die meisten Menschen, die bei Prüfungen durchfallen, sagen von sich, sie seien keine Prüfungstypen. Ich also bin ein richtiger Prüfungstyp. Bei einer Prüfung werden mir während des Redens Zusammenhänge klar, brillante Formulierungen entschlüpfen mir, und in Sekundenschnelle erweitert sich mein Wissensschatz. Das Wichtigste bei einer Prüfung ist, daß man überzeugend redet, und das beste ist, wenn man dem Prüfer eine Frage stellen kann, bei der er sein eigenes Wissen los wird. Man kann sich dann als Prüfling darauf beschränken zu nicken und »genauso sehe ich das auch« zu sagen. Der Prüfer dankt in der Regel mit einer guten Note.

Nur bei zwei Prüfungen hatte ich während meines prüfungsreichen Lebens Schwierigkeiten. Die eine war eine Kochprüfung, die andere die Führerscheinprüfung.

In der Frauenfachschule lernten wir kochen und am Ende des Jahres wurde eine Prüfung abgehalten. Jede Schülerin mußte einen Zettel ziehen, auf dem ihre Kochaufgabe stand. Dann bereiteten wir die Gerichte zu und servierten sie dem Lehrerkollegium. Die Lehrer beurteilten anschließend unsere Kochkunst.

Bei dieser besagten Prüfung zog ich einen Zettel, auf dem »Blumenkohlsuppe« stand.

Was für ein Glück, daß ich keine Königsberger Klopse machen mußte. Meine Mutter war eine gute Köchin und noch besser konnte sie sich dessen rühmen. Sie war davon überzeugt, daß kein Mensch auf der ganzen Welt so ausgezeichnet kochen könne wie sie, ihre Nudelsuppe, die ich jeden zweiten Tag vorgesetzt bekam, sei unübertrefflich, ganz zu schweigen von dem gefillten Fisch. Als ich einmal daheim Königsberger Klopse zubereitet hatte, mit viel Semmeln und Kapern, wie wir das in der Schule gelernt hatten, kostete sie das Fleisch und sagte: »So einen Tinnef lernt ihr kochen? Das kann man doch nicht in den Mund nehmen.« Das war meine erste und letzte Kochvorstellung zu Hause.

Also Blumenkohlsuppe. Ich putzte meinen Blumenkohl, legte ihn in siedendes Wasser und kochte ihn so lange, bis er gar war. Dann mußte man den Blumenkohl herausnehmen und das Blumenkohlwasser auskühlen. Die Hauptsache war jetzt das Blumenkohlwasser, denn die Vitamine und der Geschmack lagen nun in dieser Brühe. Aus dem Blumenkohlwasser stellte man die Suppe her. Wie man das Wasser schneller abkühlt, hatten wir auch gelernt. Man muß den Topf mit dem heißen Blumenkohlwasser in ein Wasserbad stellen. Ich nahm den Topf, stellte ihn in das Waschbecken und ließ kaltes Wasser in das Becken laufen. So weit hatte ich noch alles richtig gemacht. In diesem Moment hatte ich vergessen, wieviel Mehl man für die Suppe braucht. Ich ging schnell zu einer Schulkameradin, die auch Blumenkohlsuppe gezogen hatte, und fragte leise: »Wieviel Mehl nimmst du für die Mehlschwitze?«

»Zwei Eßlöffel.«

»Danke. Und wie weit bist du mit deiner Suppe?«

»Mein Blumenkohl kocht noch«, sagte sie.

»Ach prima, da bin ich ja früh dran, mein Wasser kühlt schon aus.« Und weil ich so früh dran war, schaute ich noch zu Ute, die einen Kuchen rührte, und fragte: »Wie klappt es mit deinem Kuchen?«

»Gut«, flüsterte sie, »und mit deiner Suppe?«

»Prima«, antwortete ich, »mein Wasser muß bald kalt sein.«

Ich ging zurück zu meinem Topf und sah die Bescherung. Unglücklicherweise hatte ich vergessen, den Wasserhahn abzudrehen, und das Wasser war über den Topfrand gestiegen, hatte sich mit dem kostbaren Blumenkohlwasser vermischt, erreichte schon den Beckenrand und war dabei überzulaufen. Mein schmackhaftes, vitaminreiches Blumenkohlwasser schwamm im Waschbecken, unauffangbar. Das köstliche Naß hatte sich mit dem kalten Wasser verbunden und jeden Eigengeschmack verloren.

Wie sollte ich Blumenkohlsuppe ohne Blumenkohlwasser machen? Es blieb mir nichts anderes übrig, ich mußte die Blumenkohlsuppe aus purem Wasser herstellen, und die begutachtende Lehrerin meinte: »Irgend etwas fehlt der Suppe. Sie ist im Geschmack zu fad.« Alle theoretischen Prüfungen hingegen bestand ich ohne Schwierigkeiten. Und nun stehe ich wieder vor einer Prüfung. Ich muß mein zweites Staatsexamen ablegen. Diese Prüfung unterscheidet sich von den vorhergehenden. Erstens kenne ich genau die Prüfungskommission, und zweitens weiß ich, daß mir unser Direktor Leuenberger und der Schulrat Ochs eins auswischen wollen. Für Leuenberger bin ich inzwischen ein rotes Tuch. Die Zurechtweisung hat er noch nicht vergessen, mein Unterrichtsstil gefällt ihm nicht, ich widerspreche ihm bei jeder Gelegenheit, und er hat dauernd etwas an mir auszusetzen.

Schulrat Ochs kennt mich auch, seit ich mit ihm eine kleine Auseinandersetzung hatte. Ochs ist untersetzt, vierschrötig, wie ein Bulle auf zwei Beinen, er hat einen Stiernacken und eine rötliche Hautfarbe. Wenn er sich aufregt, wird sein Kopf knallrot und er fängt an zu brüllen. Einmal brüllte er bei einer Prüfung Therese an, ihre Prüfungsmethode hatte ihm nicht gefallen. Und wie immer traute sich keiner, der schimpfenden Autorität, dem brüllenden Ochsen, Paroli zu bieten. Aber nachdem wir uns ein wenig gefangen hatten, gingen Hans und ich zum Schulrat Ochs und machten ihn höflich darauf aufmerksam, daß man auf diese Art und Weise nicht mit einer Lehrkraft sprechen könne. Man könne über alles diskutieren, aber nicht in diesem Ton.

»Den Ton bestimme ich«, antwortete uns Schulrat Ochs, »wenn Ihnen mein Ton nicht gefällt, dann können Sie sich ja beschweren.«

»Ein äußerst demokratisches Verhalten legen Sie an den Tag«, bemerkte ich. Es war nur ein kleiner Zwischenfall, aber Schulräte vergessen so etwas nicht.

Meine Position werden in der Prüfungskommission Hans, Therese und Herr Eiselt verteidigen. Hans ist mein Mentor, Therese ist die von mir gewählte, unabhängige Lehrervertreterin in der Kommission. Wir drei sind, seit wir an der Berta-von-Suttner-Schule lehren, unzertrennlich. Wir gehen zusammen Mittagessen, schimpfen über die anderen Lehrer und besonders über die Direktoren, machen Pläne für Konferenzen, besprechen unsere privaten und beruflichen Sorgen und diskutieren auch meine Prüfung. Die fünfte Person in der Prüfungskommission ist Herr Eiselt, der Seminarleiter.

Herr Eiselt ist ein kluger und weitblickender Mann. Er ist der erste Deutsche der älteren Generation, mit dem ich über den Krieg und seine Erfahrungen spreche. Er erklärt mir, wie begeistert, wie verblendet sie damals waren und wie enttäuscht und entsetzt nach dem Krieg. Er hatte sich geschworen, nie mehr einen Erlaß oder eine Verordnung zu befolgen, die er nicht richtig findet, aber er ist seinem Schwur untreu geworden. Jede Anweisung befolgt er, obwohl er die Folgen voraussieht und gegen diese Folgen ist. Er prophezeite die unselige Entwicklung im Anschluß an den Radikalenerlaß, als noch niemand daran dachte, daß der Radikalenerlaß das demokratische Klima erschüttern würde. Er bejammert die laufende Verschlechterung der Lehrerausbildung, ohne daß er Konsequenzen zieht. Er ist unfähig, persönlich Widerstand zu leisten, aber er unterstützt die aufsässigen und politisch argumentierenden Referendare. Vielleicht, weil er selber gerne aufsässig wäre, vielleicht, weil ihm klar ist, daß Speichellecker und Angsthasen keine Demokratie in die Schulen tragen können.

Die Rechnung, die ich mir vor der Prüfung aufmache, ist

einfach. Fachlich bin ich für Leuenberger und Ochs unangreifbar, sie werden mir nichts über Erziehungswissenschaften erzählen können, weil sie von der Theorie keine Ahnung haben. An meinen Lehrproben werden sie genug auszusetzen haben; daß ihnen mein Unterrichtsstil nicht gefällt, weiß ich im voraus. Und mit dem Schulrecht werden sie versuchen, mich zu schlagen. Die Kenntnis des Schulrechts ist Teil der theoretischen Prüfung, und auf diesem Gebiet sind sie ausgezeichnet, besonders Ochs kennt sich genau aus. Das Handwerkszeug des Schulrats ist eben das Schulrecht. Er kennt alle Erlasse und Verordnungen und wird versuchen, mir meine Unfähigkeit nachzuweisen. Deswegen gibt es nur eins für mich, Schulrecht lernen. Ich muß ihm mit Daten und Fakten kommen und nicht mit Theorien. Dieses Gebiet muß ich beherrschen und ihm gegenüber unschlagbar sein. Und ich lerne Schulrecht, als wolle ich selber Schulrat werden, mir ist, als verwandle ich mich in einen Paragraphen. Meine weitere Zukunft hängt von Gesetzen, Verordnungen und Erlassen ab.

Es kommt so, wie ich es mir ausgerechnet habe. Die Lehrproben werden von Leuenberger und Ochs schlecht, von Herrn Eiselt, Hans und Therese gut beurteilt. Lehrproben kann man beurteilen, wie man will, was der eine gut findet, kann der andere schlecht finden, und jeder kann seinen Standpunkt wissenschaftlich untermauern. Es gibt keinen objektiven Maßstab. Aber Schulrecht ist meßbar, und am Schulrecht beginnt mich Schulrat Ochs zu messen. »Erzählen Sie mir etwas über die Lehrerkonferenz«, fordert er mich auf.

»Im Paragraphen 46 des Schulverwaltungsgesetzes wird folgendes ausgesagt: Die Lehrerkonferenz berät und beschließt als Gesamtkonferenz oder als Teilkonferenz die erforderlichen Maßnahmen für die Unterrichts- und Erziehungsarbeit, soweit nicht die Zuständigkeit des Schulleiters gegeben ist.«

»Was sind die Aufgaben des Schulleiters?«

»Der Schulleiter leitet im Rahmen der Gesetze nach den

Anweisungen der Schulaufsichtsbehörde und den Beschlüssen der Gesamtkonferenz die Schule...«

»Welche genauen Aufgaben hat er«, unterbricht mich Schulrat Ochs.

»Aufnahme und Entlassung der Schüler, Sorge für die Erfüllung der Schulpflicht, Aufstellung von Stunden- und Aufsichtsplänen...« und so weiter.

Es ist ein Frage- und Antwort-Spiel, und ich genieße die Prüfung trotz meiner Aufregung. Ich fange die Bälle auf und werfe sie zurück. Es bleibt Schulrat Ochs und Direktor Leuenberger nichts anderes übrig – sie müssen mir bescheinigen, daß ich meine Prüfung gut bestanden habe.

Diese Schlacht ist gewonnen.

Ich habe mein zweites Staatsexamen bestanden und bin nun Studienrätin. Studienrätin Lea Rosenzweig, deren Eltern keinen deutschen Satz fehlerfrei sprechen können, wird in Zukunft als vollwertige Beamtin ihren Dienst versehen und künftige Generationen erziehen. Ein neues Mitglied des deutschen Beamtenstaates, mit Treuepflicht und Diensteid, zum Wohl des deutschen Volkes. Großmutter, hörst du? Ich schwöre, dem deutschen Volk zu dienen, mich dafür einzusetzen, so wahr mir Gott helfe. Wegen zweieinhalbtausend Mark im Monat und Pensionsberechtigung. Ich verkaufe meine Seele, aber eines glaube mir, Großmutter, ich wußte immer noch nicht genau, was mich erwartet. Ich dachte damals noch, man könnte dieses Volk ändern, man könnte wie ein Mensch unter Menschen arbeiten und nicht wie eine Maschine unter gut funktionierenden Maschinen. Ich habe damals noch geglaubt, die junge Generation sei ganz anders als ihre Väter, die dich, Großmutter, erschossen haben, als sie dabei waren, die Welt judenfrei zu machen.

Kurz nachdem ich das Examen bestanden habe, bekomme ich einen Brief vom Regierungspräsidenten, in dem er mir seine Absicht kundtut, mich der Geschwister-Scholl-Schule zuzuweisen. Falls ich mit meiner Verwendung einverstanden sei, solle ich ihm das mitteilen.

Großmutter, stell dir vor, man fragt mich, ob ich mit meiner Verwendung einverstanden bin. Hat der SS-Mann dich damals auch gefragt, ob du mit deiner Verwendung einverstanden bist? Deine Haare hat man zur Isoliermattenherstellung verwendet, dein Fett zu der von Seife. Im Amtsdeutsch des Jahres 1976 fragt man deine Enkelin, ob sie mit ihrer Verwendung einverstanden ist. Immerhin, man fragt, aber verwendet wird nach wie vor. Der Mensch ist kein Mensch. Der Mensch ist eine Sache mit einer Funktion. Heute habe ich die Funktion des Lehrers, und deswegen verwendet man mich als Lehrerin, gestern hattest du die Funktion des Opfers, und deswegen wurdest du für Seife verwendet.

Das Wort Verwendung ist noch ein harmloses Wort in der deutschen Sprache. Eine Schülerin erzählt mir, sie habe eine höllische Freude empfunden, als sich eine Lehrerin, die sie nicht leiden kann, vor der Klasse blamierte. Welch interessantes Wort: Höllenfreude. Was ist denn die Freude an der Hölle, was gibt es sich da zu freuen? Freut man sich, weil der andere Qualen erleidet, weil er in kochenden Kesseln sitzt und von teuflischen Zangen gezwickt wird? Wenn das eine Freude ist, dann verstehe ich, warum es Menschen gab, die sich inmitten von Leichenbergen mit lachendem Gesicht zur ewigen Erinnerung fotografieren ließen. Sie müssen dabei eine höllische Freude empfunden haben.

Sie haben aber noch etwas anderes empfunden. Bilder vermitteln verschiedene Eindrücke. Das wird mir erst klar, als ich gemeinsam mit Dagmar eine Illustrierte anschaue. In der Zeitschrift sind verschiedene deutsche Landschaften und ihre Bewohner abgelichtet. Auf einem Bild sieht man eine dicke kegelspielende Frau in einem Dirndlkleid. Sie hat große Brüste, feste Arme und lacht übers ganze Gesicht, ein Gesicht, das von der Anstrengung des Kegelns gerötet ist und von Schweiß glänzt. Hinter ihr sitzt ein dicker, älterer Mann, ohne Jackett, mit Hosenträgern, und trinkt eine Maß Bier. Die Kneipe, in der sie sich befinden, ist im bayerischen Stil eingerichtet, Hirschgeweihe an den Wänden, daneben gerahmte Sprüche: »Hopfen und Malz, Gott erhalt's.« Dieses Bild ruft in mir Unbehagen hervor. Ich passe nicht in solche Kneipen, ich habe meinen Vater nie Bier trinken sehen, meine Mutter kegelt nie und hat auch nicht solch starke Arme und glänzende Backen.

Die Gesichter machen auf mich einen dümmlichen Eindruck, der Biertrinker sieht aus, als sei in seinem Kopf nur Bier, und die kegelnde Frau vermittelt mir das Gefühl, als hinge ihr Lebensglück von einem gelungenen Wurf ab.

»Ist das nicht ein gemütliches Bild«, fragt Dagmar, »ist es nicht schön?«

Da fällt mir auf, daß zwei Menschen das gleiche Bild betrachten können und etwas völlig Verschiedenes sehen. Sie sieht Gemütlichkeit und empfindet eine heimatliche Stimmung, mich stößt das Bild ab, weil ich besoffene Deutsche nicht leiden kann und Hopfen- und Malz-Sprüche blöd finde.

Zurück zu dem Bild mit den Leichen und dem fröhlichen SS-Mann dazwischen. Ich habe mich stets mit den am Boden liegenden Opfern identifiziert. Ich finde diese Bilder grauenhaft, denn ich sehe mich in Gedanken, ausgezehrt und erschossen, in der Masse der Unglücklichen liegen und kann nicht verstehen, daß ein Mensch solch ein Bild als Souvenir aufbewahrt. Nach dem Gespräch mit Dagmar frage ich mich, was empfindet derjenige, der sich nicht mit den Opfern, sondern mit dem lachenden SS-Mann identifiziert? Was empfand eigentlich dieser junge, gutaussehende Mann auf dem Bild, außer höllischer Freude? Er fühlte sich als Herrenmensch. Als Herr über all diese Leichen, als König, göttlich. Er mußte nur auf den Revolver drücken, und ein Mensch, der eine Sekunde zuvor aufrecht stand, lag am Boden, und ihm, dem deutschen, starken Herrenmenschen, konnte man nichts anhaben. Die Theorie war Wirklichkeit geworden. Die Untermenschen lagen unten am Boden, und der Herrenmensch stand darüber. Das muß man auf einem Bildchen festhalten, da kann man der Verlobten zeigen, was für ein Kerl man ist. Stark, unerbittlich, wahrhaft herrisch germanisch.

Es gibt noch genügend Deutsche, auch viele junge Deutsche, die sich beim Anblick solcher Bilder mit dem aufrechten, sympathisch aussehenden, lachenden SS-Mann identifizieren. Und wenn die Halbwüchsigen sich auf dem Flohmarkt kleine Naziabzeichen und Hitlerbildchen kaufen, dann sind sie böse auf ihre Eltern, weil die Alten den Krieg verloren haben und ihre Sprößlinge nicht in den Genuß kommen konnten, deutsche Herrenmenschen zu sein. Man hätte vielleicht auch eine Fotografie, lachend, gesund und munter neben einem Galgen, an dem ein bärtiger Jude mit herausgestreckter Zunge hängt, in seiner Brusttasche verwahrt. Das wäre echter Galgenhumor.

Ich hätte mir auch so gerne ein bißchen Galgenhumor gewünscht. Warum haben die Polen, als sie den Kommandanten des Lagers Auschwitz im Angesicht des Konzentrationslagers hängten, keinen Film gedreht? Ich hätte einen solchen Galgenhumor empfunden zu sehen, wie der pflichtbewußte, diensteifrige, kruppstahlharte, lederzähe SS-Mann die Treppchen zum Galgen hinaufgeführt wird, seinen Kopf in die Schlinge legt, wie ihm der Schweiß ausbricht, der Urin die Hosen hinunterläuft, die Zunge aus dem Maul hängt und er wie ein Waschlappen im Wind von Auschwitz baumelt. Ich hätte mir das in Zeitlupe angesehen, um den Genuß voll auskosten zu können. Aber stattdessen muß ich mir ansehen, wie in diesem Land mit Massenmördern verfahren wird. Wie freundlich und zuvorkommend sie von den Richtern behandelt und wie verständnisvoll und milde sie abgeurteilt werden. Nun ja, wer kann sie besser verstehen als die Richter, die ja selber Beamte sind, selbst Befehlsempfänger, und für Befehlsempfänger größtes Verständnis aufbringen können. Ich muß erleben, wie vollgefressen und gesund die Henker von damals sind und wie unschuldig. Unschuldige Opfer des Dritten Reiches mit ein wenig höllischer Freude und Galgenhumor.

Der wandernde, umherirrende Jude, der nicht zur Ruhe kommt, das bin ich. Immer auf der Suche, ohne zu wissen, was ich suche und was ich finden will. Ich kann das Gefühl:

Jetzt habe ich es geschafft, nicht auskosten, und der Gedanke: Jetzt habe ich meinen Platz gefunden, ist mir fremd. Der erste Gedanke nach meinem zweiten Staatsexamen ist: Und jetzt, was wird jetzt? Werde ich jetzt 35 Jahre lang Lehrerin sein, jeden Morgen um acht Uhr zur Schule, jeden Sommer sechs Wochen Ferien, Jahr um Jahr Noten verteilen, Konferenzen abhalten, Prüfungen begutachten? Statt eines Gefühls der Freude überkommt mich nach meinem Examen ein Gefühl der Leere.

Ich unterhalte mich mit Ulrich. Er ist auch Lehrer und genauso alt wie ich. Ulrich erzählt mir, daß er sich ein Grundstück in Limburg, in der Nähe seiner Schule, gekauft hat. Er ist verheiratet, hat zwei Kinder und baut nun sein Häuschen.

»Du bist doch erst dreißig Jahre alt und legst dich schon für den Rest deines Lebens fest«, sage ich zu ihm.

»Weißt du«, antwortet er, »ich komme aus der Gegend da, ich bin dort groß geworden, und dort gehöre ich hin.«

Sein Leben wird sich zwischen Schule und Häuschen abspielen, vielleicht wird er kommunalpolitisch tätig werden und einmal in der Woche mit seinen Freunden am Stammtisch sitzen. Er ist ein Teil von irgend etwas. Studienrat, Oberstudienrat, Studiendirektor, Oberstudiendirektor – festgelegt, frei von jeder Suche und jedem Zweifel. Und ich? Die ewige Unruhe und das ständige Mißtrauen nagen an mir. Wird mein rastloser Geist in einem Haus Ruhe finden? Und was für ein Haus müßte das sein? Ein steinernes Haus wird mich erdrücken, und das geistige Haus ist zerstört. Die Tradition, die Religion, das geistige Judentum, ist ein Trümmerhaufen. Meine Großmutter bewohnte noch dieses Haus. Ihr Zuhause waren Gott und die Tradition. Sie zweifelte und suchte nicht, ihr Lebensweg war festgelegt vom Tag der Geburt bis zu ihrem bitteren Ende. Sogar am Ende, als sie ihren Geist in der Gaskammer aufgab, tat sie es im Einklang mit Gott. Oder? Zürnte sie ihm? Ist ihr Zorn in mir wiedergeboren? Zweifelte ihre Seele, und ist dieser Zweifel in mir neu entstanden?

Meine Mutter erlebte den Bruch, und alles in ihr ist zerbrochen. Ihr Weg schien festgelegt, verwurzelt im Judentum. Als sie zwanzig Jahre alt war, gerade verlobt, bereit zu heiraten, Kinder zu gebären und sie auf althergebrachte Weise zu erziehen, brach diese Welt zusammen. Wie ein Erdbeben verschüttete und verlöschte der Krieg alles. Fünf Jahre Konzentrationslager, fünf Jahre Häftlingsleben, ohne Tradition, ohne Religion, ohne Freude. Fünf Jahre Angst, fünf Jahre Entmenschlichung. Und nach diesen fünf Jahren war alles gestorben. Es gab keine Vergangenheit mehr.

Die Stunde Null hatte geschlagen. Das Leben begann am 8. Mai 1945. An nichts, was davor lag, wollte man sich erinnern, vom Vergangenen wollte man nichts mehr wissen. Aus.

Das osteuropäische Judentum existiert nicht, das westeuropäische Judentum existiert nicht. Es existieren nur noch lebendige Leichen, die sich mit Leben anfüllen und nur noch genießen wollen. Leben heißt nun konsumieren. Immer etwas Neues. Sobald etwas alt ist, weg damit. Erinnerungen sind nutzlos, sie beschweren nur. Kaufen, kaufen, schöne Kleider kaufen, anziehen, weg damit; Möbel kaufen, vorzeigen, weg damit; Schmuck kaufen, tragen, weg damit; Neues kaufen, Neues haben. Altes ist schlecht, keine Vergangenheit, wir leben heute, gestern war der Tod, vielleicht ist morgen auch der Tod. Hoch lebe unsere neue jüdische Konsumkultur, das Erbe der Väter ist bei den Leichenbergen geblieben.

Aus meiner Kindheit besitze ich zwei Gegenstände, ein altes Salzfaß und ein Gebetbuch meines Vaters.

»Kannst du dir nicht ein neues Salzfaß kaufen?« fragte meine Mutter, als ich wieder einmal umzog. »Was schleppst du dieses Salzfaß von Wohnung zu Wohnung?«

Das Salzfäßchen besaß sie, als ich geboren wurde, und für mich ist es ein wertvolles Stück Kindheit, für sie darf es nicht wertvoll sein. Alter Krempel, weg damit. Ihre Eltern sind weg, ihre Geschwister sind weg, da hat alter Krempel, an dem Erinnerungen hängen, nichts zu suchen. Neues, wir brauchen Neues.

Von der jahrtausendealten bewährten Religion und Tradition blieben für meine Generation nur ein paar Scherben übrig, die sich nicht zusammensetzen ließen. Es gibt keine Tradition ohne Menschen. Zur Tradition gehören die Großeltern, die Lehrer, die Bücher, der Geschmack des Bewährten. Zur Tradition gehört, daß das Kind die gleichen Lieder wie die Eltern singt, daß es die gleiche Sprache spricht, daß sich zwischen Eltern und Kindern nicht Gräben auftun, über die es keine Brücken gibt. Als ich in den Kindergarten ging, sang ich »Dornröschen war ein schönes Kind«. Meine Mutter wußte überhaupt nicht, wer Dornröschen war, sie hat nicht gesungen. Nach dem KZ gab es keine Lieder, Lieder sind Vergangenheit. Lieder sind Erinnerungen, die man nicht mehr haben will.

Und so ist mir von der Vergangenheit fast nichts geblieben. Ich halte kein jüdisches Speisegesetz ein und heilige keinen Schabbat, kenne keine Bräuche und bin nicht keusch und zurückhaltend, wie es eine jüdische Frau zu sein hat. Ist an mir nichts Jüdisches? Doch, die Suche. Meine Vorfahren suchten auch einen Platz, wo sie wohnen und bleiben konnten, aber ihre geistige Heimat war intakt. Sie hatten Halt und Vertrauen in Gott und seine Herrlichkeit. Für mich blieb kein Vertrauen übrig. Wo war er, der mächtige, starke, unerbittliche Gott, als man sein Volk umbrachte? Warum rührten ihn die Tränen der Kinder nicht? Warum mußten die Frömmsten und Gerechtesten sterben? Mit Gott und der Religion konnte meine Generation nicht viel anfangen.

Es ist wieder der 8. Mai. Dreißig Jahre nach der deutschen Kapitulation. Ich sitze in einer Klasse von 18jährigen Schülern, und wir sprechen über den Krieg und die Folgen. Politik ist kein anregendes Fach, und das Thema Krieg, Kapitulation, Drittes Reich erweckt Abneigung.

»Immer das gleiche.«

»Wir haben das ja schon oft genug gehört, man könnte endlich aufhören, von den bösen Deutschen zu sprechen.«

»Was haben wir damit zu tun, wir sind doch ganz anders, und es hängt uns inzwischen zum Hals heraus.«

Die Schüler wollen über das Thema nicht sprechen, sie sehen keine Verbindung zwischen dem Dritten Reich und ihrem Leben. Und ich verstehe sie. Auch sie haben ein Loch in ihrer Tradition, einen Bruch in ihrer Geschichte. Und ist ihr Bruch nicht noch größer als der meine? Meine Eltern erzählten nichts über den Krieg und über die Vorkriegszeit, aber wenn ich in der Vergangenheit wühle, finde ich nichts, dessen ich mich schämen muß. Meine Eltern schwiegen nicht aus Scham, sondern aus Schmerz. Aber wenn meine Schüler anfangen, in ihrer Geschichte zu wühlen, was werden sie finden? Sie werden entdecken, daß alle Worte der Tugend und Moral, daß alle hohen und ethischen Ansprüche der deutschen Dichter und Philosophen an Auschwitz zerschellen. Schillers »Drei Worte nenn ich inhaltsschwer« lernten Deutsche generationenlang. Freiheit, Tugend und Gott, und sie glaubten daran. Und meine Schüler würden auch gerne daran glauben, aber sie wissen, daß ihre Väter die gleichen Gedichte gesprochen haben und trotzdem zu der unmenschlichsten Bestialität fähig waren. Hand in Hand, ein ganzes Volk. Man kann sich nicht im Deutschunterricht an hohen moralischen Werten ergötzen und im Geschichtsunterricht brennende Synagogen ansehen. Sie wissen, daß ihre Väter jede Wahrheit zur Lüge gestempelt, jede Moral in den Dreck gezogen haben.

Und darum schlug auch für die Deutschen am 8. Mai 1945 die Stunde Null. Sie schwiegen aus Scham und glaubten, durch das Schweigen würden ihre Taten in Vergessenheit geraten. Sie versteckten die Schulbücher, die sie im Dritten Reich druckten und die bezeugen, welcher Dummheit sie gehuldigt haben. Aber es nützt nichts. Geschichte kann man weder verschweigen noch verstecken. Und die künftigen deutschen Generationen werden an der Geschichte noch schwerer tragen, wenn sie – übersättigt vom Konsum – nach Werten suchen, an die sie glauben wollen, und wenn ihnen gleichzeitig das Ausmaß des Verbrechens immer deutlicher und klarer vor Augen stehen wird. Kein deutscher Dichter kann noch das Wort Ehre aussprechen, ohne vor Scham rot zu werden, Tugend sagen, ohne die Augen niederzuschlagen, Menschlichkeit, ohne daß ihm das Wort im Halse steckenbleibt. Und immer wieder werden die anderen in der deutschen Geschichtswunde rühren, und diese Wunde wird wuchern und sich nicht schließen. Die Juden werden ihren Trümmerhaufen aufbauen und langsam zum Erbe ihrer Väter zurückfinden, denn dieses Erbe ist frei von Schande. Aber wie man als Deutscher über Auschwitz hinwegkommen kann, weiß ich nicht.

Im politischen Unterricht bespreche ich mit den Schülern das Grundgesetz der Bundesrepublik Deutschland.

Artikel 1: »Die Würde des Menschen ist unantastbar.« »Die Würde des Menschen ist unantastbar«, schreibt ein Volk in sein Grundgesetz, nachdem es die Würde millionenfach angetastet hat. Es ist Kristallnacht. Der 9. November 1938. Die Synagogen gehen in Flammen auf, die Thorarollen brennen, Heiliges wird zu Asche. Kristallnacht. Was für ein schönes Wort. Das Kind, das dieses Wort hört, stellt sich funkelndes Kristall, Lüster, feine Damen und Gesang vor. Gesungen wird in dieser Nacht das Horst-Wessel-Lied. Es wird zerstört und gebrannt, und die deutschen Herzen hüpfen vor Freude, daß es den Juden endlich an den Kragen geht. Nicht alle, versteht sich.

»Eigentlich ist es nicht richtig, aber ich habe damit nichts zu tun.« Auch das ist deutsches Wesen, und die wenigen, die ihre Stimme erhoben hätten, sitzen bereits in Dachau.

Und die Juden? Sie zittern vor Angst. Sie sehen ihre Kinder an und glauben es nicht. Das kann doch nicht wahr sein. Die Deutschen haben Kultur. Das sind keine Menschenfresser, keine Barbaren. Sie haben Goethe und Schiller, Bach und Beethoven hervorgebracht. Sie sind gebildet, freundlich und immer höflich. Haben wir Juden nicht alles für Deutschland getan? Patriotisch haben wir im Ersten Weltkrieg für Deutschland gekämpft. Hindenburg selbst hat eine Widmung in das Buch der jüdischen Gefallenen geschrieben. Das Buch steht im Bücherschrank, das Eiserne Kreuz liegt daneben.

Es klopft. Sie holen uns ab. Sie siedeln uns aus. Sie siedeln uns von der Erde aus. Kalt, brutal, gewissenhaft, ordentlich.

In der Nähe meiner Wohnung stand damals eine Synagoge. Eine große, prachtvolle Synagoge, an die heute nur ein Gedenkstein erinnert, er liegt auf einer kleinen Rasenfläche, um ihn herum sind einige Büsche gepflanzt, ein Fremder bemerkt den Stein gar nicht. Dieser Rasen ist ein Bruch mitten in der Häuserreihe, aber er fällt nicht weiter auf. Warum sollte nicht zwischen Häusern auch einmal ein Fleckchen Grün sein? Die Häuser rechts und links der Rasenfläche sind um die Jahrhundertwende erbaut worden. Sie standen dabei, als die Synagoge abbrannte. Sie wurden von der hiesigen Feuerwehr geschützt, so daß die Flammen nicht auf sie übergriffen. Eventuelle Ruß- oder Wasserflecken sind längst übertüncht worden.

Einmal im Jahr versammeln sich an diesem Stein Menschen. Es sind nicht viele, vielleicht achtzig oder hundert Juden gedenken der Kristallnacht. Jeder von ihnen war ein Opfer. Ihr alten Häuser, erkennt ihr die Gesichter wieder? Die gleichen Gesichter, die an dieser Stelle mit Schrecken ihre abgebrannte Synagoge gesehen haben, den rauchenden Trümmerhaufen, der ihnen ihren Weg ankündigte. Die Juden stehen da und erinnern sich und sprechen Totengebete. Eine alte Frau schaut aus dem Haus und denkt: »Daß die noch mal wiedergekommen sind?«

Ein Abgeordneter der Stadt spricht. Jedes Jahr spricht ein Vertreter der Stadt. Diese Gedenkreden sind ihm unangenehm. Eine Rede für die lieben jüdischen Mitbürger. Damals war er ein zwölfjähriger Junge und freute sich, daß er die Schaufenster der jüdischen Geschäfte einschlagen konnte, ohne bestraft zu werden, und heute hält er Gedenkreden.

»Niemals dürfen wir vergessen, was geschehen ist«, sagt er und denkt im gleichen Augenblick, langsam wird es Zeit, daß wir mit diesen Gedenkreden aufhören, schließlich sind vierzig Jahre vergangen. Deutschland ist demokratisch, und hier wird immer noch so ein alter Zopf geflochten.

»Die Nazis haben Furchtbares angerichtet«, fährt er fort und gleichzeitig geht ihm durch den Kopf, mein Vater war auch in der Partei und ich in der Hitlerjugend, so furchtbar fanden wir damals die Kristallnacht nicht. Das war vielleicht eine Gaudi. Peter und ich haben um die Wette Scheiben eingeschmissen. »Wenn wir auch nicht vergessen dürfen, so wollen wir uns die Hände zum Verzeihen reichen.« Endlich, die Rede ist beendet. Er ist erleichtert.

Was sagen die Juden? Wir wissen, daß er lügt, wir fühlen die Lüge in seinen Worten, wir wissen, daß er als offizieller Vertreter seine Rolle spielen muß, und wir spielen dieses würdelose Spiel mit. Der Vorsitzende der jüdischen Gemeinde bedankt sich für die freundlichen Worte, seine Kinder können sich nicht bedanken, sie liegen in einem namenlosen Aschengrab. Er spricht von der demokratischen deutschen Jugend, ohne diese Jugend zu kennen, er reicht die Hand zur Versöhnung.

Aber in dieser Hand ist keine Würde, zu diesem Körper gehört kein Rückgrat, das haben sie ihm im Konzentrationslager gebrochen.

»Die Würde des Menschen«, lesen meine Schüler, »ist unantastbar.«

Ich bin jetzt Studienrätin mit Lehrbefähigung für das berufliche Schulwesen und bin an die Geschwister-Scholl-Schule versetzt worden.

»Wir sind eine Schule mit einem differenzierten Berufsschulsystem«, klärt mich mein neuer Direktor, Herr Rohne, auf, »wir bieten eine vielfältige Berufsschulausbildung an und dementsprechend kompliziert ist unser Schulwesen.«

Dieser Direktor ist schon ganz anders als Leuenberger. Er ist nebenberuflich Politiker, sitzt im Gemeinderat einer Kleinstadt und kann die unwichtigsten Dinge mit dem nötigen Ernst erläutern.

»An unserer Schule werden die ernährungswissenschaftlichen Berufe« – das sind Metzger und Bäcker –, »die körperpflegerischen Berufe« – das sind Friseure – »und die textilverarbeitenden Berufe« – das sind Schneiderinnen – »ausgebildet. Des weiteren werden die Jungarbeiterinnen von uns schulisch betreut.«

Jetzt bin ich Lehrerin im komplizierten beruflichen Schulwesen. Ich bekomme eine Klasse von Bäckereiverkäuferinnen. Drei Jahre lernen die Mädchen, machen danach eine Gesellenprüfung und sind dann diplomierte Bäckereiverkäuferinnen. Und langsam begreife ich, was an der Ausbildung so kompliziert ist. Es ist kompliziert zu verstehen, wozu ein Mensch drei Jahre lang lernen muß, ein paar Brötchen und ein Stück Kuchen zu verkaufen.

Ich unterhalte mich mit den Mädchen über ihre Ausbildung. »In der Hauptsache muß man putzen. Das Schaufenster putzen, die Theke putzen, die Regale putzen.«

Sauberkeit über alles. Eigentlich werden sie zu Bäckereiputzerinnen ausgebildet, verkaufen können sie schon nach einer Woche, die langsamen nach zwei. Das merken sie selbst natürlich auch, und deswegen muß ich ihnen die Kompliziertheit der Ausbildung beibringen. »Heute lernen wir die diversen Verkaufsmöglichkeiten kennen. Folgende Verkaufsarten gibt es (sie schreiben natürlich alles schön in ihr Heft, damit man auch sieht, daß sie in der Schule tatsächlich etwas gelernt haben):

1. Der Planeinkauf
   Das Charakteristische des Planeinkaufs ist, wenn der Kunde das einkauft, was er vorher geplant hat.
2. Der Zusatzeinkauf
   Ein Zusatzverkauf kommt zustande, wenn man zu der Torte eine entsprechende Menge Sahne verkauft.
3. Der Anschlußverkauf.«
   (Den Unterschied zum Zusatzverkauf habe ich bis heute nicht herausgefunden, aber das darf man den Schülern nicht sagen.)
4. »Der Automatenverkauf
   Automatenverkauf nennt man die Einkäufe am Automaten.

5. Der Impulskauf
   Ein Impulskauf kommt zustande, wenn ein Kunde momentan entscheidet, daß er ein Käsebrot essen will, obwohl er das vorher nicht eingeplant hatte.
6. Der Empfehlungskauf
   Vom Empfehlungskauf sprechen wir, wenn der Verkäufer einen Artikel empfiehlt und damit ein Bedürfnis befriedigt, das vorher nicht da war.«

Im Betrieb putzen und arbeiten sie schwer, und in der Schule nehmen sie Stoff durch, den sie nicht brauchen, weil er entweder so simpel ist, daß man sich anstrengen muß, die Schwierigkeit zu erkennen, oder so wenig mit ihrem Leben zu tun hat, daß er sie nicht interessiert. Das Ganze nennt sich Berufsausbildung. Die Auszubildenden bekommen kein Gehalt, sondern eine Ausbildungszulage. Jede Putzfrau würde mehr kosten als so ein Bäckereiverkäuferlehrling. Und nach drei Jahren macht der Lehrling eine Gesellenprüfung und hat das Gefühl, daß alles so kompliziert und undurchschaubar ist, daß er sich nicht zutraut, in einer anderen Branche zu verkaufen. Bei uns an der Schule werden auch Metzgereiverkäuferinnen ausgebildet, da spielt sich das gleiche ab.

Ich will nichts dagegen sagen, daß die Betriebe sich billige Putzkräfte halten. Wir leben in einer freien Marktwirtschaft, und wenn das Angebot groß ist, ist der Lohn klein, Aber ich ärgere mich, wenn man einem Menschen einredet, er müsse noch dankbar sein, daß man ihn ausnutzt. Die Bäckereiverkäuferinnen sind dankbar, daß sie eine Lehrstelle haben und eine Berufsausbildung erhalten. Und wie soll so ein dankbarer Mensch, der die Kompliziertheit seiner Ausbildung nicht richtig begreift, weil es ihm nicht einleuchtet, wozu er zum Beispiel all die Verkaufsarten lernen muß, wie soll dieser Mensch politische Zusammenhänge durchschauen? Er lernt politische Zusammenhänge auswendig, nichts weiter.

»Was ist der Bundestag?«

»Der Bundestag ist die gewählte Volksvertretung«, lernen sie für eine Klassenarbeit, und die meisten haben schon Schwierigkeiten, sich das zu merken.

»Was ist die Aufgabe des Bundestages?«

»Der Bundestag verabschiedet die Gesetze«, hingeschrieben und vergessen. Was haben sie denn mit der Verabschiedung von Gesetzen zu tun, wo dürfen sie denn etwas bestimmen? Das einzige, was sie dürfen, ist gehorchen. Dem Lehrer gehorchen, dem Meister gehorchen, den Eltern gehorchen. Sie sind Untertanen mit einer Untertanenhaltung.

»Die da oben werden schon wissen, wozu das gut ist«, ist ihre Einstellung zum Leben. Auch wenn sie nicht recht begreifen, wozu sie so viel unsinnigen Lernstoff lernen, den sie niemals anwenden können, werden sie nicht am Lehrer zweifeln.

»Der Lehrer wird schon wissen, wozu ich das lernen muß.«

Auf die Idee, daß der Lehrer das auch nicht weiß, kommt niemand. Darum widersprechen sie nicht, fragen nicht, sondern wollen nur wissen, wie man etwas richtig macht. Der gesamte Unterricht in der Berufsschule ist darauf aufgebaut zu lernen, wie man etwas richtig ausführt.

»Heute üben wir, wie man einen Geschäftsbrief richtig schreibt. Ein Geschäftsbrief hat folgenden Aufbau: Briefkopf, Ort und Datum, Anschrift, Betreff, Anrede, Text, Gruß, Unterschrift.«

Das ist klar und eindeutig.

»Zuerst müssen wir den Briefkopf durchnehmen. Der Briefkopf enthält Angaben über Absender, Firmenname, Straße, Hausnummer, Wohnort, Telefonnummer und muß in folgender Weise aufgebaut werden: Links oben Name oder Firmenbezeichnung, rechts oben Wohnort mit Datum, darunter Straße, Hausnummer, Telefonnummer.«

Wehe, wenn eine Bäckereiverkäuferin links die Adresse und rechts den Namen schreibt. Dann hat sie einen entscheidenden Fehler gemacht, rot anstreichen, sie hat nicht aufgepaßt, schlechte Note. Geschäftsbriefe müssen richtig geschrieben werden, das haben wir ausführlich geübt.

»Der Vermerk Betreff ist eine kurze Inhaltsangabe des Briefes und dient der Lenkung des Schreibens an die richtige

Stelle einer Firma. Zur besseren Übersicht wird Betreff unterstrichen.«

Das kann man üben, das kann man lernen, da kann der Lehrer zeigen, wie man es richtig macht. So muß es sein und nicht anders. Keine Rechtschreibfehler, das macht einen schlechten Eindruck, und immer darauf achten, daß das Erscheinungsbild des Briefes ordentlich aussieht.

Vor mir liegt ein Muster eines Geschäftsbriefes.

Links oben: Kommandantur Konzentrationslager Auschwitz,

rechts oben: Auschwitz, den 15 August 1942.

Betreff:

Erschießungen von Häftlingen auf der Flucht.

Betreff ist unterstrichen, wie gelernt.

Häftling Nr. 1410,	Trettner, Sara	geb. 8. 1. 13
Häftling Nr. 13070,	Steulemann, Chaja	geb. 29. 8. 09
Häftling Nr. 49436,	Safrya, Sewerin	geb. 18. 11. 03
Häftling Nr. 49652,	Schaffel, Hersz	geb. 12. 8. 10

und so weiter, und so weiter.

Zwanzigmal steht Nummer unter Nummer, Komma unter Komma, Name unter Name, nicht vertippen bitte, Geburtsdatum unter Geburtsdatum, darauf achten, daß der Rand gleichmäßig abschließt. Ein Geschäftsbrief darf keine Fehler enthalten, sonst macht er einen schlechten Eindruck. Korrekt und sauber muß er aussehen. Die Liste der Erschossenen: So hat man gleich einen Überblick über die Nummern, man kann sie im entsprechenden Häftlingsbuch sofort finden und ausstreichen. Der Vorgesetzte sieht, daß man saubere Arbeit geleistet hat. So macht man es richtig. Schließlich haben wir gelernt, wie Geschäftsbriefe geschrieben werden müssen.

Sara Trettner, am 15. August 1942 haben sie dich erschossen. Häftling Nr. 1410. Ich widme dir ein paar Zeilen und verwandle dich zurück in einen Menschen.

Du bist schön. Deine Haare sind kraus und ungebändigt.

Deine Augen sind schwarz und dein Mund voll und weich. Und wenn du lachst, Sara, sieht man die Grübchen in deinen Wangen. Dein Körper ist fest, deine Taille schlank, und deine Brüste sind groß. In dir brennt ein Feuer, das nur er löschen kann. Er ist ein Lernender, sein Geist ist gefangen in den Tiefen der Heiligen Schrift. Er ist groß, mit schmalen Händen, die dich festhalten und zart sind in ihrer Berührung. Du bist seine Frau und preist dich glücklich, wenn er am Freitagabend, beim Schein der Schabbatkerzen, im Hohenlied Salomons lernt:

»Siehe, meine Freundin, du bist schön, siehe, schön bist du. Deine Augen sind wie Taubenaugen zwischen deinen Zöpfen. Dein Haar ist wie die Ziegenherden, die beschoren sind auf dem Berge Gilead. Deine Zähne sind wie die Herde Schafe mit beschnittener Wolle, die aus der Schwemme kommen. Dein Hals ist wie der Turm Davids mit Brustwehr gebaut, daran tausend Schilde hangen. Deine zwei Brüste sind wie zwei junge Rehzwillinge, die unter den Rosen weiden. Du bist schön, meine Freundin, und kein Makel ist an dir.«

Obwohl du weißt, daß das Lied ein Gleichnis der Liebe des Volkes Israel zu seinem Gott ist, fühlst du, daß er dich meint, dich, Sara, und in Gedanken sprichst du mit ihm:

»Mein Freund ist auserkoren unter vielen Tausenden. Sein Haupt ist das feinste Gold. Seine Locken sind kraus, schwarz wie ein Rabe. Seine Augen sind wie Taubenaugen an den Wasserbächen, mit Milch gewaschen und stehen in der Fülle. Seine Lippen sind wie Rosen, seine Hände wie goldene Ringe, sein Leib wie reines Elfenbein, mit Saphiren geschmückt. Seine Beine sind wie Marmorsäulen, gegründet auf goldenen Füßen. Seine Gestalt ist wie der Libanon, auserwählt wie Zedern. Seine Kehle ist süß und lieblich. Ein solcher ist mein Freund. Mein Freund ist ein solcher, ihr Töchter Jerusalems.«

Dein kleiner Sohn sitzt auf deinem Schoß und hat sein Köpfchen an deine Brust gelegt. Er ist eingeschlafen, du streichelst ihn und berauschst dich am Lied aller Lieder und am Gesang deines Mannes:

»Wie schön ist dein Gang in den Schuhen, du Fürstentochter. Deine Lenden stehen gleich aneinander, wie zwei Spangen, die des Meisters Hand gemacht. Dein Nabel ist wie ein runder Becher, dem nimmer Getränk mangelt. Wie schön und lieblich bist du. Deine Länge gleicht einem Palmbaum und deine Brüste den Weintrauben. Ich muß auf den Palmbaum steigen und seine Zweige ergreifen. Laß deine Brüste sein wie Trauben am Weinstock und deiner Nase Geruch wie Äpfel.«

Die Kerzen verlöschen, und der Raum ist erfüllt vom Hohenlied. Du weißt, Sara, heute nacht wird er zu dir kommen und seinen Geist in deine Seele vertiefen, sein Körper wird zu dem deinen werden und seine Kraft auf dich übergehen, wie es im Hohenlied steht.

»Liebe ist stark wie der Tod. Ihre Glut ist feurig und eine Flamme des Herrn.«

Deinen Mann haben sie schon erschossen und dein Kind verbrannt. Was ist dein Leben noch wert, Sara? Es treibt dich der Haß, es verbrennt dich der Zorn. Du willst fliehen und Rache nehmen. Eine einzige Zeile ist von dir geblieben:

Häftlingsnummer 1410, Trettner, Sara, geb. 8. 1. 13, erschossen auf der Flucht, am 15. August 1942.

Aber deinen Geist kann man nicht erschießen. Dein Geist entsteht neu, deine Seele dürstet nach Rache. Diese Seele wandert zwischen Himmel und Erde, sie sucht, kocht und schäumt, windet sich, wächst und explodiert. Sie trifft auf hundert neue Seelen und zündet sie mit dem Feuer an. Die hundert Seelen kochen, schäumen, wachsen und explodieren und setzen hundert mal hundert neue Seelen in Brand. Und die brennenden Seelen werden Rache nehmen. Feuer wird dein Unglück tilgen. Sara, nicht zufällig trägst du den Namen unserer Urmutter. Eine Sara kann man nicht umbringen.

Bedrucktes Papier übt auf mich eine anziehende Wirkung aus. Die Bilder beginnen, sich zu bewegen, und die Worte werden lebendig. Ganz einfach ist es, wenn man sich Werbetexte ansieht, einfach ist es auch noch bei einem Roman, schwieriger wird es bei Gesetzestexten. Und doch ist es gerade der trockene, sachliche Text, der mich reizt. Ich erwecke das tote Wort zum Leben, ich gebe dem Paragraphen Gefühle, den sauber gegliederten Abschnitten eine menschliche Gestalt.

Vor mir liegt der Erlaß vom 29. März 1972, Allgemeine Schulordnung: Ordnungsmittel und Ordnungsmaßnahmen.

Es geht um Ordnung oder wie ich bewirke, daß Schüler sich der Ordnung fügen.

In der Einleitung zu diesem Erlaß steht:

»Die Schule als Einrichtung unserer Gesellschaft hat die Aufgabe, den Schülern Wissen zu vermitteln, die Entwicklung ihrer Fähigkeiten und Fertigkeiten zu fördern und sie zu mündigen Menschen heranzubilden, die mit Sachverstand kritisch zu denken und verantwortlich zu handeln im Stande sind.«

Das klingt sehr gut, aber wozu braucht man, um diese Aufgabe zu erfüllen, Ordnungsmittel und Ordnungsmaßnahmen? Das Schulrecht gibt sogleich die Antwort:

»Um diese Ziele zu erreichen, müssen Lehrer, Schüler und Erziehungsberechtigte zusammenwirken. Hierbei ergeben sich immer wieder Konflikte.«

Der Konflikt ist gegeben, wenn der Schüler nicht so will, wie der Lehrer es verlangt. Der Lehrer muß Wissen vermitteln, der Schüler muß lernen, was der Lehrer vermittelt. Nun gab und gibt es Schüler, die nicht lernen wollen, die störrisch sind, die Dummheiten machen, anstatt dem Unterricht zu folgen.

In einer Klasse von Friseuren sind zwei männliche Lehrlinge. Einer davon ist Hubert. Hubert und Friseur, das paßt zusammen wie Hering und Schokolade. Hubert ist groß, dick, mit groben Händen und einem plumpen Körper. Wenn ich mir Huberts Hände ansehe, denke ich, daß diese Hände zupacken können, zusammendrücken, auseinanderbrechen, aber doch nicht sanft den Kopf massieren, Haare aufwickeln, leichthändig eine Frisur in Form bringen.

»Warum lernst du Friseur, Hubert?« will ich wissen.

»Weil ich keine andere Lehrstelle gefunden habe.«

»Was wolltest du lernen?« frage ich.

»Kraftfahrzeugschlosser oder Metzger.«

Friseur, das ist für Hubert weibisch, weich, doof, das ist kein Beruf für ihn. Er ist 17 Jahre alt und muß seine Männlichkeit unter Beweis stellen, und wie macht man das in einer Mädchenklasse? Man stört den Unterricht mit witzigen Bemerkungen, damit die Mädchen lachen, anstatt aufzupassen; man rangelt mit der Banknachbarin, statt ruhig zuzuhören; man verläßt die Klasse gelegentlich, auch wenn der Lehrer sagt: »Bleib sitzen!« Und hier haben wir so einen Konflikt, denn im Erlaß steht:

»Der Ablauf des Erziehungs- und Lernprozesses muß gesichert sein, das ist der Fall, wenn der Lehrer seinen Unterrichts- und Erziehungsauftrag ohne Beeinträchtigung erfüllen kann.«

Hubert beeinträchtigt ohne Zweifel den Lernprozeß. Und nun kommen wir zum Kernpunkt unseres Erlasses, nämlich zu den Ordnungsmitteln und Ordnungsmaßnahmen. Es wird aufgezählt, was der Lehrer machen kann, ganz genau, angefangen von einer Eintragung ins Klassenbuch bis zum Ausschluß von allen hessischen Schulen. Wer nicht gehorchen will, muß fühlen, wer sich nicht fügen will, hat in unserem Bildungssystem nichts zu suchen. Da wollen wir mal sehen, wer stärker ist. Du oder wir. Das wäre ja noch schöner, wenn die Schüler machen könnten, was sie wollen. Ordnung muß sein, deswegen haben wir Ordnungsmittel und Ordnungsmaßnahmen. Hubert wurde von unserer Schule verwiesen. Der Störfaktor muß beseitigt werden.

Vor mir liegt noch so ein schönes Beispiel für einen trokkenen Text. Es ist die Disziplinar- und Strafordnung für ein Gefangenenlager. Ist ja klar. Auch ein Gefangenenlager braucht eine Ordnung. Alles muß seine Ordnung haben, wo kämen wir hin, wenn gerade bei Gefangenen keine Ordnung herrschen würde. Diese Disziplinar- und Strafordnung wurde für das Konzentrationslager Dachau ausgearbeitet.

Da ging es nicht drunter und drüber, wie einige uns das

weismachen wollen, da herrschte Ordnung und Verstöße wurden nach einer genauen Strafordnung geahndet. Schon in der Schule haben wir gelernt, wie wichtig die Ordnung in einer Klasse ist; um wieviel wichtiger ist sie dann in einem Strafgefangenenlager.

Damit auch jeder weiß, wie er bestrafen muß, ist alles genau in der Disziplinarordnung festgelegt. Wenn selbst Lehrer nicht wissen, wie sie bestrafen müssen und ihnen genau gesagt werden muß, welche Ordnungsmittel wann anzuwenden sind, und Lehrer sind immerhin Studierte, wie soll dann so ein kleiner Wachmann oder SS-Mann gewußt haben, wie er bestrafen muß? Damit er das genau weiß, mußte er die Disziplinar- und Strafordnung gründlich pauken, damit ihm keine Fehler unterliefen.

Unter § 6 heißt es:

»Mit vierzehn Tagen strengem Arrest wird bestraft, wer eigenmächtig ohne Befehl des Kompanieführers die für ihn bestimmte Unterkunft mit einer anderen vertauscht.«

»Kann ich heute Nacht im Block nebenan schlafen?«

»Nein.«

»Dort schläft mein Bruder, ich will in seiner Nähe sein.«

»Das geht nicht.«

»Warum nicht, nur diese eine Nacht.«

»Das darf nur der Kompanieführer bestimmen.«

»Aber mein Bruder wird heute nacht sterben, er liegt im Delirium.«

»Das geht nicht, ich kann dazu keine Erlaubnis geben. Ich bin nur ein einfacher Wachmann. Laut der Disziplinar- und Strafordnung ist es verboten.«

»Bitte, er stirbt. Nur diese eine Nacht.«

»Nein, das ist ein Verstoß gegen die Lagerordnung.«

Gegen eine Ordnung darf man nicht verstoßen. Auf gar keinen Fall. Wo kämen wir hin, wenn jeder machte, was er will.

Ich bin nicht im Konzentrationslager, ich sitze nur in der Straßenbahn. Was hat denn eine Straßenbahn mit Ordnung zu tun? Es ist kalt, bitter kalt. Innerhalb weniger Stunden ist die Temperatur von 10 Grad über auf 10 Grad unter dem Gefrierpunkt gefallen.

Es ist Abend, und ich fahre mit der Straßenbahn nach Hause. Mitten auf der Strecke bleibt die Bahn stecken. Vor uns stehen noch andere Straßenbahnen. Es geht nicht weiter. Schneeverwehungen. Man hört das Heulen des Windes, und ich sehe die Schneeflocken im Sturm tanzen. In der Bahn ist es warm, die Heizung arbeitet, das elektrische Licht brennt.

Plötzlich klopft jemand ans Fenster der Straßenbahn, dort, wo der Fahrer sitzt. Ein junger Mann, ein Halbwüchsiger, ohne Mütze, ohne Handschuhe, nur mit einer dünnen Windjacke bekleidet. Der Fahrer schüttelt den Kopf.

»Warum öffnen Sie nicht?« frage ich ihn.

»Ich darf die Tür nicht aufmachen«, sagt der Straßenbahnführer, »das ist gegen die Dienstvorschrift. Zwischen zwei Haltestellen darf die Tür nicht geöffnet werden.«

»Bitte«, sage ich, »bitte öffnen Sie nur für einen Augenblick, damit er hereinkommen kann, er ist ja krebsrot vor Kälte.«

»Das geht nicht, das ist gegen die Dienstordnung.«

»Machen Sie auf«, rege ich mich auf, »machen Sie auf, seien Sie kein Unmensch!«

Er schaut mich an. In dem Straßenbahnfahrer kämpft die Dienstordnung gegen den Menschen, die Disziplin gegen 10 Grad Kälte, die Vorschrift gegen ein rotgefrorenes Gesicht. Und die Ordnung siegt. »Nein«, sagt er, »es ist gegen die Vorschrift, auf freier Strecke den Wagen zu öffnen.«

An einem Silvesterabend hat in der Linie 14, um 21 Uhr, zwischen der Haltestelle Dom und Dominikanerplatz, die Ordnung wieder über die Menschlichkeit gesiegt.

In den Sommerferien fahre ich nach Bayern. Ich will nach 20 Jahren das Lager Föhrenwald aufsuchen. Auf dem Weg dorthin komme ich an Dachau vorbei und beschließe, mir das Konzentrationslager anzusehen.

Es ist ein regnerischer Sommertag, kühl, und ich fröstle. Um das Konzentrationslager ist ein Zaun gespannt. Irgendwoher kenne ich diesen Zaun, Betonpfähle, dem Lager zugeneigt und mit Stacheldraht bespannt. Über dem Eingangstor steht: »Arbeit macht frei.« Wovon hat die Arbeit hier frei gemacht? Vom Denken, vom Fühlen, vom Mitleid?

Heute schluckt das Tor Hunderte von Touristen, gestern waren es Tausende und Abertausende Häftlinge. Eigentlich sieht das Lager nicht furchterregend aus. Ein großer Platz, der Appellplatz, dahinter deuten Kiesbeete die ehemaligen Baracken an. Eine Baracke wurde originalgetreu aufgebaut. Eine Schulklasse läuft durch die Baracke. »In diesem Block wohnten die Priester«, erklärt die Lehrerin. »Wenn sie nach der schweren Arbeit zurückkamen, hatten die SS-Leute ihre Betten durcheinandergeworfen, alles in dem Zimmer verstreut, und sie mußten in kürzester Zeit die Baracke wieder in Ordnung bringen, aber so, daß kein Stäubchen und kein Papierfetzen mehr zu sehen war.«

Priester, geht es mir durch den Kopf, Priester haben Widerstand geleistet. Gottes Gebot stand für sie über den menschlichen Verordnungen. Aber warum waren es denn nur so wenige? Steht nicht für jeden Pfarrer oder Priester Gottes Gebot höher als die menschlichen Gesetze?

Hinter dem großen Lager befindet sich ein kleineres, abgetrenntes Areal. Die Mordfabrik mit Gaskammern, Krematorium, Blutgraben und Galgen. Alles, was zur schnellen, reibungslosen Beseitigung eines Menschen nötig ist. Die Mordfabrik hat ein grünes Kleid angezogen. Dort, wo der Galgen stand, wächst heute eine Trauerweide, wo das Blut floß, sind Stiefmütterchen gepflanzt, wo Rauch Tag und Nacht die Luft verpestete, verströmen Blumen und Bäume ihren Duft, wo Todesschreie gellten, zwitschern jetzt Vögel. Die Todesmaschinerie wurde in einen Lustgarten umgewandelt. Das ist der angenehmste Teil des Lagers. Die Sonne hat den Regen verdrängt, die Blumen entfalten leuchtende Farben, übersät von Regentropfen, die im Licht glitzern. Das Todeslager in prachtvoller Schönheit. Warum haben die

Deutschen die Mordfabrik nicht so gelassen, wie sie war? Warum haben sie aus dem Blut Pflanzen gezogen, in die Asche Bäume gesetzt, die Krematorien mit gepflegten Rasen umgeben? Wollten sie ihre Schande bedecken und die Scham bekleiden? Ist der Todesschrei inmitten von Vogelgesang nicht mehr hörbar, das baumelnde Elend an der Trauerweide nicht mehr sichtbar?

Sichtbar wird alles in einem Film, den die Amerikaner bei der Befreiung des Lagers gedreht haben. Lebendige und Tote wurden befreit – Knochengerüste. Die Lebenden haben die Köpfe nach vorne gebeugt, bei den Toten fallen sie zur Seite. Leichenberge, die nicht rechtzeitig verbrannt wurden, stumme Zeugen, festgehalten auf Zelluloid. Mir ist kalt. Ich ertrage das Lager nicht, ich will es nicht mehr sehen und verlasse das Museum der Hölle.

Dachau liegt in einer Landschaft, die mein Herz höher schlagen läßt. Der Geruch ist mir aus Kindertagen bekannt, die Bäume erinnern mich an Vergangenes, und ich fahre weiter, zu dem Ort meiner Kindheit, nach Föhrenwald.

Föhrenwald heißt heute nicht mehr Föhrenwald, und das Lager gibt es auch nicht mehr. Von der Umgebung meiner Kindheit ist nichts geblieben. Der Ort ist heute ein kleines Industriegebiet, bevölkert mit Aussiedlern. Aus der ostjüdischen Enklave ist eine ostdeutsche geworden, die auch nicht in die Landschaft paßt.

Neue Häuser, neue Straßen, neue Menschen. Wie ein verlorenes Schaf irre ich durch die Gassen, auf der Suche nach Kindheitserinnerungen. Gibt es noch ein Haus, einen Baum, ein kleines Zeichen, daß ich dort gelebt habe, daß noch nicht alles zum Traum geworden ist? Und ich finde das Zeichen. Der Zaun. In der Nähe des Zaunes ist ein Sägewerk errichtet worden, und weil der alte Zaun noch gut erhalten war, ließ man einen Teil davon als Geländeumzäunung stehen. Betonpfähle, oben zur Fabrik hin geneigt, mit Maschendraht im unteren und Resten von Stacheldraht im oberen Teil.

Am Nachmittag wandere ich zum nächsten Dorf. In meiner Kindheit erschien es mir so entfernt, unheimlich weit entfernt. Dieses Dorf hat sich in den letzten zwanzig Jahren nicht verändert. Die Kirche ist noch dieselbe Kirche, die Häuser sind dieselben Häuser und die Menschen sind dieselben Menschen. »Grüß Gott«, sagen die Bewohner, wie vor zwanzig, fünfzig, hundert Jahren. Alles rollte über dieses Dorf hinweg: Kaiserreich, Demokratie, Faschismus, wieder Demokratie. Morgens und abends wird das Vieh gefüttert, sonntags ist Kirchgang, im Sommer sind die Felder grün, im Winter mit Schnee bedeckt. Nur selten verirrt sich ein Fremder in dieses Dorf. Hier kennt jeder jeden, und jeder hat seinen Platz, der Bauer, der Knecht, der Lehrer, der Geistliche, das Kruzifix.

Als Kind machte ich mit meiner Freundin eine Entdekkungsreise, und wir kamen an diesem Kruzifix vorbei. Als ich den Gekreuzigten sah, drehte ich ihm eine lange Nase und streckte ihm die Zunge heraus, denn ich glaubte, er sei für all das Leiden verantwortlich, von dem ich täglich hörte.

»Du bist schuld, daß sie die Juden umgebracht haben«, sagte ich zu ihm, und meine Zunge wurde noch länger.

»Du bist gar kein Gott, Gott ist gut, und du bist böse.«

An diesem warmen Sommernachmittag stehe ich wieder vor dem Kruzifix und sehe es mit meinen 30jährigen Augen an.

Es erinnert mich an etwas. Dieses Gesicht habe ich vor kurzem gesehen: der gleiche Ausdruck, der gleiche zur Seite fallende Kopf, dieser abgemagerte, unbekleidete Körper. In Dachau. Die Toten von Dachau hatten die gleichen Gesichter. Eine Leiche am Kreuz. Gott als Leiche. Mir wird übel. Meine Seele krampft sich zusammen. Was habe ich gefühlt, als ich die Toten in Dachau sah? Zuerst Mitleid mit der geschundenen Kreatur und dann Wut und Haß gegen die Peiniger. Rache will ich an euch nehmen, Rache, denn diese toten Gestalten können keine Rache nehmen. Und was fühlen Christen, wenn sie sich ihren Gott ansehen? Mitleid mit dem ausgezehrten Körper und Wut und Haß gegen die Juden? Millionenmal sind wir den Weg Jesu gegangen. Er mußte sein Kreuz tragen, und wir mußten unsere Gräber selber ausheben, er starb ohne Widerstand, und wir ließen uns widerstandslos hinmetzeln.

Warum, Jesus, hast du dich nicht gewehrt und hast dein Kreuz nicht jenen, die dich umbringen wollten, auf den Kopf geschlagen? Warum, Großvater, hast du dich nicht gewehrt, als sie dich hießen, mit dem Spaten eine Grube für deinen Leichnam auszuheben? Warum hast du den Spaten nicht als Waffe benutzt, du hast doch gewußt, daß du sterben mußtest. Liegt es an dem allmächtigen jüdischen Gott, gegen den ihr euch nicht erheben wolltet, liegt es an diesem Glauben, der stärker ist als der Tod, der gewaltiger ist als das Sterben, der unendlicher ist als das Leiden? Erhebt dieser Gott den Menschen über das Unmenschliche, den Gedemütigten über die Demütigung, den Geschlagenen über die Schläge? Ist es dieser Gott, der uns ungebrochen aufstehen läßt, der aus getretenen Körpern aufrechte Seelen erzeugt und an dem das Volk Israel deswegen so zäh und treu hängt?

Bücher kann man verbrennen, Synagogen schänden, Menschen vergasen, aber die Seele eines Volkes kann man nicht antasten. Die Seele stirbt mit dem Letzten des Volkes. Diejenigen, die sich die Endlösung ausgedacht hatten, wußten das.

Im Protokoll der Wannseekonferenz heißt es:

»Unter entsprechender Leitung sollen nun im Zuge der Endlösung die Juden in geeigneter Weise im Osten zum Arbeitseinsatz kommen.«

Meine Mutter kam in geeigneter Weise zum Arbeitseinsatz. Fünf Jahre lang arbeitete sie in der Munitionsproduktion, stellte das Schießpulver her, mit dem Russen, Polen, Juden, Zigeuner, Engländer, Franzosen, Amerikaner erschossen wurden. Und weiter heißt es:

»Der allfällig endlich verbleibende Restbestand wird, da es sich bei diesem zweifellos um den widerstandsfähigsten Teil handelt, entsprechend behandelt werden müssen, da dieser, eine natürliche Auslese darstellend, bei Freilassung als Keimzelle eines jüdischen Aufbaues anzusprechen ist. Siehe die Erfahrung der Geschichte.«

Stimmt genau.

Dazu seid ihr nicht mehr gekommen, diesen widerstandsfähigsten Rest »entsprechend zu behandeln«, und meine Mutter überlebte. Und sie ist die Keimzelle eines neuen jüdischen Aufbaues geworden. Und aus ihrem Leben ging neues Leben hervor, Leben, das am Judentum festhält, Leben, das nicht gebrochen werden kann, Leben, das in sich die alte Tradition und Idee festhält für künftige Geschlechter.

Ausgezehrt war meine Mutter bei der Befreiung, ein Skelett ohne Zähne, ein zerbrochenes Gefäß, ohne Heimat und Familie. Allein war mein Vater, eine verzweifelte Seele, die sich nicht mehr in dieser Welt zurechtfinden konnte, ein hilfloser Mensch. Aber seine Seele war intakt geblieben. Ein Jude bis in den Tod, ein Störrischer, ein Unnachgiebiger, ein Festhaltender, ein Zäher. Alles konnte man zerstören, aber die jüdische Seele nicht.

Die erste Deutsche, die ich als Kind kennenlernte, war meine Lehrerin in der ersten Klasse. Es war noch in Föhrenwald, und ich erinnere mich, daß ich sie gern hatte. Sie war eine mütterliche Frau. Jeden Morgen sah sie die Hausaufgaben nach und gab denjenigen, die ihre Aufgaben gut gemacht hatten, ein kleines Gut-Zettelchen. Wenn man zehn Zettelchen gesammelt hatte, bekam man ein Bildchen. Auf jedem dieser Bildchen war eine Szene aus einem Märchen dargestellt. Das Problem war, daß ich meine Hausaufgaben nicht gut machen konnte. Ich hatte eine Schiefertafel, und wir mußten Spazierstöckchen, Kreise, Häkchen und Buchstaben reihenweise schreiben. Kaum hatte ich eine Reihe beendet, war die darüberliegende verwischt. Ich konnte mir noch soviel Mühe geben, die Hausaufgaben sahen verschmiert aus, und an Gut-Zettelchen war nicht zu denken. Was tut man in so einem Fall? Man weint und schreit.

»Ich kann keine Hausaufgaben machen. Alle bekommen Gut-Zettelchen, nur ich nicht«, heulte ich. Glücklicherweise hatte meine Mutter keine Ahnung von richtiger Erziehung, ich tat ihr leid, und sie setzte sich hin und malte mir meine Kreise, Häkchen und Spazierstöckchen. Die Vorteile waren offensichtlich. Zum einen sah die Tafel schön beschrieben aus, zum anderen ging es bei ihr ganz schnell.

»Hast du die Aufgaben alleine gemacht?« fragte mich meine Lehrerin am nächsten Tag.

»Ja.«

»Dann bekommst du auch ein Gut-Zettelchen.«

Solange ich eine Tafel hatte, machte mir meine Mutter die Schreibaufgaben, ich kassierte Gut-Zettelchen, und alle waren zufrieden. Mit den Rechenaufgaben erging es mir nicht anders. Es dauerte mir zu lange, bis ich 7 + 5 und 8 – 3 ausgerechnet hatte. Ich begriff nicht, wozu ich das können muß, und meine Eltern begriffen auch nicht, weswegen sich ein sechsjähriges Kind stundenlang mit Hausaufgaben quälen muß. Aber die Rechenaufgaben mußten gemacht werden, denn erstens gab es dafür auch Gut-Zettelchen und zweitens schimpfte die Lehrerin, wenn man die Aufgaben nicht vollständig hatte. Deswegen löste mir mein Vater die Rechenaufgaben. Irgendwann kam ich auf die Idee, als Lösungen Phantasiezahlen hinzuschreiben: 17 + 35 = 68. Das ging noch schneller als die Rechnerei meines Vaters. Die Rechenpäckchen sahen ordentlich aus, und ich kassierte weiterhin Gut-Zettelchen. Nicht ein einziges Mal bemerkte meine Lehrerin den Schwindel. So lernte ich mit sechs Jahren, daß man nicht ehrlich sein muß, um belohnt zu werden. Ehrlich währt keineswegs am längsten.

Mit der Ehrlichkeit hatte ich auch später nie Probleme. Als ich Abiturientin war, wurde uns zur Auswahl gestellt, entweder in Deutsch oder in Englisch eine Hausarbeit über einen Dichter und sein Werk zu schreiben. Ich konnte mich weder für einen englischen noch für einen deutschen Dichter begeistern. Ich war verliebt, und meine Gedanken weilten bei meinem Freund und nicht bei der Dichtkunst mit ihren entsprechenden Interpretationsmöglichkeiten. Deswegen erzählte ich dem Deutschlehrer: »Ich schreibe eine Hausarbeit in Englisch«, und der Englischlehrerin: »Ich fertige eine Hausarbeit in Deutsch an.« Es fiel keinem auf, daß ich überhaupt keine Hausarbeit schrieb, und ich konnte mich mit Wichtigerem als langweiliger Interpretation von Dichtung beschäftigen.

Wie man aber gekonnt lügt, lerne ich erst als Lehrerin. Am ersten Schultag in der Geschwister-Scholl-Schule gibt mir Herr Rohne meinen Stundenplan. Mir fällt der Plan fast aus der Hand, als ich ihn näher betrachte. 26 Stunden Unterricht und 12 Springstunden, 12 Stunden, in denen ich in der Schule herumsitzen muß, weil die Zeit zu kurz ist, um nach Hause zu gehen, und 12 Stunden, in denen ich nicht arbeiten kann, weil ich mich in hektischen Lehrerzimmern nicht konzentrieren kann. Außerdem soll ich in Fächern unterrichten, die ich nur vom Hörensagen kenne: Wirtschaftskunde, Schriftverkehr, Deutsch. Ich muß eine Prüfungsklasse ein halbes Jahr vor ihrer Prüfung in Deutsch übernehmen, obwohl ich bis heute nicht eine Stunde Deutsch unterrichtet habe. Das ist mir zuviel. Diese Klasse will ich nicht.

»Den Stundenplan finde ich unmöglich, Herr Rohne, zwölf Springstunden, neue Unterrichtsfächer, und dann noch eine Prüfungsklasse«, beschwere ich mich.

»Aus stundenplantechnischen Gründen ließ sich kein anderer Plan ausarbeiten«, antwortet er.

»Dann möchte ich wenigstens die Prüfungsklasse abgeben. Es ist mir zuviel Arbeit, mich in völlig neue Fächer einzuarbeiten und eine Klasse innerhalb kürzester Zeit für die Prüfung vorzubereiten.«

»Ich habe leider niemand sonst, der diese Klasse übernehmen kann«, sagt er.

»Warum kann der Deutschlehrer, der die Parallelklasse hat, nicht auch diese Klasse übernehmen? Wenn man die eine Klasse zur Prüfung vorbereitet, dann kann man doch die andere auch unterrichten.«

»Das kann man keinem zumuten, zwei Klassen gleichzeitig zur Prüfung vorzubereiten. Das geht nicht Frau Rosenzweig.«

Ich kann mir natürlich vorstellen, daß niemand zwei Prüfungsklassen haben will, denn das bedeutet, mindestens fünfzig Prüfungsklausuren zu korrigieren. Ein Jahr später bereitete ich übrigens zwei Prüfungsklassen auf ihr Deutsch-Examen vor.

Am nächsten Tag gehe ich zum Personalrat, beschwere mich nochmals über meinen Plan, beschwere mich über Herrn Rohne, und die Personalrätin nimmt Rücksprache mit der Direktion.

»Was ist dabei herausgekommen?« frage ich am Nachmittag.

»Aus stundenplantechnischen Gründen läßt sich nichts ändern. Aber wissen Sie, Frau Rosenzweig, Sie hätten von Anfang an anders argumentieren sollen. Sie hätten sagen müssen, es ist den Schülern nicht zuzumuten, ein halbes Jahr vor der Prüfung eine in dem Prüfungsfach unerfahrene Lehrerin zu bekommen. Sie können nicht argumentieren, daß es Ihnen zuviel Arbeit ist. Dann entsteht der Eindruck, Sie seien faul.«

Im Laufe der Zeit lernte ich, wie man mit dem Wohl der Schüler argumentiert. Läßt man jemand sitzen, so geschieht das nur zu seinem Wohl; gibt man eine Strafarbeit, weil der Schüler geschwätzt hat, statt dem langweiligen Unterricht zu folgen, dann dient das nur seinem Wohl; setzt man einen Notenspiegel unter die Klassenarbeit, damit die Eltern gleich sehen, wieviele Kinder eine bessere Arbeit geschrieben haben, so geschieht das auch nur zum Wohle des Kindes und der Eltern. Unglaublich, wie Lehrer die Schüler zu ihrem Wohl quälen. Die Lüge im Wohltätigkeitskleid ist ein fester Bestandteil des Schullebens.

Und wie harmlos sind Lügen in der Schule, verglichen mit der größten Lüge in der Geschichte der Menschheit, der Lüge mit dem Rotkreuzwagen. Als die deportierten Juden in Auschwitz, geschwächt und fast verdurstet, die vollgestopften Waggons verließen,stand in der Nähe, in Sichtweite, ein weißes Auto mit einem roten Kreuz. »David, sieh den Rotkreuzwagen. David, Rettung ist nahe, Hilfe ist da. Das

Rote Kreuz hat uns nicht verlassen. Es hat uns Unschuldiger gedacht. David, das Leben wird neu beginnen. Wir werden leben.«

Die aufgeregten Menschen beruhigen sich, schöpfen Hoffnung und atmen auf.

»Sei nicht wütend, David, das Schlimmste ist überstanden, beruhige dich, und umklammere nicht das Messer in der Tasche. David, ein rotes Kreuz ist Menschlichkeit, ist Hilfe. Begehe keine Verzweiflungstat, werde nicht zum Mörder an den Peinigern. Wirf das Messer weg, schnell, damit es keiner findet. Jetzt brauchst du es nicht mehr, jetzt wird uns geholfen. Sieh doch das Rotkreuzauto. Himmlischer Vater, wir danken dir, daß wir alles durchgestanden haben.«

Und das weiße Auto fährt vor den Opfern zu dem Krematorium. Seine Fracht ist das Gas Zyklon B. Massenmord in der Maske der Hilfsbereitschaft, Massenmord im Mantel der Barmherzigkeit. Rotes, blutiges Kreuz auf weißem, unschuldigem Grund.

»Ehrlich währt am längsten« lernen die deutschen Kinder. Heute wie damals.

Ich unterrichte Deutsch in der 13. Klasse. Ein Lehrfach, in dem wir über Freiheit, Humanität, ethische Werte, Klassik und Moderne reden.

»Allen Gewalten zum Trotz sich erhalten«, Goethe und der Radikalenerlaß. Borchert lese ich auch mit den Schülern, zum Beispiel »Draußen vor der Tür«. Nachkriegsdeutschland, Zerstörung, das kommt bei ihnen nicht mehr so richtig an. Es ist schwer, sich vorzustellen, daß dort, wo heute das große Kaufhaus steht, vor dreißig Jahren eine ausgebombte Ruine in den Himmel ragte. Frauenemanzipation findet schon mehr Interesse. Auch moderne deutsche Lyrik versuche ich den Schülern näherzubringen.

Bevor ich Deutsch als Unterrichtsfach übernahm, drückte mir ein anderer Deutschlehrer, Herr Saum, den Lehrplan in die Hand. »Lesen Sie ihn genau, Frau Rosenzweig. An dem Plan können Sie sich orientieren.« Ich studierte den

Deutsch-Lehrplan und fand ihn gut. In dem Plan heißt es wörtlich: »Der junge Mensch soll befähigt werden, den technisch-wirtschaftlichen und politisch-sozialen Bereich zu verstehen und seine Beziehungen zu ihm zu reflektieren, um verantwortlich handeln zu können. Er soll lernen, eigene Erfahrungen auszudrücken, sich sinnvoll am Gespräch zu beteiligen und begründete Entscheidungen zu treffen.«

Am Ende des Schuljahres findet eine Prüfung statt, und ich reiche die Prüfungsthemen ein. Es geht um persönliche Freiheit und verantwortungsvolles Handeln. Die Schüler sollen sich damit auseinandersetzen, getreu dem Lehrplan.

Drei Tage vor der Prüfung unterhalte ich mich mit Herrn Saum. Er ist ein sehr netter Mann und angenehmer Gesprächspartner. Wir kommen auf die bevorstehende Prüfung zu sprechen. »Können Sie mir vielleicht sagen, Herr Saum, wo die Duden stehen? Ich möchte sie zur schriftlichen Prüfung austeilen.« Bei allen Deutschprüfungen wird normalerweise der Duden benutzt, und ich nehme an, daß es eine Regelung gibt, nach der seine Benutzung generell für Deutschprüfungen erlaubt ist.

»Sie dürfen den Duden an Ihre Schüler nicht austeilen«, antwortet Herr Saum.

»Warum denn nicht?« frage ich ihn.

»Sie haben den Duden als Hilfsmittel beim Einreichen der Prüfungsthemen nicht angegeben, und deswegen ist die Benutzung des Dudens bei Ihrer Prüfung unzulässig«, klärt er mich auf.

»Ich dachte, daß man bei jeder Deutschprüfung den Schülern Duden zur Verfügung stellt« – ich habe schon wieder einmal gedacht statt gefragt –, »wenn ich ihn als Hilfsmittel angegeben hätte, wäre er doch erlaubt worden.«

»Ja, selbstverständlich, Frau Rosenzweig, der Duden wird bei jeder Deutschprüfung anstandslos als Hilfsmittel zugelassen, aber er muß als Hilfsmittel vorher angegeben werden«, sagt Herr Saum.

»Das wußte ich nicht, aber ich werde einfach jedem Schüler ein Exemplar bei der Prüfung geben. Ich finde es ungerecht, daß den Schülern ein Nachteil erwachsen soll, nur weil ich nicht wußte, daß man den Duden als Hilfsmittel angeben muß.«

»Das geht nicht, Frau Rosenzweig, die Prüfung wird dadurch formaljuristisch anfechtbar«, warnt mich Herr Saum.

Aber er findet einen Ausweg aus dieser verfahrenen Situation. »Ich mache Ihnen einen Vorschlag«, sagt er, »wenn ein Schüler nicht weiß, wie ein Wort geschrieben wird, dann soll er doch Sie fragen. Sie sehen im Duden nach und beantworten ihm seine Frage.« Für ihn ist es das Ei des Kolumbus. Meine Schüler sind zwischen 18 und 20 Jahre alt, und ich soll ihnen also ernsthaft erklären, daß ich leider vergessen hätte, den Duden als Hilfsmittel anzugeben, der Duden liege jedoch bei der Prüfung auf dem Tisch, und wenn sie ein Wort nachsehen wollten, sollten sie mich bitte fragen... Ich nehme dann das Buch in die Hand, schlage nach, und sage ihnen die Antwort. Die Schüler dürfen das Buch nicht berühren, weil die Benutzung des Dudens in diesem Fall die Prüfung gefährdet, sie wird dadurch formaljuristisch anfechtbar. Ein Schüler könnte nämlich auf die Idee kommen, Anfechtungsklage gegen die Deutschprüfung zu erheben, er könnte sich darauf berufen, daß er den Duden benutzen durfte, obwohl er als Hilfsmittel für diese Prüfung nicht zugelassen war.

So etwa verlief das sinnvolle Gespräch zweier Deutschlehrer, mit einer begründeten Entscheidung, ganz wie es die Lehrpläne vorsehen.

Das Allerschlimmste ist, daß Herr Saum es ernst meint und daß die Schüler, wenn ich ihnen den Sachverhalt darlegen würde, die Sache vollkommen in Ordnung fänden. Alle würden eine so lächerliche Entscheidung akzeptieren, ohne darüber zu lachen, ohne sie komisch zu finden. So ist die Vorschrift, und wir genügen ihr.

Ich komme mir lächerlich vor, Erwachsenen zu erklären, ihr dürft das Buch nicht anfassen, fragt mich, ich sehe für euch nach. Die Haltung von Herrn Saum, der ein tadelloser

Beamter, ein freiheitlich ordentlicher Demokrat ist und auf dem Boden des Grundgesetzes steht, ist typisch. Die Vorschrift muß eingehalten werden, bis zur Lächerlichkeit.

Man könnte das Ganze auf die leichte Schulter nehmen und über die dummen Beamten lachen, aber leider ist es nicht zum Lachen. Ich frage mich: Wenn Herr Saum Angst hat, ein kleines bißchen Verantwortung zu tragen und das Risiko auf sich zu nehmen, den Schülern den Duden gegen die Vorschrift hinzulegen, wenn er das nicht kann, kann er überhaupt gegen eine Vorschrift vorgehen? Die Wahrscheinlichkeit, daß ein Schüler die Prüfung anfechten wird, ist so gering, daß man darüber nicht nachdenken müßte, und doch beherrscht sie seine Entscheidung. Wenn einer Angst hat, seinen gesunden Menschenverstand zu gebrauchen und sich über Anweisungen hinwegzusetzen, kann dieser Mensch gegen Vorschriften angehen, die unrecht sind? Gäbe es morgen einen Erlaß, der besagt, daß ausländische Schüler keine Schulen mehr besuchen dürfen, Herr Saum würde die Ausländer von der Schule weisen, mit der gleichen Präzision, mit der er jede andere Anordnung befolgt. Jedes Wort, das er in seinem Deutschunterricht über Demokratie, Toleranz, Freiheit und Gerechtigkeit verliert, ist leeres Geschwätz, denn die Art, wie er Vorschriften einhält, entlarvt ihn. Gestern hat er laut Anweisung Rassentheorien vermittelt, heute demokratisch verantwortliches Verhalten, morgen die rechte politische Gesinnung, je nachdem, was der Kultusminister anordnet. Der Beamtenapparat funktioniert wie eh und je. Man muß nur ein wenig das Programm verändern und Herr Saum ist faschistisch oder demokratisch oder kommunistisch oder nationalistisch, wie man es gerade braucht. Beamtengesinnung heißt: Der Anweisung Folge leisten, formaljuristisch unanfechtbar bleiben.

Frau Stein, eine ältere Jüdin, erzählt mir ein Erlebnis aus dem Konzentrationslager Auschwitz. Auch dort wurde vorschriftsmäßig und anweisungsgetreu gehandelt. Die Menschen wurden ordnungsgemäß umgebracht, und Frau Stein überlebte dank deutscher Vorschriftentreue.

»Im Frühsommer 1944«, erzählt sie, »arbeitete ich in der Wäschesortierung. Wir Häftlinge sortierten die Wäsche der umgebrachten Juden nach Größe und Qualität, und die noch gut erhaltenen Stücke wurden ins Reich transportiert.

Eines Tages fand ich in einem Kindermantel eine Stoffpuppe, eine kleine Stoffpuppe mit einem grünen Kleidchen und einem roten Hütchen. Ich hatte in dem Lager schon das Weinen verlernt. Nichts, aber auch gar nichts rührte mein Herz, und nichts wühlte mein Gefühl auf, ich war innerlich tot. Vor acht Monaten war ich mit meinen drei Kindern angekommen. Die Kinder und meine alten Eltern wurden vergast, und ich war ein Mensch geworden, der tat, was man von ihm verlangte. Ein Skelett ohne Gedanken und Gefühle. Und plötzlich sah ich dieses Stoffpüppchen. Es war das gleiche Püppchen, das ich meiner jüngsten Tochter einmal gekauft hatte. Es gab viele Puppen dieser Art, mit roten, grünen und blauen Kleidchen. Ich erinnerte mich, daß ich damals im Geschäft überlegt hatte, ob ich das Püppchen mit dem roten oder mit dem grünen Kleid nehmen sollte. Ich entschied mich für das grüne, weil meine kleine Tochter ein grünes Kleid hatte, das sie besonders liebte.

»Siehst du, meine Süße, deine Puppe hat genauso ein grünes Kleidchen wie du.«

Und nun, nachdem meine Seele gestorben war, fand ich in einem Kindermantel ein Püppchen mit einem grünen Kleid, eines wie es meine Puppe hatte. Ich sah es und versteckte es in meinem gestreiften Häftlingsanzug. Es war ein Zeichen aus einer Welt, die es nicht mehr gab, ein Zeichen von Leben in dieser Hölle.

Der Aufseher bemerkte, daß ich etwas versteckt hatte, und schrie mich an zu zeigen, was ich an mich genommen habe. Er sah die Puppe, diesen völlig wertlosen Gegenstand, und ich wurde zu 21 Tagen Strafkommando verurteilt, weil ich mich am deutschen Reichsgut vergangen hatte. Das Strafkommando glich einem Todesurteil, denn nur wenige der ausgehungerten und geschwächten Häftlinge überlebten diese körperlich schwere Arbeit und die Brutalität der Bewacher. Ich kam in einen anderen Häftlingsblock und war sicher, daß ich meine Mitgefangenen aus meinem ursprünglichen Block nicht lebend wiedersehen würde. Und ich sah sie tatsächlich nicht wieder, nur daß ich dank der deutschen Vorschrift überlebte und die anderen Frauen umkamen.

Als ich fünf Tage im Strafkommando war, kam ein großer Transport aus Ungarn. Der gesamte Block, zu dem ich eigentlich gehörte, wurde ausnahmslos vergast und durch neuangekommene ungarische Frauen ersetzt. Das Strafkommando wurde nicht umgebracht, denn wir mußten erst unsere Strafe abbüßen. 21 Tage Strafe sind 21 Tage Strafe. Starben Häftlinge während der Strafzeit, so lag das im Rahmen der Verordnung, länger als ihre Strafzeit wurden sie nicht im Strafkommando belassen, denn das wäre nicht vorschriftsmäßig. Meine Strafe war 21 Tage Strafkommando, und ich wurde während dieser Zeit nicht vergast, weil es dazu einer neuen Verordnung bedurft hätte, die die Strafe aufhob. Blockweises Austauschen von Häftlingen war im Rahmen der Vorschrift, und so wurden meine früheren Mitgefangenen umgebracht. Formaljuristisch unanfechtbar.«

Die Christlich-Jüdische Gesellschaft veranstaltet jedes Jahr eine Woche der Brüderlichkeit in der Bundesrepublik. Eines Tages bekomme ich eine Einladung zu einem Seminar mit dem Thema: Erziehung zur Freiheit. Ich sage meine Teilnahme zu, obwohl ich normalerweise solche Veranstaltungen ablehne. Instinktiv ist mir das christlich-jüdische Geschwätz zuwider. Ich habe genügend Reden in Fernsehen und Rundfunk gehört oder Zeitungsartikel gelesen, und mir gefällt der Ton nicht. Es ist mir alles ein wenig zu verständnisvoll, ein wenig zu glatt, ein wenig zu verbrüdert. Die Christen beteuern, welch ein wundervolles Volk die Juden seien, wie sittlich und rein ihre Religion sei, welch ein Verderben der Antisemitismus mit sich bringe und wie sehr sich alle Christen aller vergangenen Generationen getäuscht hätten, indem sie die Juden jahrhundertelang für den Tod Jesu verantwortlich machten. Erst vor wenigen Jahren hat die katholische Kirche offiziell bestätigt, daß die lebenden Juden nicht für den Tod Christi zur Verantwortung gezogen werden könnten, und ich möchte mich im nachhinein herzlich für diese neue Auslegung der christlichen Lehre bei der Kirche bedanken.

Die Juden lassen bei diesen Veranstaltungen die salbungsvollen Worte wie Balsam auf ihre Wunden wirken, fühlen sich sehr geschmeichelt und bestätigen auf herzliche Weise, mit welch einem geläuterten Christentum man es zu tun habe und wie sehr sich doch die Deutschen gewandelt und geändert hätten. Das alles in einer freundlichen Atmosphäre, in sauberen, ordentlichen Tagungsräumen, bei reichlichem Essen, wobei der Kaffee nach katholisch sparsamer Art ein wenig dünn ausfällt. Abends sitzen alle christlich-jüdischen Menschen bei einem Gläschen Rheinhessen oder Mosel und tauschen artige Ansichten über Israel und die Bundesrepublik aus, wobei jeder streng darauf achtet, dem anderen nicht zu nahe zu treten.

Wie gesagt, ich fahre zu dem Seminar, um mir Eindrücke von einer freiheitlichen Erziehung zu holen, die mir im deutschen Kulturraum noch nirgends begegnet ist. Auch ich sitze abends bei einem Glas Wein und höre mir die Reiseerzählungen einer Lehrerin an, die vor kurzem Israel besucht hat. Zu uns setzt sich ein Mann von 60 oder 65 Jahren, ein Mensch mit einem sympathischen Dutzendgesicht. Wir haben am Nachmittag in der gleichen Arbeitsgruppe diskutiert, und aus meinen Ausführungen weiß er, daß ich Jüdin bin. Nachdem die Lehrerin ihre Reiseeindrücke losgeworden ist, zu denen ich ohnehin nichts zu sagen habe – denn ich weiß inzwischen, welch eine großartige Aufbauleistung das jüdische Volk vollbracht hat, wie herrlich die Kibbuzim und wie wunderschön die kraftvollen Israelis sind –, sagt mein Tischnachbar unvermittelt, er sei in Maidanek gewesen. Bei mir setzt für eine Sekunde der Herzschlag aus. Da sitzt ein Deutscher, der in einem Todeslager, in einem Vernichtungslager war, und eine Welle des Mitleids überspült mich, denn ich nehme an, er war als Häftling dort. Was muß dieser Mensch durchgemacht haben?

»Weshalb kamen Sie nach Maidanek?« frage ich ihn.

»Ich habe im Auftrag von Berlin die Elektrizitätsversorgung im Generalgouvernement Polen überwacht. Ich war in mehreren Konzentrationslagern, aber was ich in Maidanek gesehen habe, übertrifft alles Entsetzliche und Furchtbare, was man sich vorstellen kann.«

Mein Herz setzt zum zweiten Mal aus, und anstelle des Mitleids überläuft mich ein Schauer. Der war gar nicht als Häftling in Maidanek, der hat im Auftrag des Deutschen Reiches Stromleitungen verlegt.

»Was haben Sie denn Entsetzliches gesehen?« frage ich ihn.

Und dann erzählt er mir, er sei auf der Straße von Lublin am Lager Maidanek vorbeigekommen und habe auf einer Wiese Hunderte, vielleicht sogar Tausende nackter Frauen und Kinder gesehen, die auf ihre Vernichtung warteten. Diesen Anblick, der sein ganzes Mitgefühl hervorgerufen habe, könne er nicht vergessen. Niemals werde das Bild der Todgeweihten aus seinem Gedächtnis schwinden und stets überkomme ihn die innere Qual, wenn er sich des Anblicks der unschuldigen Kinder erinnere.

»Konnte dort jeder vorbei?« will ich wissen.

Nein, er hätte einen Passierschein gehabt, der ihm selbstverständlich überall Durchlaß gewährt habe.

Ich sehe ihn an, den katholischen, deutschen, christlichjüdischen Elektromeister, der mir von seiner inneren Qual erzählt, und sage zu ihm: »Von mir werden Sie keine Absolution erhalten. Gott wird Ihnen den Anblick vergeben, wenn er will, ich nicht.«

In der folgenden Nacht zermartere ich mir das Gehirn, warum er mir dieses Erlebnis erzählt hat. Warum war es ihm ein Bedürfnis, mir den entsetzlichsten Anblick seines Lebens zu schildern, warum hat er von seiner inneren Qual gesprochen? Ich glaube nicht, daß er einige Worte des Verzeihens von mir hören wollte. Das ist mir zu vordergründig. Wenn er mir unaufgefordert dieses Erlebnis erzählt hat, dann hat er sicherlich schon öfter auch anderen davon berichtet und bestimmt genügend anderen jüdischen Frauen, und in ihrer Naivität werden sie ihm schon die Absolution erteilt haben. Als Mitglied der christlich-jüdischen Vereinigung hat er genügend Gelegenheit, derartige Erlebnisse anzubringen. Eines ist für mich gewiß, wenn er diesen Anblick als so fürchterlich und qualvoll empfunden hätte, wie er erzählt, und sich seiner Rolle geschämt hatte, dann gäbe er dieses Erlebnis nicht freiwillig preis. Über Erlebnisse, die beschämend für die Seele sind, schweigt man sich aus.

Warum erzählte er mir davon? Ich überlege, welches Erlebnis ich denn häufig erzähle und warum.

Ich hatte eine Diskussion mit Herrn Rohne. Er ist bei Kriegsende 14 Jahre alt gewesen. In einer Zeitschrift gab es eine Serie über Juden in Deutschland, und die letzte Folge handelte von jüdischen Frauen, die keinen deutschen Mann heiraten wollen. Herr Direktor Rohne sprach mich auf diesen Artikel an. »Ist es denn immer noch so, daß die Jüdinnen keine Deutschen heiraten?« fragte er mich.

»Ich weiß nicht, ob es immer noch so ist, aber ich kann es verstehen, wenn die Tochter von Überlebenden keinen Deutschen heiraten will. Ich persönlich würde auch keinen Deutschen heiraten.«

»Warum hören Sie denn nicht endlich auf, Unterschiede zwischen Juden und Deutschen zu machen. Vor dem Krieg waren die Juden schließlich auch Deutsche mosaischen Glaubens. Ich verstehe nicht, warum sich die Juden nicht ganz normal wie alle Deutschen fühlen. Die Zeiten haben sich doch längst geändert.«

»Wissen Sie, Herr Rohne«, antwortete ich, »die Deutschen mosaischen Glaubens und die polnischen Juden haben sich in den Gaskammern von Auschwitz getroffen, und deswegen gibt es für mich keine Deutschen mosaischen Glaubens mehr.«

»Sind Sie denn keine Deutsche?«

»Nein«, sagte ich, »ich bin Jüdin mit einem deutschen Paß.«

»Wie können Sie denn in einer deutschen Schule unterrichten?« fragte er mich.

»Ich glaube, man kann Pädagogik und Psychologie, Deutsch und Sozialkunde lehren ohne ein deutsches Nationalbewußtsein. Und wenn Ihnen das nicht gefällt, dann müssen Sie schon ein entsprechendes Gesetz herausbringen, nach dem nur Menschen mit deutscher Gesinnung deutsche Lehrer werden dürfen. Wenn das der bundesrepublikanische Toleranzbegriff ist, bin ich morgen weg.«

Nach dieser kurzen Auseinandersetzung hatte ich ein erhabenes Gefühl, ein Gefühl der persönlichen Stärke, denn Herr Rohne hatte mir nichts entgegenzusetzen. Und ich habe dieses Erlebnis, so oft sich die Gelegenheit dazu bot, wiederholt: beim Erzählen erlebte ich die Situation noch einmal. Und nun weiß ich, warum mir der Elektromeister von seinem schlimmsten Erlebnis berichtete. Er erlebte dabei die Situation noch einmal, und in seiner Phantasie wird er wieder zum Herrenmenschen. Er, der im Grunde genommen nichts Besonderes ist, unauffällig, unscheinbar, wird durch diese Erzählung zum höherrassigen Wesen, zum Herrn über die gequälten Juden. In seiner Seele trauert er der vergangenen Zeit nach, denn was ist er heute denn schon, und was war er damals, als er Vertreter des Deutschen Reiches im Generalgouvernement Polen war. Polen und Juden waren Dreck für ihn, und wie Dreck hat er sie behandelt, völlig unabhängig davon, ob er freundlich oder unfreundlich war. Er, der Herr, der den Häftlingen Anweisungen gab, wie sie die Leitungen zu verlegen hatten, der über Leben und Tod entscheiden konnte, er hat sich die Hände nicht schmutzig gemacht. Er, in seiner Uniform und mit seinem Dienstausweis, schaute auf die Juden und Zigeuner, auf die Russen und die Polen herab.

Heute ist so ein jüdischer Häftling ein reicher Geschäftsmann und wohnt in der gleichen Straße wie er, der arme Elektromeister. Und in den Gesprächen mit den Juden verkehrt er die Situation noch einmal und wird zu dem, der Mitleid haben darf, denn mit dem reichen Juden braucht er heute kein Mitleid zu haben. Auf sein Mitleid kann der Jude verzichten. Dieser Elektromeister ist ein christlich-jüdischer Mensch, der die Woche der Brüderlichkeit begrüßt, die Leistungen des jüdischen Staates anerkennt und den Juden bescheinigt: Ihr seid ja auch Menschen wie wir, es gibt keine Unterschiede.

Danke schön!

Mit der Herrenrasse ist es eine eigenartige Geschichte. Als ich selber noch zur Schule ging, machte ich mir nie Gedanken über Herrenmenschen, Herrenrasse, Untermenschen, Untertanen. Zwar hörte ich irgendwann einmal, daß die Deutschen im Dritten Reich die Menschen in zwei Kategorien eingeteilt hatten und daß nach ihrer Weltanschauung die Juden eine Unterrasse und minderwertig waren, aber das berührte mich überhaupt nicht. Ich war davon überzeugt, dem auserwählten Volke anzugehören. Ich bin auserwählt unter allen Völkern dieser Erde.

Diese Auserwähltheit erklärte für mich alles. Sie erklärte, warum es so viele jüdische Nobelpreisträger gibt, sie erklärte, warum ich eine gute Schülerin war, sie erklärte, warum die Juden schnell zu Reichtum gelangen, und sie erklärte das ungeheuere Leid, das wir erlebt hatten. Die Beweise waren offensichtlich und unschlagbar. Wer ist der Begründer des Christentums? Ein Jude. Wer ist der Begründer des Marxismus? Ein Jude. Wer ist der Begründer der Psychoanalyse? Ein Jude. Sehr schade, daß Buddha kein Jude war, es hätte so gut gepaßt.

Als Kind lief ich mit dem Bewußtsein des Besonderen herum. Mochten die anderen sagen, was sie wollten, mochten sie die Auserwähltheit anerkennen oder nicht, für mich spielte das keine Rolle. Erkannte ein Nichtjude, daß wir Juden ein außergewöhnlich intelligentes, moralisches und sittliches Volk sind, dann war er in meinen Augen ein kluger Goi, sagte er, die Juden wären nichts Besonderes, dann hatte er keine Ahnung, und war er gar der Meinung, daß die

Juden minderwertig seien, dann war er ein kompletter Idiot. Die ganze Sache mit der deutschen Herren- und Unterrasse hätte meine Eltern, wären die Folgen nicht so grausam gewesen, überhaupt nicht berührt. Sollen die Deutschen sagen, was sie wollen, wen interessiert das? Wir wissen es besser, denn Gott selbst hat uns auserwählt. Die heilige Lehre ist der beste Beweis.

Mit meinen deutschen Schulkameraden führte ich darüber keine Diskussionen. Wozu auch? Ich erinnere mich nur an einen einzigen Streit, in dem es um die Frage ging, ob Jesus Jude war oder nicht. Ich behauptete, er war einer, eine Mitschülerin wollte mir das nicht glauben. Wir waren beide zehn Jahre alt, und die kleine Jüdin stritt mit der kleinen Christin um den Vorrang. War Jesus ein Jude, dann mußte sie anerkennen, daß die Juden, und damit auch ich, auserwählt waren. Sie mußte es anerkennen, ich hatte gesiegt, die Lehrerin selbst bestätigte es.

Mit der Auserwähltheit hatte es noch eine Bewandtnis. Sie ließ mich mitleidig werden. Ich empfand Mitleid mit allen, die nicht auserwählt waren. Sie konnten ja nichts dafür. In diesen exklusiven Club wird man auch nicht so einfach aufgenommen. Die Juden mögen keine Proselyten, und wenn schon einer zum Judentum übertreten will, dann macht man ihm solche Schwierigkeiten, daß ihm die Lust daran vergeht. Man wird doch nicht ohne weiteres die Auserwähltheit mit anderen teilen.

Je älter ich wurde, desto mehr entfernte ich mich von meinem Auserwähltheitsglauben. Je kritischer ich wurde, desto mehr kritisierte ich die jüdische Auserwähltheitsideologie, und ich hörte auf, die Menschheit in Juden und Nichtjuden einzuteilen. Je enger mein Kontakt zu den Deutschen wurde, desto mehr streifte ich meine Überheblichkeit ab und desto weniger fühlte ich mich überlegen. Und da begegnete ich eines Tages der Ideologie der Herrenrasse.

Es war bei den Näherinnen. Ich übernehme den politischen Unterricht in einer Berufsschulklasse von Industrienäherinnen. Die Mädchen, alle zwischen 15 und 17 Jahre alt, arbeiten vier Tage in der Woche in einer Fabrik und kommen an einem Tag zur Schule. Bis dahin hatte ich noch nie Kontakt zu Industriearbeiterinnen.

Ich beobachte die Mädchen und begreife, daß das automatische Menschen sind, Menschen, die nicht die kleinste Bewegung oder Ausführung in ihrem Arbeitsleben selbst bestimmen. Sie haben für nichts anderes während des Tages Interesse, als die Arbeit wie eine Maschine möglichst schnell und korrekt auszuführen.

Der Arbeitstag meiner Schülerinnen beginnt um 7.15 Uhr mit Stechkarte. Dann wird Arbeit zugeteilt.

»Gestern«, erzählt Helga, »mußte ich Taschen bügeln, den ganzen Tag Taschen bügeln.«

»Was waren das für Taschen?« frage ich.

»Weiß ich doch nicht«, antwortet sie, »wir kriegen die Arbeit von oben runter und geben sie weiter. Ich muß halt nur bügeln.«

»Weißt du denn nicht, wie das Kleidungsstück aussieht, an dem du arbeitest?«

»Keine Ahnung.« Dumme Fragen stellt sie nicht.

»Was interessiert dich bei der Arbeit?« will ich wissen.

»Nichts. Nur die Pause.«

»Was machst du nach der Arbeit?« frage ich weiter.

»Nach der Arbeit muß ich rennen, damit ich den Bus packe. Der ist so voll, daß man meistens noch stehen muß.«

»Tun dir denn nicht deine Beine weh?«

»Und wie. Ich bin heilfroh, wenn ich mich daheim hinsetzen kann.«

»Was machst du abends, Helga?«

»Am Abend gucke ich Fernsehen, und um neun Uhr gehe ich schlafen. Morgens muß ich schon um sechs Uhr aufstehen.«

Helga ist erst fünfzehn Jahre alt und lebt nicht, das heißt, sie lebt für den Feierabend, für das Wochenende, für den Urlaub. Sie arbeitet den ganzen Tag und weiß nicht, was sie macht. »Ohne Fleiß kein Preis«, hat sie als Kind gelernt. Welchen Preis bekommt sie? Alle Launen der Ausbilderin muß sie ertragen. »Kaum macht man einen kleinen Fehler oder arbeitet zu langsam, dann motzt die einen schon an«, erzählt Helga.

»Dann motz doch zurück«, antworte ich. Ich kann gut reden, ich arbeite in keiner Fabrik, und die Lehrer, die zurückmotzen, kann man auch an einer Hand abzählen.

»Das geht doch nicht«, sagt Helga, »das geht nicht. Dann bekomme ich eine schlimmere Arbeit zugeteilt oder verliere die Stelle ganz.«

Ich frage mich, was erwartet Helga vom Leben. Daß sie abends todmüde fernsehen kann; daß sie einmal im Jahr in Urlaub fährt, und wenn es regnet, sich über das Wetter ärgert, weil sie doch nur einmal im Jahr Urlaub hat und der soviel Geld gekostet hat; daß sie eine blitzblanke Küche haben wird und einen Wohnzimmerschrank im nachgemachten altdeutschen Stil, den sie zwei Jahre lang abzahlen wird?

»Bist du mit deiner Arbeit zufrieden?« frage ich sie.

»Ich muß. Lehrjahre sind halt keine Herrenjahre.«

Vielleicht kommen für Helga noch Herrenjahre, wenn sie einmal Vorarbeiterin ist und die Lehrlinge ausschimpfen und herumkommandieren kann. Helga ist eine von Millionen Untertanen, die sich nicht trauen, dem Vorgesetzten ein Wort zu entgegnen, sondern ohne zu fragen Anweisungen entgegennehmen und ausführen. Das Leben ist halt so, es muß so sein. Die da oben werden schon wissen, warum das so ist.

Helga ist unzufrieden. Sie fühlt, daß sie ein Nichts ist, daß sie nicht anerkannt wird, daß sie schnell getadelt und nicht gelobt wird. Ihre Wut bekommen die zu spüren, die in ihren Augen noch minderwertiger sind, die Gastarbeiter.

»Also ich weiß nicht«, sagt Helga, »die Türken können sich nicht richtig benehmen. Bei uns an der Ecke sitzen die Türkenfrauen mit ihren Kindern auf dem Rasen, und alle Leute gehen da vorbei und gucken. Das stört die Türken gar nicht. Die Kinder sind so dreckig, und das Haus stinkt immer nach Knoblauch. Ich möchte da nicht wohnen.«

Jetzt stelle ich mir vor, man würde Helga in der Schule erzählen, du Helga, Industrienäherin, die immer den Mund halten muß, die sich für dumm hält, du bist ein Herrenmensch, du gehörst zur Herrenrasse, und die anderen, die Türken, sind Untermenschen. Das ist amtlich. Der Minister im Fernsehen erzählt es, die Lehrerin sagt es, in den Schulbüchern steht es, der Professor hat es sogar wissenschaftlich nachgewiesen. Und du, Helga, bekommst einen reinrassigen Ariernachweis. Du hast deinen sauberen Stammbaum nachgewiesen, der Standesbeamte hat es mit Siegel und Unterschrift bestätigt. Und nun hast du die Pflicht, es anzuzeigen, wenn die Türken auf dem Rasen sitzen und ihn verschandeln. Helga, die pünktlich jeden Morgen um sechs Uhr aufsteht und um 7.15 Uhr ihre Karte in die Stechuhr schiebt, sagt pflichtbewußt zu den Türkenfrauen: »Das ist verboten, und wenn Sie hier sitzen bleiben, muß ich Sie anzeigen.« Die Türkenfrauen stehen betroffen auf, haben Angst, etwas zu entgegnen und gehen schweigend ins Haus. Und welch ein gutes, überlegenes Gefühl hat nun Helga. Im Dienste einer höheren Sache hat sie für Ordnung gesorgt. Und immer, wenn Helga einen Türken sieht, hat sie das Gefühl, das ist ein Untermensch, und ich bin ein Herrenmensch. Der Ausweis, in dem es bestätigt ist, steckt in ihrer Tasche.

Eines Tages verliert Helgas Vater die Arbeit. Viele Väter verlieren die Arbeit, und Helga hat im Radio gehört, die Türken seien schuld daran, sie hätten die deutsche Arbeitsmoral untergraben, deutsche Wertarbeit sei nicht mehr das, was sie war, und auf dem internationalen Markt nicht mehr gefragt.

»Na wartet, Freundchen«, denkt Helga, »wenn ich euch erwische.«

Ich kann Helga mit keiner Herrenrassen-Ideologie dienen, aber ich weiß, daß sie begeistert zustimmen würde, genauso wie ihre Eltern einst begeistert gejubelt haben. Es würde ihr gefallen, wie es ihren Eltern gefallen hat.«

»Kleine Helga«, sage ich in Gedanken zu ihr, »kleine Helga, die Zeiten sind vorbei, endgültig vorbei. Der deutsche Herrenmensch hat sich letzten Endes als lächerliche Niete erwiesen, und du mußt damit leben. Daran ändern die wehmütigen Erinnerungen der Eltern an die schöne Zeit in der Hitlerjugend auch nichts mehr.

Sogar die paar Grüppchen, die sich wieder kackbraune Hemden anziehen und meinen, daß sie durch Strammstehen und ein paar Parolen etwas darstellen, sind nur hilflose Popanze. Der ganze Herrenmenschenzauber hat nur zwölf Jahre gehalten, und diese lächerlichen Gestalten haben geglaubt, daß sie eines der ältesten Völker der Erde ausradieren können, ein Volk, das von seiner Auserwähltheit seit Jahrtausenden überzeugt ist. Ich kann dir nicht helfen, kleine Helga. Ich kann dir mit keiner deutschen Überlegenheit dienen. Auch wenn jeden Tag ein deutscher Politiker erzählt, daß die Deutschen die führende Wirtschaftsmacht der Erde seien, es nützt dir nichts, denn du, Helga, mußt für ein paar Kröten um 7.15 Uhr deine Stechkarte in die Stechuhr schieben und dich den ganzen Tag von der Ausbilderin schikanieren lassen. Und um dich gewerkschaftlich zu organisieren, bist du abends viel zu müde. Du bist heilfroh, wenn du deine Beine ausstrecken und fernsehen kannst. Arme kleine Helga.«

Irgendwann entschloß ich mich, aus dem Schuldienst auszusteigen. Es war bei den Lehrlingen. Weder Direktoren noch Regierungsräte, weder Präsidenten noch Erlasse hätten mich dazu bewegen können, freiwillig das Feld zu räumen. Es waren die Schwächsten im Schulsystem, die mir klarmachten, daß mein Platz nicht unter ihnen ist.

In der Geschwister-Scholl-Schule steige ich mit Verve in die Lehrlingsausbildung ein, Friseusen, Bäcker, Metzger, Näherinnen. Ich tauche in der Masse des deutschen Volkes unter und schwimme in den Problemen eines Volkes, das mir sein Wesen offenbart hat und das ich aus tiefstem Herzen bedauern würde, wüßte ich nicht, daß es eine gefährliche Waffe darstellt, wenn man es zu benutzen versteht. Dieses Volk war nie ein Volk der Dichter und Denker, es denkt nicht, sondern führt aus, es ist in seiner Seele geknechtet, und wie ein Knecht liebt es Stärke und respektiert die Kraft. Barmherzigkeit und Güte sind ihm unverständlich, weil es nie Barmherzigkeit und Güte kennengelernt hat. Dieses Volk hat geschlagen und würde jederzeit wieder auf Schwache losgehen, weil es selbst dauernd geschlagen wird. Eltern schlagen Kinder, Lehrer schlagen Schüler, Arbeitgeber schlagen Arbeitnehmer, Stärke schlägt Schwäche.

Die Juden und die Ausländer glauben, daß die Deutschen sich nur zu ihnen schlecht benehmen, aber es ist nicht wahr. Sie verhalten sich zueinander noch schlechter, noch unnachgiebiger, noch uneinsichtiger. Jeder benimmt sich gegenüber dem Fremden so wie zu seinen eigenen Kindern, seinen eigenen Alten, zu sich selber. Wer seinen eigenen Kindern gegenüber nicht tolerant ist, kann dem Fremden gegenüber nicht tolerant sein, wer nie Toleranz kennengelernt hat, weiß überhaupt nicht, was damit gemeint ist.

Sehen wir uns Bärbel an. Sie ist Friseurlehrling im zweiten Lehrjahr. Tadellos geschminkt, und die Haare hübsch zurechtgemacht. Sie ist 17 Jahre alt. Ein Mädchen, wie man sie zu Hunderttausenden täglich sieht.

Und nun sehen wir uns Maria an. Eine Italienerin in der gleichen Klasse. Auch Maria entspricht äußerlich dem Bild einer angehenden Friseuse. Zwei junge Mädchen, die den gleichen Modegeschmack haben, die gleichen Illustrierten ansehen, sogar ähnliche Meinungen äußern. Beiden ist es wichtig, daß sie abends weggehen dürfen, beide sind verliebt, beide träumen vom großen Glück. Und dennoch sind zwischen ihnen grundlegende Unterschiede, Unterschiede, die auf den ersten Blick nicht erkennbar sind.

Maria darf abends nicht weggehen und wenn, dann nur mit ihrem großen Bruder. An die Pille denkt sie überhaupt nicht, denn sie soll als Jungfrau in die Ehe gehen. Bärbels Eltern sind da schon aufgeklärter. Sie darf ihren Freund mit nach Hause bringen, darf mit ihm ausgehen und kann, wie sie selbst sagt, mit ihrer Mutter über alles sprechen. Mit ihrem Vater spricht sie nicht, weil sie nicht weiß, was sie mit ihm reden soll.

»Ausländer«, sagt Bärbel, »sind wie wir. Man darf keine Unterschiede machen. Es gibt nette und weniger nette Ausländer.«

Gehen wir zehn Jahre zurück in der Biographie von Bärbel und Maria. Es ist sieben Uhr abends, und die Mutter sagt zu Bärbel: »Sandmännchen ist vorbei, du mußt jetzt ins Bett gehen.« Bärbel will noch nicht ins Bett gehen. Sie ist nicht müde und will lieber fernsehen.

»Ich will noch aufbleiben, Mutti«, bettelt sie.

»Es ist spät, Bärbel, du mußt morgen in die Schule«, sagt die Mutter, »geh rauf auf dein Zimmer.«

»Ich will aber noch nicht«, fängt Bärbel an zu quengeln.

»Du gehst jetzt ins Bett, das wäre ja noch schöner, wenn du bestimmen würdest, wann du schlafen gehst«, schimpft die Mutter.

Bärbel quengelt lauter, und die Mutter gibt ihr eine Ohrfeige.

»In dein Zimmer, aber marsch!«

Die siebenjährige Maria rennt zur gleichen Zeit noch auf der Straße herum und tollt mit den anderen Ausländerkindern. Es kommt keiner auf die Idee, sie ins Bett zu schicken. Es stört keinen, ob sie um neun oder zehn Uhr schlafen geht. Es ist in Italien so üblich, daß die Kinder lange aufbleiben und ins Bett gehen, wenn sie müde sind, und den Brauch haben sie mitgebracht in die neue Heimat. Maria muß nicht allabendlich einen Kampf mit den Eltern verlieren, weil keiner mit ihr kämpft.

Gehen wir noch weiter zurück. Die fünfjährige Bärbel sitzt am Tisch und versucht, mit einem Löffel die Marmelade aufs Brot zu streichen. Der Löffel fällt ihr aus der Hand, und sie bekleckert ihr rosa Kleidchen.

»Narrenhände beschmieren Tisch und Wände«, schimpft die Mutter und gibt ihr einen Klaps auf die Narrenhände, »kannst du denn nicht aufpassen. Das Kleid habe ich dir gerade frisch angezogen.«

»Narrenhände, Narrenhände«, lacht der Bruder und trampelt auf Bärbels fünfjähriger Seele herum. Bärbel schaut auf den roten Marmeladenfleck und schämt sich fürchterlich, als hätte sie etwas Schlimmes verbrochen.

Maria bekleckert sich auch. Alle fünfjährigen Mädchen bekleckern sich, aber Marias Mutter sagt nichts, weil sie wegen eines Fleckens ihr Kind nicht beleidigt. Sauberkeit ist für sie nicht das Wichtigste, und ob Maria nun mit einem Flecken herumläuft oder nicht, stört sie nicht.

Beide Mütter sind von der Arbeit abgespannt und haben Kopfschmerzen.

»Sei bitte ruhig, Bärbel«, sagt die Mutter. Aber die kleine Bärbel ist nicht ruhig. »Bärbel, sei still.« Aber Bärbel macht mit einem klapprigen Spielzeugauto Krach.

»Bärbel, ich sage es dir zum letzten Mal.« Bärbel hört nicht auf die Mutter.

Die Mutter nimmt ihr das Spielzeugauto weg und schlägt zu. »So, und nun bist du ruhig.«

Bärbel fängt an zu schreien, und die Mutter erregt sich noch mehr. Sie verprügelt das Kind und bringt es ins andere Zimmer. »Hier bleibst du, und wehe dir, wenn ich noch einen Mucks höre!« Die kleine, verprügelte Bärbel sitzt allein im Zimmer und weint leise, ganz ganz leise, damit die Mutter nichts hört. Und später ist die Mutti immer noch böse und spricht nicht mit ihr.

»Bist kein folgsames Mädchen, und mit bösen Mädchen spreche ich nicht. Heute abend erzähle ich dem Vati, wie du dich benommen hast.« Bärbel versucht brav und folgsam zu sein und tut alles, was die Mutter will, wenn sie nur nicht böse ist und dem Vater nichts erzählt.

Auch Maria macht Krach.

»Still, Maria!« schreit die Mutter.

Aber Maria ist nicht still. Die Mutter regt sich auf und beginnt, Maria zu verprügeln. Und Maria schreit los, daß die Wände widerhallen. Die Mutter hält inne und beginnt das Kind abzuküssen.

»Hör schon auf zu weinen, Maria, hör auf.«

Maria schreit noch lauter, um der Mutter zu zeigen, welch einen Schmerz sie ihr zugefügt hat. Und die Mutter streichelt und küßt das Kind weiter, um es zu beruhigen. Von konsequenter Erziehung hat Marias Mutter nie etwas gehört, und wenn, sie würde diese konsequente Erziehung als unmenschlich für ihre kleine Maria ablehnen.

Wenn abends Marias Vater von der Arbeit nach Hause kommt, nimmt er seine kleine Tochter in den Arm und küßt und herzt sie, und Maria läuft ihm jeden Abend schon von weitem entgegen.

Als Bärbel den Vater an der Tür hört, bekommt sie Angst, denn sie weiß, er wird sie wegen heute nachmittag nochmals ausschimpfen. Sie fürchtet sich vor ihm noch mehr als vor der Mutter.

Und so wachsen beide Mädchen heran. Bärbel, die immer schön brav ist, ruhig und sauber, und an der dauernd etwas ausgesetzt wird, und Maria, die laut ist und nicht ständig reglementiert wird. Beide Mädchen sehen auf der Straße ein lachendes Kind mit einer schmutzigen Jacke und einem verschmierten Gesicht. »I gitt«, sagt Bärbel, »schau, wie dreckig das Kind ist«, und sie ekelt sich, und das Kind ist ihr zuwider. Maria hingegen sieht den Dreck gar nicht, sondern hört, wie das Kind lacht.

Bärbel lehnt jeden ab, der anders ist als sie, sei es ein Ausländer oder ein Deutscher. So, wie sie es von ihrer Mutter gelernt hat, die sie ablehnte, wenn sie anders war als erlaubt. Weil aber die meisten Deutschen so erzogen sind und nur wenige Ausländer diese unmenschliche Erziehung über sich ergehen lassen mußten, sind viele Deutsche ruhig, sauber, gehemmt und verklemmt und viele Ausländer locker, lustig, impulsiv, gefühlsbetont. Und das kann Bärbel nicht ausstehen.

Bärbel ist ein fleißiges Mädchen. Sie ist folgsam zu Hause und folgsam im Betrieb, denn sie hat jahrelang zu spüren bekommen: Nur wenn man brav und folgsam ist, wird man nicht geschlagen und ausgeschimpft.

»Wer nicht hören will, muß fühlen«, war Vaters Standardsatz. Und sie hört inzwischen. Im Betrieb muß sie die schlechte Laune ihres Meisters ertragen, dauernd meckert und mäkelt er an ihr herum. Und wie sie den Eltern nicht widersprochen hat, so widerspricht sie auch nicht dem Vorgesetzten. Sie gibt sich furchtbar viel Mühe und denkt, hoffentlich ist er mit meiner Arbeit zufrieden, hoffentlich gefällt es ihm.

Gestern hat sie ein Fläschchen mit Farbe fallen lassen, und es ist ein Fleck auf dem Fußboden entstanden, den sie trotz aller Mühe nicht hat wegscheuern können. Sie schrubbte und schrubbte, der Schweiß brach ihr aus, ihr Kreislauf zirkulierte schneller, hoffentlich bemerkt er den Fleck nicht, hoffentlich geht der Fleck raus. Er ist nicht ganz herausgegangen, und das scharfe Auge des Meisters hat ihn schnell ausgemacht.

»Wer war das?« regt er sich auf.

»Ich«, Bärbel zittert. »Mir ist ein Fläschchen mit schwarzer Farbe aus der Hand gefallen.«

»Warum paßt du nicht besser auf? Die Farbe muß ich dir von deinem Geld abziehen, und für den Fleck werde ich die Vesicherung belangen. Wenn die nicht zahlt, muß ich mich an deine Eltern wenden.«

Bärbel steht wie ein begossener Pudel da.

Wie soll ich das meinen Eltern beibringen, wenn die Versicherung nicht für den Schaden aufkommt, denkt sie, und im Geiste hört sie ihre Mutter sagen: »Narrenhände beschmieren Tisch und Wände.«

Stets wird Bärbel von der Angst geplagt, etwas Falsches zu machen. Sie hat einen Freund und nimmt die Pille. Aber die Angst läßt sie nicht einmal im Bett los. Hoffentlich mache ich alles richtig, denkt sie. Sie kann Sexualität nicht genießen. Es gefällt ihr nicht einmal. Der Gedanke, sie würde etwas verkehrt machen und es würde ihm vielleicht nicht gefallen, läßt sie nicht los. Sie weiß nicht, daß auch er Angst hat und auch er sich bemüht, alles richtig zu machen, so, wie es in der Illustrierten stand. Erst einmal streicheln, er weiß nicht genau, wie lange, dann küssen, dann bumsen. Mal von vorne, mal von hinten. Und beide steigen aus dem Bett mit einem Gefühl der Leere. War es richtig so? Reden können sie nicht darüber, und wenn sie reden könnten, würde es auch nichts helfen. Bärbel kann sich keinem Gefühl hingeben.

Bärbel lebt nach einem Plan, und alles, was diesen Plan durcheinanderbringt, bereitet ihr Schwierigkeiten. Am Sonntag hat sie frei, und auch dieser Tag ist genau geplant. Sie schläft eine Stunde länger als sonst, frühstückt in Ruhe, räumt ihr Zimmer auf, hilft der Mutter, das Mittagessen zuzubereiten. Pünktlich um ein Uhr muß das Essen auf dem Tisch stehen. Nachmittags geht sie spazieren oder sieht fern, und abends geht sie in die Diskothek.

Bärbels Freund ist arbeitslos. Er hat den ganzen Tag Zeit und kann mit seiner Zeit nichts anfangen. Seit er arbeitslos ist, trinkt er. Genau wie Bärbel hat er gelernt, nur das zu tun, was man ihm aufträgt, so wie sie, ist auch er von Anweisungen abhängig. Er hat keine Idee, was er tun könnte, außer Arbeit zu suchen. Aber er findet keine Arbeit, ist unzufrieden, unglücklich, haltlos. Er wird von den andern verachtet und verachtet sich selbst. Und auf alle schimpft er. Auf die Bosse, auf die Regierung, auf die Ausländer.

»Ein starker Mann müßte mal wieder her«, sagt er zu Bärbel. »So ein kleiner Hitler«, der Inbegriff der deutschen Stärke. »Der würde mal wieder mit allem aufräumen. Mit diesem Ausländerpack und den stinkreichen Juden, mit den Schlappschwänzen oben in der Regierung, mit den Terroristen und mit der Arbeitslosigkeit.«

»Hast recht«, sagt Bärbel, »mein Vater sagt das auch. »Die Terroristen müßte man an die Wand stellen. Ein kleiner Hitler muß her, bei dem gab es so etwas nicht.«

Viele kleine Bärbels sagen oder denken das gleiche: »Ein kleiner Hitler müßte her.«

Die Ordnung ist ein wenig durcheinandergekommen, und schon wünscht sich die Masse einen kleinen Hitler, ruft nach dem starken Mann.

»Sieh mal an«, sage ich mir in Gedanken, »ihr habt eure Lektion gut gelernt. Von wegen, die Deutschen hätten kein Geschichtsbewußtsein. Eure Geschichte blüht im Verborgenen. Die offiziellen Vertreter des Deutschen Volkes können erzählen, was sie wollen, ihr habt es mir besser erzählt.«

Persönlich habe ich mit den Bärbels niemals Schwierigkeiten gehabt. Sie sind willenlose Werkzeuge, man kann mit ihnen machen, was man will. Sie widersprechen nicht, sie fragen nicht, sie tun das, was die Autorität sagt. Sie kommen mir vor, wie eine Teigmasse, die sich nach Belieben formen läßt. Nur eines muß man sein: stark und streng.

»Sie sind zu weich«, sagten mir die Bärbels am Anfang. »Sie müssen strenger mit uns umgehen.«

Sie konnten es nicht ertragen, daß ich die Schwätzer nicht ermahnte, die Frechen nicht zur Räson brachte. War ich stark, dann war ich gut. Und ich war streng, und sie achteten mich.

Und allmählich begriff ich, daß die Deutschen kein starkes, sondern ein schwaches Volk sind. Eine Summe von ängstlichen und braven Individuen, die sich nichts zutrauen und nur darauf warten, daß man ihnen sagt, was sie zu tun haben. Die Stärke der Deutschen ist eine Fassade, hinter der sich Angst und Minderwertigkeitsgefühl verstecken. Die Fassade bröckelt nicht ab, weil untereinander bestimmte Spielregeln eingehalten werden. Die Untergebenen greifen die Autoritäten nicht an. Griffen die Schüler die Lehrer an, würden sie merken, wie wenig hinter den scheinbaren Alleswissern steckt; wendeten sich die Lehrer gegen die Direktoren, dann erführen sie, welch erbärmliche Kreaturen die meisten sind; stünde das Volk gegen seine Politiker auf, dann würde mancher aufgeblasene, selbstherrliche Schwätzer die Maske verlieren und sein unbeholfenes, ängstliches Wesen käme zum Vorschein.

Dann wurden mir die Bärbels zuviel. Wir machen einen Ausflug, es dämmert bereits, und vor mir erzählen sich zwei Mädchen Witze. In einem Witz ging es um Juden, die man verbrennt. Zum Totlachen. Ich hätte Bärbel zur Rede stellen können. Das habe sie doch gar nicht bös gemeint, würde sie sagen. Es täte ihr so leid, und die Angst vor mir würde wachsen. Oder ich hätte im Unterricht aufklären können.

Geschichtsunterricht mit Bildern und Dokumenten. »Schrecklich«, würden die Bärbels sagen. »Ach, wie schlimm.« Aber alles ist sinnlos. Bärbels können nicht mitfühlen, sie können nicht mitleiden. Als Bärbel damals alleine im Zimmer saß, von ihrer Mutter verprügelt und von allen verlassen, hat auch keiner mitgelitten. Und sie wird ihre Kinder schlagen und erbarmungslos mit ihnen umgehen. Wo hat sie denn jemals Erbarmen für den Schwachen erlebt? Im Gegenteil. Jede Menschlichkeit legt sie als Schwäche aus, und Schwäche ist in ihren Augen etwas Schlechtes, etwas Verabscheuungswürdiges.

Mir wird klar, daß ich unter Bärbels nichts zu suchen habe. Das ist nicht mein Volk, nicht mein Land, ich bin kein Märtyrer, und das Gehalt und das bißchen Sicherheit mit Pensionsanspruch sind es nicht wert, den Bärbels einen Teil meines Lebens zu geben. Ich kann mich auch nicht in den Kampf meiner deutschen Freunde einreihen, die versuchen, in der Erziehung etwas zu verändern. Wie komme ich dazu, mehr Menschlichkeit in die deutsche Erziehung zu bringen? Sollen sie nach ihrer Fasson leben, ich bin kein Revolutionär und kein Kämpfer.

Das Wort Holocaust hat mir den letzten Rest gegeben.

In der reichen deutschen Sprache fand sich jahrelang kein Wort für die industrielle Vernichtung von Menschen, für den Mord an Unschuldigen, für das Grauen schlechthin. Jetzt hat man ein Wort gefunden: Holocaust. Das versteht wenigstens keiner, das klingt nicht schlimm, darunter kann man sich nichts Rechtes vorstellen.

Und plötzlich erinnert sich das deutsche Volk an Einzelheiten, an Kleinigkeiten, an Details, die es vierzig Jahre lang geleugnet hat.

»Wir wußten nichts«, habe ich immer gehört, und plötzlich, wie durch ein Wunder, erinnert man sich hierzulande. Irgendwie scheint das Gedächtnis der Deutschen anders zu funktionieren als unseres. Den Zeugen wird bei den Massenmordprozessen immer wieder vorgeworfen, daß sie sich nicht genau erinnern. Deswegen muß man die unschuldigen Mörder freisprechen, andererseits erinnern sich die Deutschen auf einmal an Vorgänge, die sie vorher nicht wahrgenommen haben wollen.

Mir kommt ein Streitgespräch in den Sinn, das ich mit meiner Mutter vor acht Jahren führte, bevor ich Lehrerin wurde. »Es stimmt nicht, Mama«, sage ich, »daß das deutsche Volk von den Morden an den Juden gewußt hat. Du irrst dich.«

»Ich irre mich nicht. Heute wollen sie nichts wissen, aber millionenfacher Mord konnte nicht geheim bleiben.«

»Mama, das ist doch nicht wahr. Warum geben sie dann nicht zu, daß sie von der Judenvernichtung gewußt haben? Das ist doch ein demokratisches Land mit demokratischen Menschen.«

»Das sind keine Demokraten. Das sind kleine, miese Befehlsempfänger, und die lächerlichsten und getretensten unter ihnen waren die größten Schlächter und würden auf Befehl wieder schlachten.«

»Du kennst die Deutschen nicht. Ich bin hier zur Schule gegangen, ich studiere, ich habe deutsche Freunde. Du bist einfach verbohrt, Mama, verbohrt und voller Vorurteile.«

»Hör zu, meine Tochter. Fünf Jahre habe ich mit ihnen leben müssen. Fünf Jahre habe ich Tag für Tag ihre Seele studiert und sie beobachtet, fünf lange, bange, unglückliche Jahre, die mich aufgefressen haben, die aus einem lebenslustigen jungen Menschen eine Greisin gemacht haben. Die Deutschen sind ein Volk, das sich vor jeder Uniform in die Hosen macht, das aus Angst denunziert. Jeder zittert vor jedem, und je dümmer sie sind, desto brutaler sind sie. Und daß sie dumm bleiben, dafür sorgen sie selber.«

»Aber, Mama, meine Freunde sind nicht so.«

»Solche Deutsche wie deine Freunde, die gab es auch damals. Es gab die wenigen, die mit uns in den Konzentrationslagern gesessen und mit uns gelitten haben. Es gab ein paar im Widerstand, aber längst nicht so viele, wie sie es der Welt heute einzureden versuchen. Und eines kannst du mir glauben, diejenigen, die damals Menschlichkeit gezeigt haben, die im Widerstand waren, die haben doch heute wieder die größten Schwierigkeiten. Wer nicht so ist, wie die deutsche Masse, wird von ihr selber ausgeschlossen und verfolgt. Ganz egal, ob sie sich heute demokratisch nennt oder nicht.«

»Du hast keine Ahnung, Mama. Durch die Brille deiner Vergangenheit siehst du alles verzerrt. Das Dritte Reich war ein Unglück, in das das deutsche Volk hineingeschlittert ist.«

»Wir sind in das Unglück hineingeschlittert, weil wir nicht mit bloßen Händen auf sie losgegangen sind, weil wir nach dem Krieg Prozesse zugelassen haben, in denen die Opfer als Zeugen aussagten und im nachhinein gedemütigt und erniedrigt wurden, weil wir ihnen für ihre Urteile im Auschwitzprozeß nicht ins Gesicht gespuckt haben und weil wir ihnen die Hand gereicht haben.«

»Mama, wie konntest du hier leben. Warum hast du dieses Land nicht verlassen?«

»Wie ich hier leben konnte, fragst du? Du hättest mich sehen sollen nach dem Krieg. Ein Wrack, ein lebendes Wrack. Auf der ganzen Welt gab es niemanden, der zu mir gehörte und zu dem ich gehörte. Keine Familie, keine Freunde, keine Bekannten. Und deinem Vater ging es nicht anders. Wir waren zu schwach, um wegzugehen, um in einem anderen Land Fuß zu fassen. Und später überlegte ich, warum ich überhaupt weggehen sollte. Das hätte ihnen so gepaßt. Erst machen sie uns fertig und dann verschwinden wir. So einfach ist das nicht. Die Deutschen müssen sich von mir schon anhören, was ich von ihnen denke, und wenn es ihnen nicht paßt, dann sollen sie mich ausweisen oder einsperren. Wenn sie schon ein paar Juden hier benutzen, um sich von ihrer Vergangenheit reinzuwaschen, dann müssen sie auch meine Gedanken ertragen.«

Ich glaubte ihr nicht. Ich fand sie ungerecht. Ich kannte die Deutschen als nette, höfliche Menschen, und jeder beteuerte, er hätte nichts gewußt, und wenn er etwas gewußt hätte, dann hätte er versucht zu helfen.

Und nun? Nach vierzig Jahren bricht der Dreck auf. Auf einmal hört man überall: Es stimmt, wir wußten viel mehr, als wir in den Nachkriegsjahren zugegeben haben. Die Kirche hat gar nicht so sehr gegen die Judenverfolgungen rebelliert, wie sie es gerne überall erzählt hat, und es gab tatsächlich wenig Widerstand im deutschen Volk. Man hat sogar stillschweigend oder laut jubelnd gebilligt, was mit den Juden und Zigeunern geschah. Aber wir, wir sind nicht schuld. Schuld sind die historischen Bedingungen.

Großmutter, die Bedingungen haben dich erschossen und deine Kinder vergast. Es waren gar nicht die Deutschen. Es waren die historischen Bedingungen und die totalitäre Ideologie. Man kann ihnen gar nicht mehr böse sein, man kann ihnen nicht einmal etwas vorwerfen.

»Stimmt«, sagen sie, »du hast recht. Wir haben tatsächlich alle diese Grausamkeiten begangen, aber schuld daran war die furchtbare Ideologie, der wir verfallen sind.«

Wie gefällt dir das? Sogar das bißchen Scham, das sie unter der Lüge der Unwissenheit versteckt hatten, ist nicht mehr nötig. Phantastisch. Sie fragen natürlich nicht: Wer macht die Bedingungen? Wieso haben andere Völker katastrophale Wirtschaftsverhältnisse und sind demokratisch? Wieso haben andere mehr Terroristen und überwachen trotzdem nicht jeden mit dieser Perfektion? Warum gibt es in anderen Ländern Millionen Andersdenkende, und sie werden nicht aus den öffentlichen Ämtern ausgeschlossen? Die Deutschen vergessen, sich zu fragen, warum sie so ängstlich, pedantisch und unnachgiebig sind, wenn es darum geht, Paragraphen einzuhalten, und warum sie sich selbst so ein dichtes Netz von Gesetzen, Erlassen, Verordnungen und Anweisungen knüpfen und ihre eigene Freiheit systematisch einengen.

»Der Mensch ist frei geschaffen, ist frei«, sagt Schiller. Das stimmt, aber die deutsche Erziehung macht ihn zum Knecht, zum Befehlsempfänger, zum Untertanen. Und weil der Knecht die Anweisung und der Befehlsempfänger den Befehl braucht, lechzen sie dauernd nach neuen Verordnungen, damit nichts mehr in der eigenen Verantwortung liegt. Brav sein und der Anordnung Folge leisten, das lernen sie Jahr für Jahr, Tag für Tag, Stunde für Stunde.

Die wenigen, die das sehen und versuchen, dagegen anzugehen, werden von der Masse und ihren Vertretern eingeschüchtert und abgedrängt. Verantwortung in Deutschland heißt peinlichst korrekt Anweisungen durchführen, persönliche Verantwortung ist nicht gefragt.

Heute habe ich gekündigt. Ich habe dem deutschen Volk meinen Dienst aufgekündigt. Das Ende einer deutschen Beamtin.

Ich weiß nicht, welchem Leben ich entgegengehe, aber ich weiß, welchem Leben ich entflohen bin. Einem Leben, eingekeilt zwischen Paragraphen und Verordnungen. Es wundert mich, daß ich nach fünf Jahren Tätigkeit in der Schule den Mut aufbringe, dieser Arbeit ein Ende zu setzen. Man ist so perfekt abgesichert, daß man mit den Jahren immer mehr Angst bekommt, diesem Sicherheitssystem zu entfliehen und auf eigenen Füßen zu stehen. Das Leben ist festgelegt, geregelt und genormt. In dreißig Jahren zur Weihnachtszeit gibt es Weihnachtsferien, in zwanzig zur Sommerszeit muß man Prüfungen abnehmen. Jahr für Jahr das gleiche, eingebettet in die öde, fad schmeckende Sicherheit.

Sollte ich jemals wieder unterrichten, dann in keiner deutschen Schule. Ich werde mir keine Verständnisfloskeln für Ausländer und Juden mehr anhören, ich will auch kein Mitleid mit den Schülern haben, ich will das deutsche Volk nichts lehren, und ich will es nicht ändern.

Fünf Jahre lebte meine Mutter unter den Deutschen, und fünf Jahre lebte ich mit ihnen. Es ist genug.

Zur Demokratie angetreten – ein Volk macht Dienst nach Vorschrift

Henryk M. Broder

Als Lea Fleischmann mir während der Arbeit an ihrem Buch einzelne Kapitel der Rohfassung vorlas, tat ich etwas, was ich selten tue: Ich saß ruhig da und hörte aufmerksam zu. Das mache ich sonst nur, wenn ich meine eigenen Geschichten im Radio höre.

Ich kann nicht besonders gut abstrahieren, ich habe Schwierigkeiten mitzuhalten, wenn geschulte Dialektiker eine Sache kritisch hinterfragen, um sie anschließend in einen Zusammenhang zu bringen und daselbst festzuschreiben. Ich ziehe mich dann meist aus der Affäre, indem ich sage, ich hätte noch nicht das richtige Problembewußtsein und müßte mir erst eine »korrekte Einschätzung« der Sache aneignen. Umgekehrt geht es mir ähnlich: Wer mich überzeugen will, muß eine gute Geschichte erzählen können, und er (sie) muß die Geschichte gut erzählen können.

Die Geschichten, die Lea in ihrem Buch erzählt, haben mich auf Anhieb überzeugt. Ich halte viel davon, einen Mikrokosmos zu beschreiben, um so eine Annäherung an den Makrokosmos zu versuchen.

Vermutlich eignet sich kein anderer Mikrokosmos so sehr für die Erkenntnis vom Wesen der Gesellschaft wie die Schule. Dies ist schließlich die Instanz, in der junge Menschen »sozialisiert« werden, in der sie außer Wissen auch Werte und Ziele vermittelt bekommen. Aber nicht allein, was vermittelt wird, sondern auch die Art der Vermittlung läßt Schlüsse vom Mikro- auf den Makrokosmos zu: ob eine Gesellschaft z.B. an der Prügelstrafe festhält oder nicht, wie differenziert das Bildungsangebot ist, welche Chancen es den Schülern bietet. Dazu kommt, wie das Verhältnis zwischen Lehrenden und Lernenden geregelt ist, ob die Lehrenden zu lernen bereit sind oder ob sie das, was sie schon wissen, weitergeben wie ein Zigarettenautomat seine abgepackte Ware.

Das Bild von Schule, das die Autorin vor uns ausbreitet, trägt für Außenstehende streckenweise die Züge einer Paukerklamotte: eine Direktorin, die am Hintereingang Lehrer abfängt, die zu spät kommen; wutentbrannte Pädagogen, die kritsche Plakate von den Wänden reißen; Lehrerkonferenzen, auf denen stundenlang über die Papierverteilung diskutiert wird, während die Entscheidungen über Versetzung oder Nichtversetzung in Minutenschnelle fallen – Kleingewerbetreibende in Sachen Erziehung, deren Horizont an der Tür zum Lehrerzimmer endet. Eine Welt voller Erlasse und Regeln, ein Geist, so kleinkariert wie die Sakkos der Refendare. Wo ein pädagogisches Konzept, das den selbständigen und mündigen Bürger zum Ziel hat, dermaßen auf Paragraphenkrücken daherkommt, müssen am Ende des Erziehungsprozesses Krüppel stehen. Die deutsche Schule ist das Modell der deutschen Gesellschaft: eine Bevormundungsanstalt, in der auf demokratische *Formalien* so großer Wert gelegt wird, weil es an einem demokratischen *Bewußtsein* mangelt. Der Rest ist eine Frage der Ausstattung. Das Vokabular – Groblernziele, Feinlernziele, Motivationsverstärkung – suggeriert eine Fortschrittlichkeit, die sich freilich in rhetorischer Schaumschlägerei erschöpft. Dies ist der einzige Unterschied zu früher, als die Formen noch eher den Inhalten entsprachen.

Meine Erinnerung an meine eigene Schulzeit ist lückenhaft. Ich weiß noch, daß ich im Jahre 1958 auf ein mathematisch-naturwissenschaftliches Gymnasium kam und acht Jahre später, 1966, das Abitur bestand. Ich habe das Abitur auf einem Bein gemacht, aber noch Jahre danach träumte ich, ich würde es nicht schaffen, zu spät kommen, während der Prüfung alles vergessen oder aus irgendwelchen anderen Gründen das Zeugnis der Reife nicht bekommen. Acht Jahre lang war mir die Schule eine Last, danach ein paar Jahre lang ein Alptraum. Ich habe in der Schule nichts gelernt, was ich später gebrauchen konnte, und außer ein paar Weisheiten für den sogenannten Ernst des Lebens auch nichts behalten.

Etwa zwei Jahre vor dem Abitur erklärte ich die Schule für mich als beendet. Ich machte nur noch das Notwendigste und trieb mich lieber mit einer älteren Freundin beim

SDS herum, wo über den richtigen Zeitpunkt der Revolution gestritten wurde, nicht über ihre Unvermeidlichkeit an sich. Ich erinnere mich an einen Vorfall aus dieser Zeit: Der Mathematiklehrer hatte irgendwas aufgegeben, ich hatte die Aufgabe nicht gemacht, und anstatt irgendeine Ausrede zu gebrauchen, sagte ich dem Lehrer, ich hätte einfach keine Lust gehabt, die Sache zu machen. Ich hätte ihm genausogut sagen können, daß ich mit seiner Frau ins Bett möchte; er trat einen Schritt zurück, sah mich ratlos und ungläubig an, ich merkte, wie es hinter seiner Stirn arbeitete, und dann preßte er aus sich heraus: »Aber, Broder, wenn Sie nur machen, was Ihnen Spaß macht, dann können Sie kaum was ernst meinen.« Diesen Satz werde ich nie vergessen, er hilft mir, vieles zu verstehen: die Ernsthaftigkeit jener, die in diesem Land Unterhaltung produzieren, das Erheben von Vergnügungssteuer für leichte Musik und das Subventionieren von Opern, das organisierte Lachen in Karnevalssitzungen, den kuriosen Begriff »Freizeitspaß« und auch, daß es in Deutschland die relativ wenigsten Streiktage und die relativ meisten Kindesmißhandlungen gibt. Es wird eben alles sehr ernst genommen: das Vergnügen, die Arbeit, die Kindererziehung, der Humor und auch die Revolution.

In einer Erklärung zum 40. Jahrestag der »Reichskristallnacht« sagte Walter Scheel über Funk und Fernsehen unter anderem auch den folgenden Satz: »Das deutsche Volk wurde zum Instrument nationalsozialistischer Gewalt erniedrigt.«

Zum gleichen Anlaß erschien in der ALLGEMEINEN JÜDISCHEN WOCHENZEITUNG eine Reihe von Gedenkartikeln. In einem dieser Artikel hieß es: »Die Masse des deutschen Volkes verabscheute die Ausschreitungen der Parteiorgane... Der Haß gegen das Judentum wurde von den nationalsozialistischen Diktatoren entfesselt und geschürt. Die Deutschen sahen keinen Anlaß, ihren jüdischen Mitbürgern, die deutsch fühlten und dachten und denen sie viel verdankten, Feindseligkeiten entgegenzubringen.«

Die beiden Parteien sind sich also einig. Die Nazis fielen über Deutschland her wie eine Rockertruppe über ein friedliches Dorf, »erniedrigten« das deutsche Volk, das ein willenloses »Instrument« war und alles mit sich machen ließ; aber immerhin, das Volk »verabscheute«, was die »Parteiorgane« anstellten, die »Ausschreitungen« wurden nicht von Menschen begangen, sie fanden auch fern vom deutschen Volk statt. Den Judenhaß hat es vor der NS-Zeit nicht gegeben, er wurde erst von den Diktatoren »entfesselt und geschürt«, auch damit hatten die Deutschen nichts zu tun, denn erstens »verdankten« sie den Juden viel, und zweitens dachten und fühlten die Juden genauso deutsch wie die eigentlichen Deutschen.

Dieses Gewebe aus Schwachsinn und Lüge ist die Grundlage der deutsch-jüdischen Nachkriegsmesalliance. Die Deutschen versichern den Juden, daß sie ihnen viel verdanken (es werden sodann die jüdischen Nobelpreisträger und die im Ersten Weltkrieg gefallenen Juden aufgezählt, aber die jüdischen Räterepublikaner Eisner, Toller, Landauer, Mühsam usw. fallen noch postum unter den Radikalenerlaß und werden übergangen), dafür versichern die so geschmeichelten Juden der Masse des deutschen Volkes, sie habe mit den Nazis nichts zu tun gehabt. Es gilt als ausgemacht, daß keiner was gewußt hat. Am Tag der Machtergreifung war Winterschlußverkauf, als die Nürnberger Gesetze erlassen wurden, war in Berlin gerade Sechstagerennen, und während der »Reichskristallnacht« lagen alle friedlich in den Betten und schliefen. Die wenigen, die doch was gewußt oder geahnt haben, die waren natürlich innerlich dagegen, konnten es aber nicht offen zeigen, um diejenigen Juden nicht zu gefährden, die sie bei sich aufgenommen hatten. Und die paar Handvoll, die doch mitgemacht haben, taten dies nur, um Schlimmeres zu verhüten. So löst sich die Verantwortung für das Dritte Reich in nichts auf, allenfalls Hitler, Himmler und Goebbels dürften eine gewisse Verantwortung tragen.

Die Demokratie wurde in Deutschland nach dem Krieg

auf dem Verordnungswege eingeführt. Auf diese Weise lassen sich in Deutschland auch kleinere Projekte realisieren, wie zum Beispiel eine Woche der Brüderlichkeit oder eine Woche des jüdischen Films – eine Idee der Frankfurter CDU. So wie der Nazi-Antisemitismus seine administrative Basis und seine Durchführungsbestimmungen hatte, hat auch die »Versöhnung mit dem jüdischen Volk« den Charakter eines Betriebsausflugs, der während der Dienststunden stattfindet. Die Kraft des Erlasses geht mit dem Charme des Euphemismus eine fruchtbare Verbindung ein. Früher kamen dabei solche Begriffe wie Endlösung, Lebensraum und Sonderbehandlung heraus, aseptische Vokabeln, über deren wirklichen Inhalt alle Bescheid wußten. Diese Methode der Sprachregelung gehört zum Erbe der Nazizeit, ebenso wie die Richter, die Verwaltungsbeamten und die Geheimdienstexperten, die für einen reibungslosen Übergang vom Dritten Reich zur FdGO sorgten. Heute heißt eine Maßnahme, mit der Lehrer, Lokführer und Gärtner auf ihre politische Gesinnung hin überprüft werden, »Radikalenerlaß«, in einigen öffentlich-rechtlichen Sendern darf das Wort »Berufsverbot« nicht verwendet werden, weil es – nach Ansicht der Intendanten – keine Berufsverbote gibt, sondern eben nur den Radikalenerlaß. Eine vorgezogene Exekution durch die Polizei wird als »finaler Rettungsschuß« mit dem Hauch des Karitativen verkleidet, in Bayern ist der finale Rettungsschuß bereits gesetzlich geregelt, es hat alles seine Ordnung, im übrigen Bundesgebiet wird darüber noch debattiert. Schleyers Aktivitäten bei der SS wurden in den Nachrufen einfach unterschlagen, und da, wo sie nicht unterschlagen wurden, war das für die Staatsanwaltschaften mit ein Grund, wegen Verunglimpfung des Ansehens Verstorbener tätig zu werden.

»Wie man als Deutscher über Auschwitz hinwegkommen kann, weiß ich nicht«, schreibt Lea. Man kann. Es ist noch nicht einmal schwierig. Man muß nur auf denselben Motor eine neue Karosserie setzen. Dann kann man zum Beispiel vom Gesetz zum Schutze des deutschen Blutes lassen und statt dessen mit der gleichen formalen Präzision an das neue Umsatzsteuergesetz gehen. Anstatt die Viertel, Achtel und Sechzehntel Erbteile auszurechnen, die einen deutschen Menschen mehr oder weniger rassisch verunreinigen, kann man mit gleichem Ernst die Frage diskutieren, ob die DDR und die Oder-Neiße-Gebiete im Sinne des Umsatzsteuergesetzes als Inland oder als Ausland anzusehen sind, um dann zu dem salomonischen Schluß zu kommen: »Ausland im Sinne dieses Gesetzes ist das Gebiet, das nicht Inland ist...« – Niemand lacht darüber in Deutschland, im Gegenteil, es werden wieder mal »Rechtspositionen« aufgegeben und »nationale Interessen« ausverkauft.

Man kann über Auschwitz hinwegkommen, indem man als Volk das Spiel spielt, das im Reich der Märchen und Fabeln »Des Kaisers neue Kleider« heißt und im Nachkriegsdeutschland »Bewältigung der Vergangenheit«. In diesem Fall sind Volk und Kaiser ein und dieselbe Größe. Man bestätigt sich gegenseitig, jene »schlimme Zeit« habe auch was für sich gehabt – noch Ende 1977 meinten 40 Prozent der Deutschen: »Hitler mag zwar vieles falsch gemacht haben, aber man darf das Gute nicht vergessen« –, man berauscht sich an der eigenen Tüchtigkeit – die größten Zuwachsraten, die stabilste Währung –, vergleicht das alles mit den Verhältnissen in Frankreich, Italien und England, und für den allerletzten Rest an Zweifel oder schlechtem Gewissen, der sich im Wege des Selbsteinredens nicht abtreiben läßt, holt man sich die Absolution von den Opfern ein. Und die bestätigen dann, daß die Nazi-Zeit ein Betriebsunfall war, eine Panne, die auf das Konto einiger »Diktatoren« geht, die mit der »Masse« nichts zu tun hatten. Man hat die Opfer korrumpiert (und sie haben sich korrumpieren lassen) durch die Teilnahme an allerlei gesellschaftlichem Schnickschnack, der ihnen die Illusion von Dazugehören und Anerkanntwerden vermittelte – die Vorzeigejuden eines judenfreien Deutschland, das die Ermordeten zum zweitenmal mißbraucht.

Am 27. November 1978 warb der RHEINISCHE MERKUR mit einer zweiseitigen Anzeige im SPIEGEL für eine anlaufende dreiteilige Serie über »Deutsche Juden«. Neben einem Foto von Albert Einstein (mit rausgestreckter Zunge) stand der folgende Text: »Unsere Juden. Lassen Sie uns ein Experiment machen. Nehmen Sie Ihre 10 Finger, geben Sie sich 10 Sekunden Zeit und zählen Sie 10 zeitgenössische prominente deutsche Juden auf. Nein, Rudolf Augstein ist falsch. Josef Neckermann ist katholisch und Egon Bahr stimmt auch nicht. Sie haben das Spiel verloren. Oder besser, wir alle haben verloren – denn unsere Juden fehlen uns als Wissenschaftler, Kritiker, Banker, Ärzte und Literaten. Sie fehlen uns in den Berufen, in denen sie ›früher‹ ›nachweislich‹ ›überrepräsentiert‹ waren. Über unsere Juden beginnt jetzt im RHEINISCHEN MERKUR eine dreiteilige Serie – geschrieben von Professor Berglar, einem renommierten Historiker. Moshe L. Meron haben wir gebeten, der deutschen Betrachtung des Themas die jüdische Zukunft in Israel gegenüberzustellen. Herr Meron – Jude aus Königsberg und Vizepräsident des israelischen Parlaments – hat unseren Wunsch erfüllt.«

Wenn es einen Text gibt, der das ganze Ausmaß des deutsch-jüdischen Dilemmas artikuliert, dann ist es dieser. Seine debile Syntax (»...der deutschen Betrachtung die jüdische Zukunft gegenüberzustellen...«) wird nur noch übertroffen von der besitzergreifenden Schamlosigkeit, die von »unsere Juden« spricht, als ginge es um eine Fußballmannschaft oder den deutschen Beitrag zu einem Schlagerfestival. »Unsere Juden fehlen uns...« Ich wüßte gern, wem denn in diesem Land Juden fehlen, den zahllosen Judenfreunden von Carstens bis Springer, von denen jeder mindestens einen Juden im Krieg gerettet hat, oder den paar wenigen Judenfeinden, denen die 30000 Juden in der Bundesrepublik dermaßen aufstoßen, daß sie von einer »Judenrepublik« reden. Statt dessen wird gesagt, welche Juden »uns« fehlen: Wissenschaftler, Kritiker, Banker, Ärzte und Literaten. Fein. Mindestens 90 Prozent der von den Nazis ermordeten Juden waren weder Wissenschaftler noch Kritiker, weder Banker noch Ärzte und auch keine Literaten. Es waren Handwerker, Krämer und Arbeiter mit ihren Familien. Hätten die Programmierer der Endlösung die jüdischen »Wissenschaftler, Kritiker, Banker, Ärzte und Literaten« verschont – welche Juden würden »uns« heute fehlen? Hier findet noch einmal die Selektion der Opfer statt, in die wertvollen, die »uns« fehlen, und die anderen, die niemand vermißt. – Und dann die Anführungszeichen: In einem Land, das 20 Jahre lang ein anderes Land mit »...« entdinglichte, haben sie eine besondere Funktion. Was soll denn in Frage gestellt, relativiert werden? »Früher« oder »nachweislich« oder »überrepräsentiert«? Waren die Juden nicht überrepräsentiert, waren sie nicht nachweislich überrepräsentiert, oder waren sie früher zwar überrepräsentiert, aber nicht nachweislich? Wirre Sprache, krauser Sinn. Wer heute behauptet, daß »uns« Juden fehlen, der lügt oder er leistet eine Gratisübung in Philosemitismus, der im Gegensatz zum gewöhnlichen Antisemitismus nicht einmal echt ist. Was wäre in diesem Lande los, wenn jüdische Wissenschaftler, Kritiker, Banker, Ärzte und Literaten nicht früher, sondern *heute* »nachweislich überrepräsentiert« wären?

»Die Juden und die Ausländer glauben, daß die Deutschen sich nur zu ihnen schlecht benehmen, aber das ist nicht wahr. Die Deutschen benehmen sich zueinander noch schlechter, noch unnachgiebiger, noch uneinsichtiger«, schreibt Lea. Und noch unbarmherziger. Mir fällt immer wieder auf, mit welcher Bedenkenlosigkeit und Leichtigkeit in diesem Land Menschen weggestoßen, ausgeklammert, sich selbst überlassen werden, seien es nun sogenannte Radikale, alte Leute oder schwer erziehbare Kinder. Der durchschnittliche Deutsche, dieser Homunkulus des kleinsten gemeinsamen Vielfachen, ist nicht verbohrter als sein französisches oder englisches Gegenstück, er bestimmt nur stärker den Charakter der Gesamtgesellschaft als der französische oder englische Spießer, der durch andere Kräfte in der Gesellschaft wenigstens zum Teil neutralisiert wird: bürgerliche, liberale, republikanische Kräfte, an denen in Deutschland immer ein Mangel geherrscht hat. Die Deutschen haben Verkehrsformen im Umgang miteinander entwickelt, die so streng und so erbarmungslos sind, daß einer, der nicht zum deutschen Volksganzen gehört und von diesen Verkehrsformen berührt wird, meinen *muß,* so etwas könne nur ihm, dem Außenstehenden, gelten. Tatsächlich gilt diese Härte nicht dem Außenstehenden, sondern dem Außenseiter, egal ob er nun ein Deutscher ist oder nicht.

Nachdem Rolf Hochhuth im Jahre 1978 die frühere Tätigkeit des baden-würtembergischen Ministerpräsidenten Hans Karl Filbinger als Kriegsgerichtsrat publik gemacht hatte, wurde – so ganz nebenbei – auch die Tatsache bekannt, daß rund 25000 deutsche Soldaten von der NS-Kriegsjustiz umgebracht worden waren. Der Fall des Matrosen Walter Gröger, der sich kurz vor Kriegsende unerlaubt von der Truppe entfernt hatte, war kein Einzelfall! Er kam tausendfach vor, wurde tausendfach auf die gleiche Art und Weise behandelt! Ich weiß nicht, wieviele Kompanien oder Bataillone man mit 25000 Soldaten aufstellen kann, ich weiß nur, daß im demokratisch gewandelten Nachkriegsdeutschland offenbar niemand diesen Massenmord den NS-Machthabern zum Vorwurf gemacht hat – und hier waren deutsche Soldaten die Opfer, nicht irgendwelche slawischen oder jüdischen Untermenschen, bei denen man es mit der Menschlichkeit nicht so genau nehmen mußte. Einer, der seinen kleinen Teil zu diesem Massenmord beigetragen hatte, konnte in Staat und Partei eine Politkarriere machen und war sogar eine Zeitlang als Anwärter auf den Posten des Bundespräsidenten im Gespräch. Daß er gehen mußte, lag nicht daran, was er getan, sondern daß er sich so ungeschickt (»Ich habe mein Gedächtnis zermartert!«) verteidigt hatte. Seine Feststellung: »Was damals Recht war, kann heute nicht Unrecht sein«, blieb jedenfalls unwidersprochen.

Anfang August 1979, also über ein Jahr, nachdem der Fall Filbinger bekanntgeworden war, meldete die FRANKFURTER RUNDSCHAU, die Mutter des seinerzeit von Filbinger vom Leben zum Tode beförderten Matrosen Gröger warte immer noch auf die Zuteilung einer Versorgungsrente. An sich, das heißt nach dem Bundesversorgungsgesetz, steht Witwen und Eltern von Soldaten, die nicht auf dem Feld der Ehre fielen, sondern hingerichtet wurden, eine Rente nicht zu. Im Falle der Mutter Gröger hatte aber Bundespräsident Scheel – 30 Jahre nach Kriegsende – bei den zuständigen Behörden interveniert. Das Versorgungsamt Hannover erkannte daraufhin den Tod des Matrosen Gröger als eine Willkürmaßnahme der NS-Justiz an und billigte Frau Gröger einen Anspruch auf Elternrente zu. Dafür ließ sich die nächste Instanz, das Landesversorgungsamt Niedersachsen, mit seiner Entscheidung Zeit. Bei einer 79 Jahre alten Frau hat's keine Eile, zumal sie ja schon die letzten 34 Jahre ohne die Rente ausgekommen ist. Aber auch bei einer positiven Entscheidung des Landesversorgungsamtes ist nicht sicher, daß Frau Gröger eine Elternrente bekommt. Sie bezieht nämlich eine (kleine) Invalidenrente und eine Rente könnte die andere ausschließen...

Wenn man verstehen will, wie all die Erlasse, Anordnungen, Verfügungen im Dritten Reich ausgeführt werden konnten, wie der Mord nach Vorschrift so reibungslos funktionieren konnte, dann muß man sich nur angucken, wie fleißig, wie lustvoll und wie unbarmherzig die Hüter der Ordnung heute ihre Arbeit erledigen (und nicht nur ihre Arbeit), wobei die Anlässe für ihren Diensteifer durchaus unterschiedlicher Natur und unterschiedlichen Gewichts sein können.

In Köln wurde der Arbeiter Sammy Maedge wegen Verstoßes gegen die Straßenverkehrsordnung und das Landesstraßengesetz angezeigt. Er hatte während der »Holocaust«-Woche abends in der Fußgängerzone einige Plakattafeln aufgebaut, mit denen er die Kölner Bürger darauf aufmerksam machen wollte, daß es noch unbewältigte Reste von

Holocaust in Köln gibt. Der ehemalige Gestapo-Chef von Paris, Lischka, lebte zu dem Zeitpunkt noch unbehelligt in der Domstadt; das Haus, in dem heute das Städtische Ordnungsamt untergebracht ist, war früher das Quartier der Gestapo. Im Keller des Hauses, der heute als Aktenablage dient, wurden Hunderte von Häftlingen gefoltert und ermordet. Keine Tafel, kein Hinweis an der Fassade des Ordnungsamtes erinnert daran, was früher dort geschah. Daß Sammy Maedge mit seiner Aktion gegen die Straßenverkehrsordnung und das Landesstraßengesetz verstieß (die das »Anbieten von Waren und Leistungen aller Art auf der Straße« sowie den »Gebrauch von Straßen über den Gemeingebrauch hinaus« verbieten), dies war nicht einem Passanten, sondern einem Beamten der Polizei aufgefallen. Und zwar nicht irgendeinem Streifenpolizisten, sondern dem Chef des 14. Kommissariats, der politischen Polizei also, die sich normalerweise nicht mit Bagatellen wie dem Gebrauch von Straßen über den Gemeingebrauch hinaus aufhält. Sie hält eher nach Extremisten und terroristischen Gewalttätern Ausschau. Was für ein Interesse hat der Chef der politischen Polizei an der strikten Einhaltung der Straßenverkehrsordnung? Er hat so lange ein Interesse an der Straßenverkehrsordnung, wie er kein anderes Instrument zur Hand hat, um gegen eine harmlose Ausstellung, die ihm nicht paßt, vorzugehen.

Zwei Geschichten, die in Berlin passiert sind, zeigen, zu welch einem exzessiven Legalismus deutsche Beamte bereit und imstande sind, um den Rechtsstaat so fest in den Griff zu kriegen, daß ihm die Luft ausgeht.

Eine Redakteurin der Frauenzeitung COURAGE hatte einen Brief an eine im Gefängnis einsitzende Freundin – aus Jux oder aus Versehen – statt mit einer regulären Briefmarke mit einer Marke der Roten Hilfe Organisation frankiert. Der Brief wurde von der Post ordnungsgemäß gestempelt und befördert und fiel erst bei der Kontrolle der Häftlingspost auf. Die politische Staatsanwaltschaft beschlagnahmte das Schreiben, ließ die Wohnung der COURAGE-

Redakteurin von acht Beamten durchsuchen (wobei keine weiteren Marken der Roten Hilfe gefunden wurden) und setzte ein Ermittlungsverfahren wegen Betruges gegen die Absenderin in Gang. Die Rechtsanwältin der Redakteurin erhob Dienstaufsichtsbeschwerde gegen die ermittelnden Richter und Staatsanwälte, daraufhin wurde gegen sie ein Ehrengerichtsverfahren eingeleitet, weil sie den Einsatz von acht Beamten als »bewußt« unverhältnismäßig bezeichnet hatte. Die Redakteurin bekam einen Strafbefehl über 250,– DM wegen Betruges, legte Widerspruch ein und wurde Anfang März 1979 verurteilt. Sie muß 100,– DM Strafe zahlen und die Kosten des Verfahrens tragen. In der fünfseitigen Urteilsbegründung heißt es unter anderem: »Sie beschloß, sich die kostenlose Beförderung des Briefes durch Verwendung eines briefmarkenähnlichen Wertzeichens zu erschleichen. In Ausführung dieses Tatplanes klebte sie rechts oben auf den Umschlag ein briefmarkenähnliches Wertzeichen mit gezackten Rändern... Dieses Täuschungsmanöver war so gelungen, daß keiner der mit dem Brief befaßten Postbeamten die Täuschung erkannt hat und den Brief von der weiteren Beförderung ausgeschlossen bzw. die Erhebung eines Nachportos verfügt hat...«

Ein paar Wochen nach diesem großartigen Sieg des Rechtsstaats über eine Beförderungserschleicherin startete die Westberliner Justiz einen weiteren Großeinsatz zur Rettung der gefährdeten FdGO. Im Juni 1978 war an der Berliner PH eine Flugschrift erschienen, die eine verfremdete Abbildung des Bundesadlers zeigte: an Stelle des Kopfes mit dem bekannten Schnabel trug das Wappentier ein menschliches Gesäß auf dem Hals, Titel der Grafik: »Arsch mit Ohren«. Die Drucksache landete bei der Staatsanwaltschaft, die sah die Bundesrepublik Deutschland beschimpft und böswillig verächtlich gemacht und leitete ein Ermittlungsverfahren wegen Staatsverleumdung ein, § 90 a StGB. Dabei gab es ein kleines Problem zu lösen: Als Herausgeber der Schrift waren über 100 Namen genannt, allerdings alle ohne Adresse. Eine Durchsuchung der Druckerei blieb ergebnislos, daraufhin nahm sich die Staatsanwaltschaft die Einwohnermeldekartei vor und stellte fest, daß »eine größere Anzahl von Personen« als Täter in Frage kam, weil für viele Namen mehrere Adressen vorhanden waren. Bei Namen, zu denen keine Adresse gefunden werden konnte, wurde das Ermittlungsverfahren eingestellt, kam ein Name öfter als dreimal vor, wurde das Verfahren ebenfalls eingestellt. In allen anderen Fällen bekamen die so ermittelten möglichen Täter ein Schreiben der Staatsanwaltschaft ins Haus, wonach gegen sie wegen »des Verdachts der Verunglimpfung der Bundesrepublik« ermittelt wurde. Unter den insgesamt 236 angeschriebenen Tatverdächtigen war auch ein Mädchen von neun Jahren.

Ende März 1979 trat der Rechtsstaat in Frankfurt in einer Weise in Aktion, die sehr anschaulich demonstrierte, was CDU-Politiker meinen, wenn sie erklären, Willy Brandts Appell »Mehr Demokratie wagen« sei »eines der gefährlichsten Worte der Nachkriegszeit«, denn Demokratie »an sich« sei schon ein Wagnis.

Der Frankfurter Schuldezernent Bernhard Mihm hatte per Verfügung angeordnet, daß Mitglieder der Vereinigung der Verfolgten des Naziregimes (VVN) nicht in Schulen über das Dritte Reich sprechen dürfen. Über dieses Verbot wollten etwa drei Dutzend Frankfurter Schüler mit dem Schuldezernenten diskutieren und besuchten Herrn Mihm in seinem Amt. Herr Mihm fühlte sich bedroht, rief über den Notruf 110 die Polizei, und die schaffte ihm die lästigen Frager vom Hals. Die Jungen und Mädchen wurden festgenommen, ins Polizeipräsidium gebracht und dort erkennungsdienstlich behandelt, das heißt, es wurden Fotos gemacht und Fingerabdrücke abgenommen, die Mädchen wurden außerdem körperlich durchsucht. Die Jusos sprachen von »polizeistaatlichen Methoden«, ein CDU-Sprecher erklärte: »Die Polizei zu rufen ist eine völlig normale und angemessene Reaktion gewesen«, ein Elternsprecher meinte: »Der Schaden, der bei den Schülern in ihrem Verhältnis zum Staat entstanden ist, ist unermeßlich.«

Dies sind keine bedauerlichen Einzelfälle, keine Übergriffe emsiger Bürokraten, solche Geschichten passieren täglich in diesem Land, und sie passieren häufiger, als sie wahrgenommen werden. Aber nicht nur die Geschichten sind schlimm, noch schlimmer ist ihre Folgenlosigkeit.

Richter, Staatsanwälte, Polizeikommissare, Stadträte und andere Stützen der Gesellschaft übertreffen sich gegenseitig in dem Bemühen, ihre Staatstreue, die schlimmste aller deutschen Tugenden, zu demonstrieren und schrecken dabei vor keiner Peinlichkeit, keiner Brutalität, keinem Fehlgriff zurück. Sie stützen sich dabei unter anderem auf einen Paragraphen, der früher »Majestätsbeleidigung« ahndete und der heute die »Verunglimpfung des Staates und seiner Symbole« mit Freiheitsstrafe bis zu drei Jahren verfolgt. Hier wird ein altes Mißverständnis bewahrt und fortgeführt, sozusagen eine deutsche Spezialität: Nicht die Bürger werden vor dem Staat geschützt, sondern der Staat vor den Bürgern – *the German way of democracy.* Es ist in der Bundesrepublik so gut wie unmöglich, prügelnde Polizisten zur Verantwortung zu ziehen. Redakteure, die über brutale Polizeieinsätze berichten, werden wegen Beleidigung der Polizei angeklagt und verurteilt, nicht obwohl, sondern weil sie wahrheitsgemäß berichtet haben. Justiz und Polizei erklären sich selbst für sakrosankt, eine Öffentlichkeit, die auf staatliche Arroganz noch nie sehr sensibel reagiert hat, nimmt das alles hin wie den verregneten Sommer. Es wird streng demokratisch verfahren, alles hat seine gesetzliche Grundlage, und wenn der Verfassungsschutz oder die Geheimdienste oder die Polizei mal weiter gehen, als das Gesetz erlaubt, dann werden nicht die Verantwortlichen bestraft, sondern es wird das Gesetz novelliert, den veränderten Notwendigkeiten und Bedürfnissen angepaßt. Die Deutschen haben ein Verhältnis zur Demokratie wie ein Hobbyzocker zum Glücksspiel: Solange er gewinnt, ist alles gut, aber schon bei den ersten Verlusten verlangt er, daß die Spielregeln geändert werden. Und so wie die Demokratie in Deutschland auf dem Verordnungswege eingeführt wurde, wird sie peu à peu auf dem Verordnungswege wieder abgeschafft. Dazu sind nicht einmal neue Gesetze nötig. Das geht auch mit einfacheren Mitteln.

Mitte April 1979 forderte die Bezirksregierung Lüneburg die Landwirte im Kreis Lüchow-Dannenberg auf, der zuständigen Behörde zu melden, wieviel verbilligten Diesel-Kraftstoff sie verbraucht hätten, als sie mit ihren Traktoren Ende März am »Gorleben-Treck« nach Hannover teilnahmen. Da die Teilnahme an dieser Demonstration nicht zu den landwirtschaftlichen Aufgaben gehöre, müsse der dabei verbrauchte billige Diesel nachversteuert werden. Wer sich so etwas ausdenkt, der rechnet auch aus, ob sich Seife billiger aus Menschen- oder aus Tierknochen herstellen läßt.

Nachdem der Bundesgerichtshof im Oktober 1978 die Geschäftsführer des Trikont-Verlages von der Anklage der Billigung von Straftaten freigesprochen und das bei Trikont verlegte Buch von Bommi Baumann »Wie alles anfing« freigegeben hatte, wollten die Verleger für den ihnen entstandenen Schaden eine Entschädigung haben. Eine Kammer des Landgerichts München I lehnte die Zahlung einer Entschädigung mit der Begründung ab, die Geschäftsführer hätten die Durchsuchung der Verlagsräume und die Beschlagnahme des Druckwerkes selbst »grob fahrlässig« herbeigeführt, da sie Baumanns Buch in Kenntnis des Inhalts verlegt hätten. Diese Entscheidung bedeutet, daß ein Verlag das ökonomische Risiko einer Strafverfolgung auch dann trägt, wenn sich am Ende herausstellt, daß nichts Strafbares stattgefunden hat. Sie bedeutet, daß ein Verlag die Beschlagnahme eines Buches allein durch dessen Veröffentlichung selbst verschuldet und deswegen keinen Anspruch auf Schadenersatz hat. Wer sich so etwas ausdenkt, der hätte auch verfügt, daß die Juden für die Schäden aufzukommen haben, die von den Nazis in der »Reichskristallnacht« angerichtet worden sind.

Nachdem alle Ermittlungen gegen die Demonstranten, die im Sommer 1977 bei Grohnde aus Protest gegen das dort geplante Kernkraftwerk ein »Anti-Atom-Dorf« auf einer

Wiese errichtet hatten, eingestellt worden waren, weil keine Straftaten festgestellt werden konnten, beschloß die Bezirksregierung Hannover, die Demonstranten verwaltungsrechtlich zu belangen. Jeder der 199 Dorfbewohner bekam Anfang Juli 1979 einen »Leistungsbescheid« über 1060,– DM zugeschickt. Zu den Auslagen in Höhe von insgesamt 212000,– DM, für die die Dorfbewohner aufkommen sollten, gehörten auch die Anfahrtskosten für die Polizisten, die das Dorf geräumt hatten, und die den Beamten gezahlten Zulagen für Dienst zu ungünstiger Tageszeit. Wer sich so etwas ausdenkt, der hätte auch den Passagieren nach Maidanek die Kosten der Reise in Rechnung gestellt.

Lea Fleischmann berichtet von einer Frau im KZ Auschwitz, die deswegen nicht vergast wurde, weil sie eine Arreststrafe verbüßen mußte. Daß der Dienst nach Vorschrift ein Leben rettet, dürfte zu den wenigen Ausnahmen zählen, die man der Regel nicht als mildernden Umstand anrechnen sollte. Es kommt auf etwas anderes an. Im Stuttgarter NS-KURIER (und nicht nur in dieser Zeitung) wurde am 10. November 1938 über die »Reichskristallnacht« berichtet. Der Artikel beginnt mit diesem Vorspann: »Gerechter Volkszorn übt Vergeltung / In Stuttgart und im ganzen Gau Demonstrationen gegen die Juden / Die Synagogen wurden niedergebrannt / Zertrümmerte Schaufenster bei den jüdischen Geschäften / Aktion in tadelloser Disziplin.«

Diese tadellose Disziplin ist es, die das Leben in Deutschland immer bestimmt hat und immer noch bestimmt: die tadellose Disziplin beim Niederbrennen von Synagogen, beim Wiederaufbau des Landes, bei Verteidigung des Rechtsstaates, beim Demokratiespielen. Auch die Nazis waren, das muß man sich immer wieder vergegenwärtigen, keine Exzeß-Täter. Sie übten auch keine Lynchjustiz. Alles, was sie taten, hatte eine ordentliche Grundlage: Gesetze, Erlasse, Verordnungen. In Fällen einer »Rechtsunsicherheit« wurde bei der vorgesetzten Stelle Rückfrage gehalten.

Der rigide Disziplin-Begriff, der in Deutschland herrscht,

hat zur Folge, daß ein Verhalten, das nicht dem der Mehrheit entspricht, nicht als eine von vielen Möglichkeiten verstanden, sondern als Disziplinlosigkeit verfolgt wird. Minderheiten und Außenseiter haben es nirgendwo leicht, in Deutschland haben sie es besonders schwer, sie stören die Harmonie, den nationalen Konsens, jenes Gefühl, das sich in der Parole »Ein Volk, ein Reich, ein Führer« seinen ehrlichsten Ausdruck geschaffen hat.

Wo die Demokratie nicht als eine Vielfalt von Möglichkeiten, als ein Rahmen für ein geregeltes Austragen von Konflikten verstanden wird, sondern als Dienst nach Vorschrift, da hat natürlich der Dienstherr die Disziplinargewalt: »Vater Staat« (ein Begriff, den es in keiner anderen Sprache gibt) bestimmt die Regeln, die Kinder üben sich in lustvoller Unterwerfung unter seine Autorität. Wer sich nicht unterwirft, findet sich bald außerhalb der »Gemeinsamkeit aller Demokraten« wieder, wird entweder abgestoßen oder zur Räson gebracht. Und wer als glaubwürdiger Demokrat gelten will, muß sich ständig von irgendwelchen Radikalen oder Extremisten distanzieren, alle politischen Kräfte, selbst die CSU, behaupten von sich, »in der Mitte« zu stehen. Soviel radikale Mitte wie in der Bundesrepublik gibt es nirgendwo in der Welt.

Walter Scheel sagte einmal, als er noch Präsident war, die große Mehrzahl der Bürger sehe diesen Staat »als das Beste an, was sie je gehabt habe«.

Es kommt auf den Maßstab an. »Wenn wir uns vorstellen, daß das Dritte Reich immer noch andauert«, sagt Ossip K. Flechtheim, »dann müssen wir zugeben, daß sich vieles zum Guten entwickelt hat.«